Le Livre de Poche Jeunesse

# Le roman des filles

**Nathalie Somers**

Après un début de vie professionnelle dans l'ingénierie, Nathalie Somers s'est reconvertie dans l'enseignement. Professeur des écoles à mi-temps, elle profite de son temps libre pour écrire des contes et des histoires pour la jeunesse.

**Du même auteur**

- Le roman des filles -Tome 1 - Confidences, SMS et prince charmant !
- Le malicieux journal des sœurs Mouche au collège de Castelroc - Tome 1 - L'arrivée
- Le malicieux journal des sœurs Mouche au collège de Castelroc - Tome 2 - Tous pour Mouche !

NATHALIE SOMERS

# Le roman des filles

## Amour, avalanches et trahisons !

## Tome 2

*À Celui à qui je dois tout.*

N.S.

# 1

# Cartes postales

Lou Tranquillou, 15 juillet

Hello, Lily,

Et voilà ! La rencontre (officielle, celle de l'autre fois ne compte pas vraiment) avec Valérie a eu lieu. Elle s'est faite en terrain neutre, au restaurant. J'avais essayé de m'y préparer et je crois que j'aurais réussi à faire plutôt bonne figure si... Pff ! Tu ne me croiras jamais... Il m'arrive un truc incroyable (forcément, tu me diras, puisque je viens de t'écrire que tu ne me croirais pas, mais quand tu sauras de quoi il s'agit, tu comprendras que j'aie besoin de le dire plutôt deux fois qu'une !) Le problème, c'est que je ne peux pas t'en parler comme ça, au dos d'une banale vue de champs de lavande (mille excuses, vraiment, mais dans ce coin perdu, c'est tout ce qu'on trouve comme carte ☹). Alors, il faudra être patiente et attendre la rentrée. Je ne dévoilerai mon scoop que quand notre bande des quatre sera de nouveau réunie. Cela dit, tu es privilégiée, je...

Pff ! Trop petites, ces cartes ! J'ai été obligée d'aller chercher une feuille supplémentaire !

Je disais donc que je n'en avais pas du tout parlé aux autres, alors CHUUUUUUUT ! Pas un mot si tu leur téléphones ou si tu leur écris. Je sais que je peux compter sur toi.

À part ça, je passe des vacances classiques : j'aide mes grands-parents, je bronze et je bouquine mon anthologie des plus belles scènes de tragédies du XVII<sup>e</sup> siècle.

Ah si ! Quand même, une nouveauté ! Je m'entraîne pour mon premier cours de théâtre. L'autre jour, au marché, j'ai acheté un recueil de virelangues sur le stand d'un bouquiniste. Rien de tel pour améliorer la diction et l'élocution. Je ramasse donc le matin les abricots en proclamant : « Un gradé dragon dégrade un dragon gradé », et je vends les bouteilles d'huile d'olive l'après-midi en répétant : « Si six scies coupent six troncs, six cent six scies coupent six cent six troncs. » Et comme je n'en ai jamais assez, j'en invente encore ! Ici, les gens me prennent pour une folle, mais comme je viens de la ville, ils trouvent ça presque normal.

Bref, le temps passe trop lentement. Oui, je sais, c'est incroyable de m'entendre dire ça alors que je suis en vacances, mais j'ai tellement hâte de franchir en fin le seuil de ce cours de théâtre ! Il me semble que ma vraie vie commencera à cet instant-là.

Et toi, Lily, quoi de neuf ? Envoie-moi vite de tes nouvelles ! Bien que je sois très occupée, nos parties de rigolade me manquent.

Bisous.

Chiara.

PS : conseil d'amie : ne te casse pas la tête à chercher une carte ! Passe directement à la feuille (grand format, STP) !

La Joyeuse, 24 juillet

Chère Maëlle,

Je n'ai toujours pas de nouvelles de toi. D'accord, je n'ai pas de portable et je ne suis pas facile à joindre, mais j'espérais quand même trouver une petite carte de ta part en rentrant de la montagne. Cette semaine de rando en famille est passée très vite. J'aurais aimé rester plus, mais mon père devait reprendre le travail.

Comme tu peux le constater, je suis l'idée lancée par Chiara : passons aux feuilles grand format ! Il faut bien ça d'ailleurs, pour que je puisse te raconter toutes les aventures, plus époustouflantes les unes que les autres, qui me sont arrivées jusqu'à présent. Ah, c'est sûr que cela demande un peu plus de temps que d'envoyer un SMS de quatre mots, comme tu l'as fait début juillet à Mélisande. Ton « J meclate Biz M. » lui a paru un peu court en réponse au message qu'elle t'avait laissé sur ton répondeur. Je crois qu'elle était un peu vexée. (Traduction : elle t'en veut à mort.)

Souviens-toi qu'elle panse encore son cœur meurtri. Moi, je serais toi, j'essaierais de rattraper le coup ! Sinon ça va chauffer à la rentrée. On est heureuses que tout aille bien entre toi et Maxime, mais ne nous oublie pas trop quand même...

Pour en revenir à mes époustouflantes aventures, que tu dois être morte d'impatience de découvrir, en voici le récit : lorsque le jour fut venu, un robuste chevalier m'a délivrée de ma tour d'ivoire. Dans un carrosse resplendissant au confort inégalable, il a réussi, malgré les embuscades d'un vil et répugnant coquin, à me conduire saine et sauve dans un château inaccessible. Hélas ! Le vaillant chevalier s'en est finalement allé sous d'autres cieux. Certes, depuis son départ, le vil (et toujours répugnant) coquin parvient parfois encore à perturber ma retraite, mais ses escarmouches sont alors matées par les redoutables gardiens du château. Chaque jour de ma vie est donc un nouvel enchantement et je me laisse bercer par cette douce quiétude, attendant avec patience et sérénité mon prince qui viendra un jour, c'est sûr.

(Traduction : mon frère Thomas m'a conduite dans sa Twingo déglinguée jusque chez mes grands-parents. Hugo était malheureusement avec nous et, petite nature qu'il est, n'a pas supporté les virages de la descente des gorges de l'Ardèche. *In extremis*, Thomas a arrêté la voiture sur le bord de la route et on a échappé au pire. Beurk ! C'était horrible !

« La Joyeuse », la maison familiale de ma grand-mère, est très chouette mais, plus isolée, tu meurs ! Rien à faire à dix kilomètres à la ronde, à part écouter les oiseaux ! Hugo est toujours aussi insupportable et passe son temps à m'embêter. Papi et mamie le grondent, mais il recommence l'instant d'après : une vraie plaie ! Thomas est parti rejoindre sa bande de copains musiciens pour un festival de jazz qui a lieu sur la Côte d'Azur. Je l'ai supplié de m'emmener. Il n'a rien voulu entendre ! Résultat, je suis coincée là à mourir d'ennui, espérant... rien du tout en fait ! Pas de risque qu'un prince, charmant ou pas, s'égare si loin des terres civilisées.

Voilà, tu sais tout sur tout. Ou plutôt tout sur rien, puisque je n'ai rien à raconter ! Mais, tu vois, je suis quand même très forte puisque, avec rien, j'ai réussi à remplir cette feuille !

Oh ! J'oubliais presque : ma grand-mère m'a parlé d'une famille à la recherche d'une baby-sitter pour garder leurs enfants au mois d'août et j'ai saisi l'offre au vol ! Au moins, j'amasserai un petit pactole pour mes dépenses de la rentrée.

Cette fois, je ne sais vraiment plus quoi dire, alors je te laisse.

Bisous choux,

Lily.

Perros-Guirec, 28 juillet

Salut, Mél !

Alors ? Il paraît que je fais trop court ? Cette fois, j'espère que tu seras contente : j'ai sorti le politiquement correct format A4 ! Excuse les petits carreaux, je reconnais que ça rappelle un peu trop le lycée, mais c'est tout ce que j'ai trouvé...

Bien. Voici donc un compte rendu détaillé de ma journée type : lever... très tard. Je suis seule avec ma cousine, mon oncle et ma tante sont partis avec mes parents faire le tour du monde en ballon ! Enfin, pas tout à fait, mais presque : ils sont allés en Suisse rendre visite à des collègues de mon père. Après un petit déjeuner/brunch, direction la plage. Trois heures plus tard, on rentre soigner mes coups de soleil. (J'oublie régulièrement de remettre de la crème après m'être baignée ; eh oui, je sais, je suis un cas DÉSESPÉRÉ !) Après deux litres de lait apaisant, on grignote et c'est la sacro-sainte sieste. Vers cinq heures, cinq heures et demie (ben oui, quand même, avec le rythme que l'on tient il faut qu'on récupère !), petite excursion dans le centre-ville pour faire le tour des boutiques. Regrignotage et ensuite, suivant la météo, balade sur le port ou visionnage de DVD en rafale. Dodo enfin.

Le lendemain, tu prends les mêmes et tu recommences. Tu vois, rien d'excitant.

Et puis zut ! Je n'y arriverai pas, à remplir cette fichue feuille. Comment elle fait, Lily ?

En tout cas, tu ne pourras pas dire que je n'ai pas fait d'effort !

Ciao, bella.

L'affreuse Maëlle.

L'île Maurice, hôtel Naïade, 7 août

1 – Bonjour la star !

Merci pour ta carte (même si, entre nous, il est difficile de trouver plus ringard). J'espère que les miennes t'apporteront la touche d'exotisme qui semble te faire défaut.

Désolée aussi de boycotter le « grand format » : sur l'île Maurice, c'est introuvable ! Mais je fais quand même... (à suivre)

8 août

2 – ... un effort. Comme tu vois, j'ai dévalisé l'accueil de l'hôtel : je leur ai acheté cinq cartes rien que pour toi (surtout lis-les bien dans l'ordre, sinon tu n'y comprendras rien).

Que te dire maintenant pour combler tout ce blanc ? Ah si, tiens, ça me fait penser qu'ici, les plages sont plutôt pas mal. Sable blanc (tu vois le rapport ?), mer bleue et cocotiers, sauf que...

9 août

3 – ... quand tu en as vu une, tu les as toutes vues ! Cette année, comme d'hab', je me demande encore pourquoi mon père vient avec nous. Il a toujours son téléphone greffé à l'oreille et l'ordinateur collé sur les genoux. Comme le Wi-Fi ne va pas jusque sur les plages, il passe la journée au bar de l'hôtel ou dans la chambre. C'est...

10 août

4 – ... nul ! Mais du côté de ma mère, ce n'est pas mieux ! Elle décompresse. Interdiction donc de lui parler, même quand elle passe des heures allongée sur le transat au bord de la piscine. À croire que d'ouvrir la bouche pour répondre à ses filles pertur-

berait sa séance bronzage. Elle ne se lève que pour se rendre au spa. Pauline...

11 août

5 – ... aussi m'a lâchée. Incroyable, non ? Elle se prend pour une sirène et explore huit heures par jour les fonds marins. Le seul qui me colle aux baskets, c'est le maître nageur. Beau gosse, intelligent (il prépare le CAPES pour devenir prof d'EPS en métropole) et dragueur à mort : aucun intérêt vraiment ! Têtu en plus. Il refuse de comprendre que non, c'est non !

12 août

6 – ... à Tout'

## Mélisande (qui d'autre ?)

PS : j'ai dû aller chercher une sixième carte pour pouvoir signer.

La Joyeuse, 14 août

Help ! I need somebody, help !

Ma chère Chiara, savais-tu que les Beatles n'avaient écrit leur chanson Help que pour moi ? Depuis que j'ai accepté ce boulot de dingue (je parle du baby-sitting, of course !), j'ai cet air qui me trotte en permanence dans la tête. Sauf que je crie et que personne n'est là pour me venir en aide. Je garde deux garçons (des jumeaux de six ans : Tom et Kevin), et leur sœur Adriana de huit ans. Je t'avouerai que je ne sais pas encore à ce jour lequel des trois est le plus terrible. Dire que je croyais que Hugo était le champion incontesté des blagues idiotes ! Ils n'arrêtent pas une seconde. Ils se chamaillent en permanence et si par hasard tu as quinze secondes de calme, tu as intérêt à avoir tous tes sens en alerte, car cela veut dire qu'une catastrophe est imminente. J'espère donc que tu me pardonneras de ne pas remplir la feuille traditionnelle. J'ai bien peur d'être incapable de tenir la distance. Je suis crevée, mon lit m'appelle...

Bisous, bisous.

Lily.

PS : Won't you please, help me help me help me, wouh !
PPS : Vivement la rentrée !

Lou Tranquillou, 26 août

Mon infiniment chère et précieuse Mélisande,

Mon cœur se serre devant tant de souffrance et de cruauté. Avec quel stoïcisme résistes-tu, alors que tous les dieux de l'Olympe se liguent contre toi ? Oui, mon âme s'émeut devant les tourments qui te sont infligés : le sable chaud, le soleil de plomb, la mer turquoise... Jusqu'où ira l'ignominie de ce sort qui s'acharne sur toi sans pitié aucune ? Et encore, si la fatalité ne s'en mêlait pas ! Voici qu'en plus Pâris se dresse sur ta route, resplendissant de beauté et de jeunesse, fourbe messager de la rusée Vénus, cherchant à pousser à la chute la plus vertueuse d'entre nous...

Mon admiration, déjà sans borne, est renouvelée à chacun de tes courriers.

Cela dit, si tu veux prendre ma place et te coltiner la récolte des abricots, pas de problème ! Lever six heures, et c'est parti pour quatre heures de boulot en plein soleil. Bronzage assuré, mais pas toujours régulier ! L'après-midi, vente d'huile d'olive le long de la nationale : gaz d'échappement et mauvaise humeur des touristes garantis. Le paradis, quoi !

Y'a pas à dire, je comprends ta frustration, mais que veux-tu : la justice n'existe pas dans ce bas monde !

Je dois te laisser, j'entends un abricot mûrir...

Une amie qui vous veut du bien !

# 2

# Mère et fille

**Mercredi 1er septembre, 12 h 30**

Debout devant la psyché qui occupait un angle de sa chambre, Mélisande passait en revue sa tenue avant de sortir. Elle portait de nouvelles ballerines, achetées la veille chez une jeune styliste de mode en vogue, qui rehaussaient parfaitement l'élégance de sa jupe en soie, de forme boule. Celle-ci, légère, virevoltait avec grâce au moindre de ses mouvements. Elle était tout aussi contente du débardeur de coton et de lin mélangés, qui mettait en valeur la teinte légèrement cuivrée que sa peau avait acquise au soleil de l'île Maurice. Quant au pendentif de sa création, qui ornait son cou et dont la forme s'inspirait des coquillages récoltés par Pauline lors de ses expéditions sous-marines, il apportait la touche d'originalité nécessaire pour assurer un look parfait.

Non, vraiment, il n'y avait rien à redire. Sauf dans la coiffure peut-être. Mélisande pencha la tête d'un côté, puis de l'autre, pour finir par la secouer de droite à gauche. Les boucles chatoyantes s'immobilisèrent dans un joyeux désordre. Avec un soupir frustré, la jeune fille retourna à la salle de bains contiguë à sa chambre et se saisit d'un flacon de lotion censée garantir une tenue impeccable aux chevelures les plus rebelles. Elle en appliqua une nouvelle dose avec détermination et, jetant un dernier regard dans le miroir, elle s'estima satisfaite. La pensée, fugitive, d'être un peu trop bien habillée pour la sortie qu'elle envisageait lui traversa l'esprit. Mais le besoin d'avoir une allure irréprochable quelles que soient les circonstances était si profondément enraciné en elle qu'elle ne s'y attarda pas.

Elle cherchait son sac à main dans le placard de l'entrée quand une voix narquoise l'interpella :

— Je croyais que tu devais retrouver tes copines au parc pour un pique-nique.

Sans sortir la tête du placard, Mélisande répondit à sa sœur :

— Et c'est exactement ce que je vais faire ! Je les retrouve dans une demi-heure et j'ai parfaitement le temps de m'y rendre, alors je ne vois vraiment pas ce que tu insinues…

Pauline eut un mince sourire que Mélisande ne put voir, mais qui perça dans la voix de l'adolescente lorsqu'elle répliqua :

— Alors, crois-moi, tu n'as pas choisi la tenue idéale ! Et au lieu de fouiner dans ce placard, tu ferais mieux de regarder par la fenêtre.

Mélisande, sentant qu'il se tramait quelque chose, obtempéra.

— Oh ! non !

Par-delà la baie vitrée qui occupait tout un pan du salon, elle vit les premières gouttes tomber des nuages qui avaient traîtreusement envahi le ciel pendant qu'elle se préparait.

— Oh ! non ! répéta-t-elle catastrophée, mes ballerines !

Pendant que Pauline, hilare, se laissait tomber sur le canapé en cuir en chantant à tue-tête : « Il pleut, il mouille… », Mélisande se précipitait dans sa chambre et se saisissait de son portable. Quelques instants plus tard, elle avait Maëlle en ligne et lui déclarait qu'avec un temps pareil, mieux valait annuler leur sortie.

— Quoi ! s'exclama son amie, tu plaisantes, j'espère ! On ne s'est pas vues de tout l'été, et en plus, selon la météo, il ne s'agirait que de pluies éparses ! Dans cinq minutes, il fera beau. Tu n'es pas en sucre quand même ? Ce ne sont pas trois gouttes de pluie qui vont te faire peur ?

Mollement, Mélisande acquiesça. Intérieurement, elle se traitait d'idiote d'avoir contacté Maëlle. Cette dernière, qui n'avait peur de rien, sauf peut-être de son père, ne risquait pas de la comprendre. Et Chiara, avec ses tenues à trois sous, ne l'aurait certainement pas comprise davantage. Seule Lily aurait pu lui prêter une oreille attentive. Oui, mais voilà, Lily n'avait pas de portable…

La jeune fille observa avec un regard plein de regret ses magnifiques ballerines, puis avec un soupir fataliste, finit par les ôter d'un élégant mouvement des pieds. Malgré une météo aléatoire et les bouleversements vestimentaires qui en découlaient, elle n'envisagea pas une seule seconde de poser un lapin à ses trois amies. Il lui suffisait de se remémorer les sentiments qui l'habitaient un an auparavant, alors qu'elle venait d'emménager dans cette nouvelle ville, pour se rappeler combien sa rencontre avec le trio (maintenant devenu quatuor) avait changé sa vie. Alors qu'à l'époque l'angoisse de se retrouver dans un lycée plein d'inconnus la submergeait régulièrement (bien qu'elle n'en laissât jamais rien paraître), elle envisageait cette nouvelle rentrée avec sérénité… Et même avec plaisir, lorsqu'elle pensait aux nouvelles sorties et confidences qu'elles ne manqueraient pas de partager.

À l'idée de retrouver bientôt ses amies, même pour un pique-nique pluvieux, un sentiment joyeux l'envahit et c'est la tête bourdonnant d'agréables souvenirs qu'elle se leva d'un bond pour se diriger vers sa penderie. D'un geste décidé, elle plongea la main au plus profond du placard pour en ressortir le seul vêtement banal et confortable qu'elle possédait. Grimaçant légèrement à la vue de ce jean à la coupe classique qu'elle avait acheté dans un moment d'égarement, elle se consola en pensant qu'après tout cette entorse à son image n'était pas trop cher payée pour une séance de confidences et de bonne humeur.

Il ne lui fallut que quelques minutes pour se changer, mais sa coiffure lui demanda plus de temps. Si elle ne les attachait pas, ses boucles se transformeraient en frisottis à peine le seuil de l'immeuble franchi, ce qu'elle avait en horreur. Cependant, arriver à coincer sous une pince chaque mèche de ses cheveux relevait de l'exploit et, sous la pression des aiguilles de sa montre qui tournaient, elle dut se résoudre à accepter quelques imperfections.

Mélisande se débattait avec une paire de Converse aux lacets pailletés lorsque la porte de l'appartement s'ouvrit. Surprise de voir sa mère rentrer à la maison à cette heure de la journée, elle lui demanda :

— Maman ? Qu'est-ce qui se passe ?

Traversant rapidement la vaste entrée, Mme de Saint-Sevrin répondit sans même tourner la tête :

— Le contrat pour la ligne de vêtements de Chris Esperanza… Je l'ai rapporté hier soir pour l'étudier, je l'ai oublié ce matin.

Le temps de prononcer ces mots, sa mère avait déjà atteint la porte de la chambre parentale. Elle disparut à l'intérieur un court instant. Quand elle en ressortit, elle portait une pochette cartonnée sous le bras. Alors qu'elle se dirigeait vers la sortie, Mélisande se releva d'un coup. Elle venait d'avoir une idée.

— Je dois retrouver mes amies au parc de la Tête d'or. Je suis en retard et, en plus, il pleut. Tu peux m'y déposer sur le chemin du studio ?

Tout en vérifiant dans le miroir de l'entrée que son aspect était irréprochable, sa mère s'exclama d'un ton distrait :

— Désolée, chérie, je vais dans la direction opposée…

— Oh ! s'il te plaît ! En voiture, c'est à une minute…

Sa mère ne répondit pas. Concentrée, elle appliquait une nouvelle couche de rouge à lèvres. Quand elle eut fini, elle pencha la tête sur le côté, exactement de la même manière que sa fille l'avait fait un peu plus tôt.

— Eh ! je te parle ! s'insurgea Mélisande.

Satisfaite du reflet que la glace lui renvoyait, sa mère rangea son tube dans son sac à main.

— N'emploie pas ce ton vulgaire avec moi, je te prie, consentit-elle à dire en la regardant enfin. De toute façon, je n'ai pas le temps. Je te rappelle que je travaille et que j'ai rendez-vous avec des gens importants.

— Tu as bien le temps de te remaquiller, objecta Mélisande.

Le regard de Mme de Saint-Sevrin sur sa fille se fit plus inquisiteur. Au lieu de chercher à se défendre, elle observa :

— Au moins, quand je sors, je suis présentable, moi.

La belle assurance de Mélisande s'évapora aussitôt. Nul besoin de lire dans les pensées pour deviner ce que sa mère avait en tête. S'il lui était cependant encore resté l'ombre d'un doute, la seconde suivante elle volait en éclats.

— Je te trouve assez négligée. Tes cheveux sont coiffés en dépit du bon sens… Quant à tes vêtements, je me demande bien ce qui t'est passé par la tête pour que ton choix se porte sur une tenue aussi… ordinaire.

— C'est juste qu'il pleut et…

— Que tu vas encore retrouver *ces filles !*

Piquée au vif, Mélisande rétorqua :

— Ce ne sont pas *ces filles*, ce sont mes amies !

— Dans ce cas, tu devrais faire preuve de plus de discernement dans le choix de *tes amies*. Regarde donc de quoi elles ont l'air ! Elles sont certainement bien gentilles, je ne le nie pas, mais elles sont si… quelconques.

Sa mère prononça ce dernier mot avec difficulté, presque avec répugnance.

— Je reconnais que ce n'est pas entièrement de ta faute, poursuivit-elle sur un ton légèrement adouci. Si ton père m'avait écoutée, tu serais allée dans un lycée privé où tu aurais rencontré des jeunes gens de *notre* monde.

Avec un soupir elle conclut :

— Voilà où elles nous mènent, ses grandes idées sur l'école publique !

Mélisande ne trouva rien à répondre. Elle détestait le regard que sa mère posait sur elle. Un regard où une sorte de fatalisme le disputait à la commisération. Cela faisait remonter en elle un sentiment qu'elle connaissait bien après toutes ces années. Celui de ne pas être à la hauteur, de ne jamais atteindre la perfection qui seule lui apporterait l'approbation maternelle. Et ce, malgré des efforts de chaque instant.

Le petit cri que poussa sa mère en consultant sa montre la tira momentanément de ses pensées.

— Bon, nous reparlerons de ça plus tard, je suis affreusement en retard.

Et dans un nuage de *Numéro 5* de Chanel, elle s'esquiva par la porte d'entrée. Pendant quelques instants, Mélisande resta sans bouger à contempler cette porte, comme si elle y voyait encore imprimée l'image lisse et parfaite que présentait toujours sa mère. Du bout de ses orteils impeccablement vernis en toute saison à l'extrémité de ses cheveux courts et bruns idéalement lissés, il était impossible de la prendre en défaut. Même au petit déjeuner, elle arrivait parfaitement maquillée et coiffée, enveloppée d'un élégant déshabillé. Qu'on le veuille ou non, c'était impressionnant. Et ce n'était pas parce que Mélisande vivait dans son sillage depuis sa plus tendre enfance qu'elle n'en était pas moins admirative. Certes, son admiration avait de plus en plus souvent des relents amers, mais elle avait pourtant cru, pendant ces dernières vacances sur l'île Maurice, que la situation était en train d'évoluer.

Un jour, en effet, alors qu'elle n'attendait plus rien, sa mère lui avait proposé de faire les boutiques ensemble. Au cours de l'après-midi, elle avait prodigué quelques conseils à sa fille et lui avait même fait un ou deux compliments. Bien sûr, cela ne s'était pas reproduit souvent, mais cette journée avait suffi pour que les espoirs que Mélisande croyait depuis longtemps enfouis renaissent en elle.

Et voilà que tout était ruiné à cause de ces stupides jeans.

D'un mouvement brusque, la jeune fille rejeta les épaules en arrière. Elle coinça à nouveau dans une pince une mèche qui s'en était échappée, puis comme elle croisait son regard désabusé dans le miroir, elle répéta tout bas :

— C'est ça, on en reparlera plus tard…

# 3

# Retrouvailles

Mercredi 1ᵉʳ septembre, 13 h 40

Le chauffeur du bus profita de l'arrêt de son véhicule pour stopper les essuie-glaces.

— Vous avez de la chance, mademoiselle, fit-il à la jeune fille qui attendait l'ouverture des portes, l'averse vient juste de se terminer, vous pourrez profiter pleinement de votre promenade !

Mélisande l'entendit à peine et lui répondit par un léger signe de tête.

Elle descendit rapidement les quelques marches qui la séparaient du trottoir et pressa le pas. Avec un groupe de promeneurs, elle franchit les imposantes grilles en fer forgé dont certaines, magnifiquement ouvragées et dorées à l'or fin, semblaient la narguer en scintillant sous les rayons d'un soleil timide.

Elle pesta intérieurement, se sachant en retard, mais se retint de courir.

Marcher d'un pas élégant et mesuré en toutes circonstances. Accélérer seulement en cas d'urgence. Et surtout, ne jamais courir. Telles étaient les premières leçons qu'elle avait apprises en observant sa mère. Pour gagner quelques malheureuses secondes, on arrivait échevelée, les joues écarlates, et soufflant comme un phoque. On pouvait alors dire adieu à l'image parfaite qu'on avait mis tant de temps à modeler. Mélisande, par le passé, avait, sous la pression du moment, parfois dérogé à ces règles. Ce jour-là, pourtant, elle les respecta scrupuleusement. Car oui, vraiment, il n'y avait rien de tel pour perdre toute dignité.

Lorsqu'elle arriva enfin près de l'aire réservée aux pique-niqueurs, elle repéra facilement ses trois amies. Chiara, dont la sombre chevelure s'était encore allongée de quelques centimètres pendant l'été, dominait le trio. Lily, du fait de sa petite taille, levait son visage aux traits fins et doux vers elle, attentive à ce que son amie racontait. Entre les deux, Maëlle, toujours aussi impatiente, piétinait sur place en jetant des regards fréquents à sa montre.

Elle fut la première à l'apercevoir.

— Ça y est ! La voilà ! l'entendit-elle s'exclamer avec un manque total de discrétion.

Quelques pas plus tard, Lily se jetait au cou de Mélisande et faisait résonner une bise sur chacune de ses joues.

— Wouah ! tu es bronzée !

— C'est vrai, ça ! approuva Maëlle, mi-admirative, mi-jalouse en jetant à ses jambes blanches un regard désolé, c'est vraiment pas juste... Je croyais que les rousses ne bronzaient pas.

— Mes cheveux ne sont pas roux, s'offusqua aussitôt Mélisande, mais...

— Blond vénitien ! coupa Chiara avec emphase.

— Exactement ! répliqua la première d'un ton sans appel.

— En tout cas, rousse ou blonde, tu es sacrément en retard ! râla Maëlle.

La dernière venue pinça les lèvres et ses yeux verts s'assombrirent. Elle ouvrit la bouche pour répliquer, quand un rire frais éclata.

— Excusez-moi, pouffa Lily alors que les trois autres filles, étonnées, s'étaient d'un même mouvement tournées vers elle, mais vous êtes trop drôles ! On ne s'est pas vues pendant deux mois et vous, vous attaquez bille en tête comme si on s'était quittées la veille.

Maëlle ne fut pas longue à rire aussi, bientôt suivie de Chiara. Seule Mélisande, bien que souriante, semblait rester un peu sur la réserve. Mais sans paraître le remarquer, ses amies lui indiquèrent un endroit qu'elles avaient repéré un peu plus tôt.

— Voilà, lança Chiara, là-bas, c'est parfait ! On a un banc pour nous toutes seules, le platane nous fait de l'ombre et on a une vue imprenable sur la piste de roller-skate. Comme ça, Lily pourra admirer en toute liberté les exploits du beau et grand brun qu'elle lorgne mine de rien depuis qu'elle est arrivée.

Ce qui était complètement faux, mais qui n'empêcha pas la malheureuse victime de cette plaisanterie de virer aussitôt à l'écarlate. Les autres se remirent à rire de plus belle, mais Chiara la prit vite en pitié. Elle lui donna une bourrade amicale tout en faisant une grimace d'excuse irrésistible :

— Laisse tomber, glissa-t-elle, c'était une blague idiote. Je voulais juste vérifier que tu rougissais toujours aussi facilement. Tu comprends, pendant les vacances tu aurais pu changer et j'aurais trouvé ça terrible…

— Tu parles, ronchonna Lily, on voit bien que ce n'est pas toi qui rougis à tout bout de champ ! Qu'est-ce que je ne donnerais pas pour que ce ne soit plus le cas !

— Ah ! non ! Moi, je t'aime exactement telle que tu es. Et puis, je savais bien qu'il ne t'intéressait pas, ce beau brun.

Jetant un regard à sa droite, elle ajouta d'un air faussement insidieux :

— Maëlle, en revanche…

Réagissant au quart de tour, Maëlle se mit à pousser de hauts cris tout en se jetant sur elle pour faire mine de l'étrangler.

Chiara riait tellement qu'elle ne cherchait même pas à se défendre, mais avant que Maëlle puisse savourer sa vengeance, une voix légèrement agacée déclara :

— Eh ! vous n'êtes plus des gamines quand même ! Vous ne croyez pas qu'il serait temps d'arrêter de vous donner en spectacle ?

— Désolée de te décevoir, répliqua Chiara d'un ton mutin, mais moi, au contraire, j'ai bien l'intention de m'y donner de plus en plus, « en spectacle ».

— Dis donc, te voilà bien sérieuse, intervint Maëlle. Visiblement, les vacances à l'île Maurice, ça ne te réussit pas !

— Tu es sûre que ça va ? s'enquit Lily.

— Évidemment, répondit Mélisande en se tournant vers cette dernière sans relever les remarques des deux autres.

Puis, se forçant à sourire à ses trois amies qui la dévisageaient un peu perplexes, elle affirma :

— C'est juste que je croyais qu'on allait enfin pouvoir s'asseoir pour pique-niquer et bavarder un peu… Je suis impatiente de connaître tous les détails de ce qui s'est passé pendant vos vacances. Les cartes, même longues, c'est bien, mais ça ne vaut pas le « direct » !

— OK ! Là, je te rejoins, s'exclama Chiara. À table, donc !

Enfin d'accord, les quatre filles se dirigèrent en riant vers l'aire de pique-nique. Soudain, Mélisande s'écria avec dégoût :

— Attendez, on ne va quand même pas s'asseoir sur *ça* !

Du doigt, elle désignait le banc encore humide sur lequel des feuilles de platane détrempées par l'averse restaient collées ici et là.

— Oh ! mais ce n'est rien du tout ! s'exclama Chiara en riant, il suffit de l'essuyer !

Sortant un paquet de mouchoirs en papier de son sac, elle se mit aussitôt à l'œuvre.

Mais cela ne suffit pas à convaincre Mélisande qui décréta :

— Il n'est pas question que je m'assoie là-dessus !

Agacée, Chiara ironisa :

— Désolée, votre majesté, nous n'avons pas d'autre trône en rayon pour le moment. Je vous garantis cependant que votre royal postérieur ne risque rien à se poser sur ce misérable siège et pour bien vous le prouver, je le teste en avant-première avec le mien !

Joignant aussitôt le geste à la parole, elle se laissa tomber sur le banc.

Vexée, Mélisande lui jeta un regard assassin et assena :

— Oh ! bien sûr, habillée comme tu l'es, tu ne risques pas grand-chose.

Voilà, c'était sorti ! Depuis qu'elle avait rejoint ses amies, Mélisande, à son corps défendant, n'avait pas cessé d'observer leur façon d'être et de se vêtir. Son œil critique avait apprécié l'ensemble d'été vert sombre de Maëlle qui mettait en valeur ses jambes sans défaut, mais elle l'avait trouvée décidément trop impulsive. Elle avait ensuite estimé vraiment peu seyantes les couleurs foncées que Lily s'entêtait, hiver comme été, à arborer. Quant à Chiara, elle avait jugé son pantalon et son tee-shirt d'une banalité affligeante. Dire qu'elle avait pensé que son propre jean manquait d'originalité ! Certes, la coupe en était classique, mais on voyait au premier coup d'œil que c'était un vêtement de marque !

— Pardon ? Tu peux répéter ce que tu viens de dire ?

La question, presque une menace, interrompit ses réflexions. La jeune fille cligna des yeux et découvrit que Maëlle s'était approchée d'elle et la fixait à présent, bras croisés. Son regard sembla la transpercer et instinctivement Mélisande chercha du soutien auprès des deux autres. Elle croisa le regard de Chiara une seconde avant que cette dernière ne détourne les yeux, mais elle eut le temps d'y lire la peine et la colère mélangées. Quant à ceux de Lily, ils étaient pleins d'incompréhension et de reproche. Soudain, ce fut comme un choc et elle comprit.

Elle comprit que ce n'était pas son regard qui s'était posé sur ses amies.

Mais celui de sa mère.

— Heu… Je suis désolée.

— C'est un peu court, ça, comme excuses, répliqua Maëlle, impitoyable.

— OK ! Je n'aurais jamais dû dire ça. C'était idiot… J'étais tellement heureuse à l'idée qu'on se retrouve ce matin, je vous assure… Je ne sais pas ce qui m'a pris !

Chiara ne la regardait pas et Maëlle… la regardait trop. Elle se sentait misérable, mais incapable de leur expliquer. Et puis, quoi leur dire ? Que sa mère pensait qu'elles n'étaient pas de leur « monde » ? Qu'elle les trouvait désespérément quelconques ? Cela n'aurait pas vraiment arrangé les choses et n'aurait fait que les blesser davantage.

— Bon, elle a dit qu'elle était désolée, intervint Lily, bien décidée à calmer le jeu, et puis, c'est le stress de la rentrée… Moi, rien qu'à l'idée de revoir la tête de Grimaud[1], j'en ai des sueurs froides.

— Ah ! pitié, supplia Chiara qui était restée silencieuse ces dernières minutes, s'il te plaît, ne me parle pas du lycée !

— OK, rebondit aussitôt son amie, tu as raison, on les verra bien assez tôt, ces profs ! Parle-nous plutôt de ton incroyable nouvelle !

— Une nouvelle ? Quelle nouvelle ? fit Maëlle, soudain très intéressée. Attends, ne me dis rien, laisse-moi deviner…

Fermant les yeux, elle prit un air inspiré et déclama en agitant les mains :

— Je vois dans ma boule de cristal qu'il s'agit d'un… **garçon !**

Chiara la contempla, un air de profond saisissement peint sur son visage.

---

1. Professeur de mathématiques redoutable et redouté.

— Bravo, fit-elle la voix débordante d'admiration, c'est exactement ça !

Ouvrant les yeux d'un coup, Maëlle s'écria :

— J'en étais sûre ! L'amour au théâtre, ça va un temps, mais, un jour, il faut passer aux choses concrètes ! Alors, raconte, il est comment ? On veut tout savoir !

— Très bien, madame Irma, alors voilà : il est châtain foncé et ses yeux sont… je ne sais pas trop… noirs, je crois…

— Comment ça, « tu crois » ? s'étonna Lily en riant, tu ne connais même pas la couleur de ses yeux ?

Chiara lui adressa un regard lourd de reproches.

— Veux-tu bien me laisser terminer ?

Puis elle reprit :

— Je l'ai rencontré au début de l'été, au restaurant. Immédiatement, j'ai été fascinée par sa façon délicate de roter après sa première gorgée de Coca. Puis, j'ai pu admirer son habileté à recouvrir chacune de ses frites d'une montagne de cocktail ketchup-moutarde-mayonnaise. Et ceci, sans en faire gicler une seule goutte sur son tee-shirt… Enfin presque ! Il m'a aussi galamment mitraillée de coups de pied sous la table au point que j'ai dû très légèrement lui écraser les orteils pour que cela cesse. Enfin, il m'a définitivement séduite en mettant son index droit dans sa narine gauche, alors qu'on attendait le dessert.

Chiara affichait un sourire serein alors que ses amies restaient sans voix à la dévisager.

Son sourire s'élargit lorsqu'elle conclut :

— Ah ! j'oubliais ! Il mesure un mètre trente-cinq, il a neuf ans et c'est mon nouveau « petit frère » !

Cette dernière phrase déclencha aussitôt une avalanche d'exclamations et de questions auxquelles Chiara répondit du mieux qu'elle le put.

Oui, son père lui avait appris quelque temps après la fin des cours que Valérie était divorcée et qu'elle avait un fils, qui vivait avec son ex-mari la plus grande partie de l'année étant donné qu'elle était très souvent en longs déplacements. Et oui, malheureusement, il était bien tel qu'elle l'avait décrit, et peut-être même pire encore, les mots exacts lui faisant défaut.

— Ah ! les jeunes, fit Maëlle hilare, c'est plus ce que c'était !

— Ma pauvre ! Moi, en tout cas je compatis, dit Lily. Avec Hugo à la maison, c'est ça tous les jours. Et je ne vous explique même pas ce que j'ai dû subir pendant les vacances avec les trois petits monstres que j'ai vainement essayé de dompter !

Mélisande glissa :

— Heureusement, tu ne le verras pas souvent…

— Heureusement, oui, ronchonna Chiara en la regardant un peu de travers. Je me demande juste combien de « surprises » de ce style Valérie me réserve encore.

— Allez, les filles, lança Maëlle qui était décidément de très bonne humeur, restons positives : lorsqu'ils grandissent, certains représentants de la gent masculine deviennent tout à fait charmants.

— Tout le monde n'a pas la chance de rencontrer un Maxime, se plaignit Lily.

— C'est vrai, soupira Maëlle, on s'est vus presque tous les jours cette semaine, et je vous assure qu'il est absolument mer-veil-leux !

Lily vit Mélisande ouvrir la bouche pour intervenir et la refermer presque aussitôt. Soulagée, elle lui fit un clin d'œil de connivence. Elle savait bien qu'elle ne croyait plus vraiment à « l'amour-qui-dure-toujours », mais ce n'était pas le moment de le rappeler.

L'adolescente regarda ses amies, toutes si différentes et pourtant toutes si chères à son cœur. Dans quelques jours, elles seraient de nouveau réunies dans la cour du lycée. Cette rentrée allait-elle leur réserver autant de surprises que l'an passé ? Impossible de le savoir.

Ce dont elle était sûre en revanche, c'est qu'ensemble, elles pourraient tout affronter.

## 4

## Un an après

### Jeudi 2 septembre, 8 h 45

Lily se demandait si un jour elle arriverait à maîtriser les battements de son cœur. Elle avait beau exercer sa volonté de toutes ses forces, ce dernier n'en faisait qu'à sa tête.

Et elle, elle devait subir ces flux et reflux d'émotions qui l'épuisaient et l'exaspéraient à la fois. C'était un peu comme être en permanence sur des montagnes russes, avec l'excitation qui croissait au fur et à mesure de la lente montée et brusquement, la descente infernale qui vous donnait l'impression que, si votre estomac suivait bien la même direction que vous, il le faisait cependant avec quelques secondes de retard.

C'est vrai, quoi ! Si elle avait été une fille normale, cette rentrée n'aurait jamais dû la mettre dans cet état. L'an passé, c'était encore acceptable. Débarquer dans un nouvel établissement et découvrir l'univers du lycée, ça vous faisait forcément stresser un peu. Mais, cette année, cela aurait dû s'apparenter à de la routine.

C'était pourtant loin d'être le cas…

De ses trois amies, Mélisande avait été la seule à choisir, comme Lily, une filière Sciences économiques et sociales. Lily savait donc qu'elle n'avait aucune chance de se retrouver dans la même classe que Chiara qui était, d'extrême justesse, passée en section littéraire. Et pas davantage avec Maëlle, prédestinée à aller en première S.

Cette dernière, en revanche, ne s'inquiétait pas de cette séparation définitive de leur quatuor. Alors que Lily, attendant avec ses amies l'ouverture des portes du lycée, s'en désolait par avance, Maëlle s'était exclamée avec vivacité :

— Bah, ce n'est pas si grave ! Ce qui compte, c'est de savoir que pour la première fois depuis cinq ans, Wendy Vianney[1] ne sera pas dans ma classe !

Que Maëlle puisse prendre cette situation avec autant de légèreté n'avait pas manqué de heurter Lily. Et, en vérité, elle lui en voulait un peu. Elle avait été surprise également par le manque de réaction de Chiara et de Mélisande. Était-elle donc la seule pour

1. Odieuse peste ayant fait chanter Maëlle l'année passée, ennemie jurée des quatre filles.

qui ces choses étaient importantes ? Pour Mélisande, elle comprenait. Après tout, elle n'avait jamais connu la complicité qui avait uni le trio sur les bancs d'école puisqu'elle n'avait intégré leur petit groupe que l'an passé. Mais Chiara ? Un coup d'œil à la plus ancienne de ses amies lui donna des éléments de réponse. Son regard sombre pétillant, elle était plus radieuse que jamais, la tête pleine déjà de toutes les merveilleuses émotions que ses cours de théâtre allaient lui réserver. Elle regardait résolument en avant, et non en arrière.

Quant à Maëlle, son attitude n'était, en fin de compte, pas si surprenante. Depuis que son amie avait rencontré Maxime, elle était moins disponible et, il fallait bien le reconnaître, moins impliquée dans leur amitié.

Lily, elle, aurait aimé que les choses restent comme avant, comme à l'époque des années de collège. Cependant, quand elle était vraiment sincère avec elle-même, elle devait reconnaître qu'elle n'aurait pas dit non à quelques changements dans sa vie. Côté cœur, par exemple…

Une question posée à Maëlle par Mélisande l'empêcha de pousser plus loin ses réflexions. Elle ne le regretta pas. Tout était parfois si confus dans sa tête !

— Non, mais vraiment, insistait Mélisande, comment peux-tu en être aussi certaine ? Plus fourbe que Wendy, tu meurs ! Je la vois bien ramener sa trombine, la bouche en cœur et le regard innocent…

Quand tu penses qu'elle a eu le culot de te faire « chanter » !

— Oh, mais Mme Docile[1] ne la laisserait pas faire, s'indigna Chiara. Elle a vu clair dans son jeu, elle, et crois-moi, je ne voudrais pas être à sa place si elle osait se présenter au lycée le jour de la rentrée.

Maëlle se mit à rire, comme si cette histoire n'était qu'un mauvais souvenir déjà presque effacé. Mais Lily, qui la connaissait bien, nota que son rire était peut-être juste un peu trop nerveux pour être complètement naturel. C'est d'ailleurs avec un soulagement perceptible que son impulsive amie s'écria :

— Ne vous en faites pas. Je suis sûre de ce que j'avance. La dernière fois que son horrible mère a rencontré la mienne, elle s'est empressée de se vanter que son adorable « chérie » avait soudain décidé que le lycée Balzac n'était plus assez bien pour elle. Elle a, paraît-il, fait des pieds et des mains pour que ses parents lui payent le cours Saint-Antoine. C'est affreusement cher et le père Vianney n'était pas enchanté, mais sa femme l'a convaincu que sa fille était beaucoup trop brillante pour notre « minable petit lycée public de banlieue », je cite, et finalement il a signé le chèque. Ma mère, qui est pourtant la bienséance même, était tellement outrée qu'elle a mis un terme à la conversation et l'a plantée là !

— Youhou ! bon débarras ! lança Chiara en levant les bras au ciel.

1. Professeur de français.

Et toutes éclatèrent de rire.

Les quatre amies riaient encore lorsque les grandes portes de bois s'ouvrirent enfin. Avec la foule de lycéens entrant en première ou en terminale (l'accueil des secondes avait lieu un jour plus tard), elles pénétrèrent dans la grande cour.

Dès que Lily aperçut les listes de noms affichées sous le préau, la mélancolie qui s'était emparée d'elle la veille au soir revint au galop. Elle n'avait rien dit aux filles de sa tristesse, mais savoir que pour la première fois depuis longtemps Florian Bressan ne serait pas dans sa classe la désespérait. Florian, pour qui son cœur battait en secret… Florian qu'elle aurait tant aimé voir abandonner sa gentillesse presque fraternelle envers elle… Florian qui s'était tant réjoui d'intégrer enfin une filière scientifique qui, c'est vrai, semblait taillée sur mesure pour ce garçon à la passion immodérée pour tout ce qui comportait des composants électroniques. Dire qu'elle avait failli choisir d'aller en première S juste pour lui ! Si ses parents n'avaient pas été là pour en discuter avec elle au moment de son orientation, elle aurait certainement fait une bêtise. Heureusement qu'ils la connaissaient bien et qu'ils avaient pris le temps de lui montrer les débouchés qui s'ouvriraient à elle si elle s'entêtait dans cette voie-là. Certes, Lily ne savait toujours pas ce qu'elle voulait faire plus tard, mais ce qui était sûr, c'est qu'une carrière scientifique ne lui conviendrait pas.

Lily soupira. Il n'empêche que c'en était fini de toutes ces petites choses qui faisaient les hauts et les bas de sa vie sentimentale. Plus besoin de redoubler d'astuce pour s'asseoir ni trop loin ni trop près de lui. Plus de prière à formuler pour que tel ou tel professeur les associe en binôme pour un exposé ou un TP. Plus de battements de cœur qui s'accélèrent quand elle surprenait, même par hasard, son regard posé sur elle… Que la vie en classe allait lui sembler morne tout d'un coup !

S'efforçant de faire contre mauvaise fortune bon cœur, elle rejoignit ses camarades qui avaient déjà parcouru la composition des classes.

Un seul regard à Mélisande lui révéla que son autre crainte venait de se réaliser. Son amie fronçait les sourcils, la déconvenue peinte sur ce visage aux traits si fins. Voilà, ça y était, le seul espoir qui lui restait venait de disparaître. Elle ferait donc son année seule, sans personne sur qui s'appuyer et avec qui partager les petites misères des heures de classe. La déception affichée par Mélisande, habituellement si réservée, lui mit cependant un peu de baume au cœur.

Sans émotion particulière, Maëlle annonça qu'elle était en première S1 avec Florian Bressan. Chiara de son côté se réjouissait d'avoir Mme Docile comme professeur principal. Avant même que Lily ne pose de question, Mélisande lui apprit qu'elle était en première SES 3.

— Et moi, en première SES 2, ajouta-t-elle avec une moue déconfite. C'est vraiment nul !

— C'est la vie, fit Lily résignée en haussant les épaules. De toute façon, avec la chance que j'ai, c'était à prévoir…

— Ah ! ne dis pas ça, la taquina Chiara. Je suis heureuse de t'annoncer que tu es au contraire une des filles les plus chanceuses de ce fabuleux lycée !

Lily lui adressa un regard horrifié.

— Oh non ! Ne me dis pas que…

Son amie éclata de rire en reprenant :

— Mais si ! Je te dis que…

— Allons, renchérit Maëlle, imagine le nombre de jalouses que tu vas faire quand les filles sauront que tu es dans la classe de…

Chiara se joignit à elle.

— Adrien Nisoooooooon !

Lily se couvrit le visage des mains en faisant semblant de pleurer.

— Allons, la consola Mélisande, il ne faut pas exagérer quand même. Il a été plutôt cool à la fin de l'année. S'il a continué dans cette voie pendant les vacances, il est peut-être devenu presque agréable.

— Et c'est toi qui dis ça ? s'indigna Lily, je te rappelle que tu as passé l'année dernière à le traiter de tous les noms d'oiseaux possibles et imaginables.

— Oui, mais toi, tu as passé ton temps à le plaindre parce qu'il se mourait d'amour pour moi. Au moins, s'il a des peines de cœur, tu seras là pour lui remonter le moral !

— Ah non alors ! C'est vrai qu'il me faisait de la peine parfois… Et c'est vrai qu'en amoureux éconduit, il est plutôt sympa. Mais dès qu'il va mieux, il redevient absolument insupportable. J'ai rarement vu quelqu'un aussi imbu de sa personne.

À ce moment-là, elles s'interrompirent car un grand garçon à l'allure dégingandée s'approchait d'elles.

— Hey ! salut les filles ! Alors, c'était cool les vacances ?

— Salut, Farouk ! s'exclama Maëlle, ouais, c'était pas mal… Mieux en tout cas que le lycée !

L'adolescent se tourna vers Mélisande.

— Et Mél, tu as vu, on est dans la même classe.

— Mélisande.

— Quoi, Mélisande ?

— Je dis que je préfère qu'on m'appelle Mélisande. Mél, ce n'est pas précis : ça peut vouloir dire Mélanie, Mélodie, Mélissa… Et puis, c'est un peu commun.

L'éclat de rire de Farouk résonna jusqu'à l'autre extrémité de la cour.

— C'est vrai, ça peut aussi vouloir dire mélasse, mélèze, mélodrame… Ce que je suis bête, je n'y avais pas pensé avant ! Excuse-moi, Duchesse… Oh, au fait, j'espère que « Duchesse », c'est assez précis ?

Mélisande pinça la bouche et ne répondit pas.

Toujours riant, Farouk ne s'attarda pas et s'éloigna pour rejoindre un autre groupe.

Les joues légèrement empourprées, la jeune fille laissa échapper :

— Pff, il n'a rien compris !

Chiara, un sourire sibyllin aux lèvres, fut la seule à répondre :

— Je crois, au contraire, qu'il a tout compris…

# 5

# Radio-WC

**Mardi 14 septembre, 10 h 00**

« Que la vie est belle quand on n'a plus sur le dos une fouine qui vous épie en permanence pour préparer des mauvais coups ! » songea Maëlle en sortant d'un pas rapide de son cours d'anglais.

Ces premières semaines au lycée, en l'absence de cette peste de Wendy, avaient été pour Maëlle un vrai bonheur. Certes, la charge de travail que les enseignants exigeaient des élèves de première était plus conséquente encore que celle demandée l'année précédente, mais la jeune fille s'y était préparée et était bien décidée cette fois-ci à ne pas se laisser déborder, surtout avec le bac de français qui pointait son nez à l'horizon. D'ailleurs, si certains avaient eu tendance à l'oublier, M. Desmoulins, le nouveau professeur de français de Maëlle, le leur avait rapidement remis en mémoire. À l'entendre parler, on aurait cru qu'il s'était fixé pour mission sacrée de faire en sorte que la littérature des XVIIIe et XIXe siècles n'ait plus aucun secret pour ses élèves à la fin de l'année scolaire. Sans partager son enthousiasme sur la question, Maëlle était déterminée à faire de son mieux. Même si elle préférait, et de loin, la rigueur des sciences et la fiabilité des calculs mathématiques à la notation plus aléatoire d'une dissertation ou d'un commentaire de texte !

En arrivant dans la cour secondaire du lycée qu'encadraient les bâtiments de l'aile gauche, Maëlle accéléra le pas pour se diriger en toute hâte vers les toilettes. Une heure et demie qu'elle attendait ce moment ! Malgré une envie déjà pressante à neuf heures du matin, elle n'avait pas eu le temps de passer aux toilettes pendant l'intercours. Aussi, malgré le charme de M. Wolf, le toujours aussi séduisant professeur d'anglais, Maëlle avait été très heureuse d'entendre retentir la sonnerie de la récréation.

Soulagée d'atteindre enfin les toilettes, elle déchanta à peine la porte passée.

— Flûte alors ! marmonna-t-elle en apercevant trois filles en train d'attendre.

Maëlle se mit à sautiller d'un pied sur l'autre tout en maudissant copieusement la deuxième tasse de thé qu'elle avait eu la mauvaise idée de boire au petit déjeuner. Quelques minutes plus tard, constatant que les toilettes mettaient un temps fou à se libérer, elle finit par prendre une décision radicale. L'idée lui en avait bien déjà traversé l'esprit en arrivant, mais, en pensant à la tête que ferait sa mère si elle était au courant, elle n'avait pas osé la mettre en œuvre.

Sauf que maintenant, les frontières de la bienséance étaient depuis longtemps oubliées, car si elle ne trouvait pas des toilettes libres dans les secondes qui suivaient, elle courait droit à la catastrophe. L'instant d'après, elle bondissait hors des toilettes réservées aux filles et se précipitait dans celles des garçons situées à côté. Comme prévu, ce bloc sanitaire était désert. Maëlle n'hésita pas davantage.

Un peu plus tard, Maëlle se félicitait de sa débrouillardise. Elle pensa, avec une pointe d'autosatisfaction et une dose de compassion, aux filles qui, de l'autre côté du mur, patientaient encore. Elle s'apprêtait à ressortir discrètement, quand elle entendit soudain la porte des toilettes s'ouvrir et des voix de garçons résonner.

— Pff ! franchement, je la vois mal partie, cette année. Je me suis déjà pris un carton en histoire et j'en attends un autre en maths. J'en viens même à regretter de ne pas t'avoir suivi en première S…

Il y eut un rire, et une voix répondit :

— Tu as horreur des sciences ! Ça aurait été pire.

— C'est pas faux… Mais au moins j'aurais pu compter sur toi, tandis que là, il n'y a personne pour me filer un petit coup de main pendant les devoirs.

Derrière le battant, Maëlle n'osait plus respirer de peur de se faire repérer. Elle avait immédiatement reconnu les propriétaires des deux voix qu'elle connaissait bien. Florian et Adrien. Les deux copains inséparables, qui avaient eux aussi subi la fatalité de l'orientation scolaire. Sauf que pour le second, habitué depuis toujours à loucher sur la copie du premier, le réveil devait être dur.

La jeune fille se mordit la lèvre, très ennuyée d'écouter malgré elle leur conversation. Mais que faire ? Elle mourrait de honte s'ils découvraient qu'elle était allée dans les toilettes des garçons ! Surtout que l'on pouvait faire confiance à Adrien pour répéter, transformer et amplifier la moindre chose. Elle n'avait donc d'autre choix que de se faire toute petite, en espérant qu'ils ne chercheraient pas à ouvrir la porte des toilettes derrière laquelle elle se cachait.

Inconscients que des oreilles involontairement indiscrètes entendaient leurs propos, les deux amis poursuivaient :

— Eh ! pourquoi tu ne te mets pas à côté de Lily ? Elle est sympa, elle te laissera regarder.

— Tu crois que je n'ai pas déjà essayé ? Tiens, pendant le dernier contrôle de maths, je me suis assis à sa droite, mais j'ai eu beau lui faire des appels du coude, elle était à moitié couchée sur sa copie. Le meilleur des « pompeurs » n'aurait pu en lire une seule ligne. Et tu sais quoi ? Elle a même eu le culot de venir me faire la morale à la fin du cours en disant que le jour du bac je ne pourrais pas copier, et patati et patata… mais que si je voulais, elle pourrait m'expliquer ce que je n'avais pas compris… Non, mais tu te rends compte ? Pour qui elle se prend ?

Le rire de Florian résonna de nouveau.

— C'est vrai, c'est une fille bien, elle, j'avais oublié… Mais quand même, si tu étais un peu gentil avec elle, je suis sûr qu'elle serait plus compréhensive !

Sur le ton de la plaisanterie, il poursuivit :

— Entre nous, vieux, je trouve que tu as perdu la main. Avant que tu ne te casses les dents sur Mélisande, tu te vantais de pouvoir tout obtenir des filles ! Visiblement, maintenant, elles semblent résister à ton charme…

Adrien, piqué dans son orgueil, rétorqua aussitôt sur un ton de défi :

— Parce que tu crois que si je voulais, je ne la ferais pas craquer, Lily ?

Florian ne répondit pas. Peut-être était-il soudain aussi gêné que Maëlle par le tour que prenait la conversation.

— Là où tu as raison, reprit Adrien avec morgue, c'est que je n'ai pas vraiment cherché à être « gentil » avec elle. Ça se comprend d'ailleurs… Tu l'as vue ? Elle est pas top, quand même ! Un peu trop grosse, trop discrète ! Bref, pas vraiment mon style. Les filles qui me plaisent, elles ressemblent plutôt à sa copine Mélisande !

— Je sais bien qu'elle n'est pas ton style, mais ce n'est pas une raison pour parler d'elle de cette façon, intervint Florian. Lily est la fille la plus sympa que j'aie jamais rencontrée... Et puis, elle est très jolie aussi, ajouta-t-il plus bas.

Bien que de nature peu virulente, il était clair au son de sa voix que Florian était mécontent.

« Mais aussi, pesta Maëlle en elle-même, pourquoi a-t-il fallu qu'il lance la discussion sur ce sujet ? »

— Eh ! cool ! Ce n'est quand même pas comme si c'était ta copine... De toute façon, sympa ou pas, je vais te prouver que je n'ai pas complètement perdu la main. Tu vas voir, je ne vais en faire qu'une bouchée de Lily.

— Je croyais que tu la trouvais trop grosse...

— Dans ce cas précis, il ne s'agit pas de plaisir mais de « business » ! Une fois que je l'aurai sous mon charme, j'arriverai bien à la convaincre de me laisser copier, ou alors je ne m'appelle plus Adrien Nison !

Goguenard cette fois, Florian rétorqua :

— Si j'étais toi, je me chercherais déjà un nouveau nom... Lily, tu la connais mal ! Crois-moi, avec elle, tu risques d'avoir des surprises...

Quelques instants plus tard, les garçons quittaient les toilettes.

Encore suffoquée, Maëlle attendit un peu avant de faire comme eux. Elle était à la fois furieuse et choquée. L'esprit en pleine effervescence, elle réfléchissait à toute allure.

Mardi 14 septembre, 17 h 15

— Ah ! je suis tellement contente de me retrouver ici !

Chiara, le menton appuyé sur le dos de la main et un sourire aux lèvres, contemplait avec ravissement la décoration pleine de charme du café des Anges.

— Je suis d'accord avec toi, déclara Lily. Il y a un « je ne sais quoi » d'unique dans ce café.

— Oui, approuva Mélisande, on s'y sent bien.

Reconnaissant ses clientes, le serveur s'approcha avec un sourire.

— Bonjour, mesdemoiselles, heureux de vous revoir…

— Bonjour ! répondirent-elles d'une même voix.

— Trois chocolats et un Perrier ? proposa-t-il alors avant même qu'elles ne passent commande.

Un coup d'œil circulaire lui confirma qu'il avait bien deviné.

— Bien ! Je vous apporte ça tout de suite…

Il n'avait pas tourné le dos que les discussions repartaient de plus belle.

— Je ne sais pas si c'est pareil pour vous, fit Lily, mais dans notre classe, l'année a démarré sur les chapeaux de roue ! On est à peine fin septembre et les contrôles se mettent à pleuvoir.

— Oui, ronchonna Chiara, j'ai parfois l'impression que les profs sont encore plus stressés que nous. Ils paniquent tous déjà à l'idée de ne pas terminer leur fichu programme !

— Pas tous, tu exagères, la reprit Maëlle, mais c'est vrai que le prof de français nous rebat les oreilles à longueur de journée avec ce fameux « bac de français ».

— En tout cas, intervint Lily avec un soupir, on n'a pas le temps de s'ennuyer. Je ne sais vraiment pas si je vais m'en sortir avec mes cours de clarinette qui reprennent la semaine prochaine. Je me demande d'ailleurs si je ne serai pas obligée d'arrêter…

— Eh bien, moi, je ne me pose pas la question ! s'exclama Chiara, je commence les cours de théâtre mardi prochain, et quoi qu'il advienne, j'y serai !

— Moi aussi, je reprends les entraînements la semaine prochaine, renchérit Maëlle. Et j'espère bien que, cette fois, rien ne m'empêchera d'aller jusqu'au bout…

C'est alors que Mélisande dit d'une voix posée :

— En ce qui me concerne, la question est réglée. J'arrête la danse.

— Quoi !

Dans un bel ensemble, les trois autres filles se tournèrent vers elle. Devançant leurs questions, la jolie rousse laissa tomber :

— Trop de souvenirs. Je n'avais pas envie de retourner à la MDM[1].

Nulle n'osa commenter sa décision. Pour éviter que le silence ne s'installe, Chiara lança avec une bonne humeur un peu forcée :

---

1. Maison de la danse et de la musique, où Mélisande avait pour la première fois rencontré Lisandro.

— Et à part ça, quoi de neuf ?

Lily saisit la perche au vol pour raconter les derniers potins de sa classe. Puis, trouvant Maëlle étonnamment silencieuse et espérant aussi l'entendre parler de Florian, elle lui renvoya la question :

— Et de ton côté, Maëlle ? Tu n'as rien de croustillant à nous apprendre ?

La jeune fille blonde considéra un instant son amie. Cette dernière avait posé sur elle son regard franc. Ses beaux yeux noisette, dont la couleur variait au gré de ses émotions, invitaient naturellement aux confidences. Pendant un instant, elle ne sut que dire. Comme elle ouvrait la bouche, le serveur revint avec leur commande, s'excusant d'avoir tant tardé. Les quatre amies lui pardonnèrent d'un sourire, puis Maëlle sentit les regards converger de nouveau vers elle.

D'un geste évasif de la main et d'une mimique comique, elle finit par répondre :

— Désolée de vous décevoir, les filles ! Rien de neuf à vous donner en pâture ! Si ce n'est que Fanny Millet a failli s'évanouir quand Wolf lui a demandé de venir au tableau hier matin… La pauvre, il paraît qu'elle rêve de lui toutes les nuits !

Alors que ses amies éclataient de rire, Maëlle croisa le regard pétillant de joie de Lily et lui retourna son sourire. Oui, elle avait eu raison de se taire.

Il est vrai qu'en sortant ce matin des toilettes, la première envie de Maëlle avait été de se précipiter vers ses amies pour partager avec elles ce qu'elle venait d'apprendre, mais elle avait ensuite changé d'avis. Elle n'aurait pas trouvé une manière de les en informer sans que Lily en soit blessée. Les paroles de Florian lui étaient aussi restées à l'esprit et, avec lui, elle prenait le pari que son amie saurait faire preuve de ressources insoupçonnées. Et elle était certaine que son antipathie pour Adrien suffirait à faire échouer toutes les stratégies de ce dernier.

Et alors, rirait bien qui rirait le dernier !

# 6

# Jeu dangereux !

**Samedi 25 septembre, 15 h 00**

— Face. C'est toi qui sers !

— OK ! Que le meilleur gagne !

Maxime conclut sa phrase en déposant un baiser sur les lèvres de sa partenaire. Maëlle fronça le nez, mi-espiègle, mi-fanfaronne et alla rejoindre le fond du court.

Jusqu'à présent, le meilleur, c'était lui. Elle n'avait même jamais pu lui prendre un set ! Il servait comme un « pro » et se déplaçait à la vitesse du son. Depuis qu'elle jouait contre lui, la jeune fille comprenait le désespoir des adversaires de Nadal ! Parce que, oui, cela vous mettait le moral en berne de voir que les coups que vous pensiez forcément « gagnants » vous revenaient systématiquement. Sauf que Maëlle avait été à la dure école de son père, le colonel Tadier, et qu'il lui en fallait beaucoup plus pour lui faire mordre la poussière !

Alors que la jeune fille regardait son adversaire se préparer, elle repensa au premier match qui les avait opposés. Elle devait bien admettre que ce jour-là, Maxime avait commencé par taper « gentiment » dans la balle. Mais voyant que sa partenaire avait du répondant et qu'elle n'aurait eu aucun scrupule à le vaincre, il avait vite haussé son niveau de jeu. Maintenant, entre eux, la compétition était féroce. Ils se donnaient à fond à chaque partie, lui, pour gagner encore, elle, pour le battre enfin. Car si elle avait abandonné l'idée de pouvoir le dépasser sur une piste d'athlétisme, elle était convaincue que sur un court de tennis, elle conservait toutes ses chances. Un jour, elle en était sûre, la victoire serait de son côté. Après tout, le score final était toujours serré et elle sentait bien qu'il en faudrait peu pour que le résultat bascule.

Oui, un jour…

« Et pourquoi pas aujourd'hui ? » lui souffla une petite voix intérieure.

Il est vrai qu'elle se sentait particulièrement en forme cet après-midi. Sans compter que depuis qu'elle avait surpris cette conversation entre Florian et Adrien dans les toilettes, elle conservait, enfouie tout au fond d'elle-même, une rage qui ne demandait qu'à s'exprimer.

Pendant que de l'autre côté du court Maxime faisait rebondir la balle et se préparait à servir, elle éprouva une pointe de remords. Peut-être n'était-il pas très juste que ce fût lui qui fasse les frais de sa colère. Elle le connaissait suffisamment pour savoir qu'il n'aurait jamais tenu des propos pareils. Bien sûr, c'était un adversaire acharné et sans pitié dès qu'il était dans le feu de la compétition (ce qu'elle comprenait d'ailleurs fort bien, étant elle-même issue d'un moule identique), mais hors de ce contexte, c'était le plus fabuleux des garçons.

La fin des vacances scolaires leur avait permis de passer beaucoup de temps ensemble et, de balades en défis sportifs, ils s'étaient encore découvert un tas de nouveaux points communs. Oui, Maxime était drôle, généreux, sympa... et terriblement craquant avec ses mèches blondes qui bouclaient dans le cou. S'il n'avait pas eu parfois un petit côté « Je me crois supérieur parce que je suis un garçon », il aurait été tout bonnement parfait.

Mais bon, tout le monde savait bien que la perfection n'est pas de ce monde !

Maëlle fut brutalement tirée de ces charmantes pensées par un boulet de canon impitoyable.

— Ace ! s'écria son adversaire.

S'efforçant de cacher son plaisir, Maxime ajouta d'une voix monocorde :

— 15/0. Encore trois comme ça, et le jeu est plié.

La jeune fille jura entre ses dents, toute trace de remords envolée. Assez de guimauve ! Même à cette distance, elle pouvait distinguer l'insupportable petit sourire d'autosatisfaction que Maxime n'arrivait pas à réprimer.

Furieuse de s'être laissé attendrir, elle se déplaça vivement de quelques pas sur sa ligne de fond pour se préparer à recevoir le service du deuxième point. La poignée de la raquette serrée à deux mains, elle plissa les yeux et fléchit légèrement les genoux.

Maëlle la combattante était de retour.

Il fallut une petite demi-heure à Maxime pour remporter le premier set six jeux à quatre.

Alors que les deux joueurs vidaient une bouteille d'eau et reprenaient des forces en croquant une barre de céréales, le garçon dit à Maëlle d'un ton taquin :

— Alors, gazelle, mes balles vont trop vite pour toi ?

Un grand sourire aux lèvres, Maëlle rétorqua :

— Il me semble plutôt que c'est le lion qui aurait du souci à se faire ! Heureusement que tu as bien servi chaque fois que nous étions à 40 partout, sinon tu ne ferais pas tant le fier ! Tu n'as pas réussi à remettre une seule de mes amorties !

Son adversaire lui retourna son sourire.

— OK, je vois que la leçon ne te suffit pas. On y retourne, alors ?

— On y retourne !

D'un pas déterminé, ils rejoignirent chacun leur fond de court.

Maëlle était impatiente d'en découdre à nouveau. Car même si Maxime avait remporté ce premier set, elle l'avait senti moins rapide qu'à l'accoutumée. Ses accélérations avaient perdu en vivacité, et il suffirait que sa première balle de service ne passe plus pour qu'enfin le rapport de force s'inverse.

C'est au début du cinquième jeu, le score étant alors à deux partout, que la « machine à aces » s'enraya enfin. Maëlle, profitant d'une deuxième balle plutôt molle de son adversaire, décocha un coup droit puissant le long de la ligne, qui le laissa stupéfait.

— 0/15, susurra-t-elle, encore trois comme ça, et le jeu est plié.

Sans autre commentaire qu'une œillade assassine, Maxime se mit en position pour le point suivant.

Pendant près de quinze minutes, les balles sifflèrent de gauche à droite et de droite à gauche. Le couple ne parlait plus. Seules quelques exclamations de frustration ou de satisfaction résonnaient de temps à autre lorsque l'un ou l'autre annonçait le score.

— 40-A ! s'écria Maëlle.

Dès lors, le duel devint féroce. Chacun leur tour, l'un prenait l'avantage sur l'autre pour le perdre au point suivant. Il fallut une amortie de Maëlle, qui força Maxime à se ruer vers le filet pour remettre la balle, suivi d'un lob parfaitement réussi de la jeune fille pour que celle-ci remporte enfin le point gagnant.

Ensuite, de manière flagrante, le match bascula. Maëlle, dont la confiance grandissait, tentait avec succès des coups osés tandis que Maxime, contrairement à son habitude, ne se donnait même plus la peine de courir pour essayer de les remettre.

Quand elle remporta enfin la balle de set, Maëlle explosa de joie. Esquissant un pas de danse sur le court, elle s'écria :

— Hé, hé ! le lion a mordu la poussière !

De l'autre côté du filet, Maxime était silencieux. Ses traits crispés trahissaient cependant son mécontentement. Sans en tenir compte, Maëlle s'approcha de la chaise sur laquelle elle avait déposé ses affaires en chantonnant : « Dans la jungle, terrible jungle, le lion est mort ce soir… »

Quand il la rejoignit quelques secondes plus tard, elle s'exclama, avec malice :

— Prêt pour le troisième set ?

— Tu as vu l'heure ? grogna Maxime. Les joueurs suivants vont arriver. On n'aura pas le temps de finir…

— Allez ! On arrêtera si quelqu'un arrive…

— Ne pas terminer un set, ça ne sert à rien ! En plus, j'ai mal aux genoux…

Maëlle se mit à rire.

— Pauvre chou, le plaignit-elle une note moqueuse dans la voix, avoue plutôt que tu as peur de perdre !

Piqué dans son orgueil, le garçon releva la tête et affirma avec assurance :

— Peur de perdre, et contre toi, en plus ? Là, tu me connais mal !

Vexée à son tour, Maëlle s'emporta :

— Tu as raison ! Visiblement, je te connais mal : je ne te savais pas mauvais perdant ! Il n'empêche, que tu le veuilles ou non, c'est un fait : tu as perdu contre moi, une fille !

— Tu dis n'importe quoi ! s'insurgea Maxime. D'abord, je ne voulais pas vraiment dire ça, et puis, ce n'est pas parce que j'ai raté un set que j'ai perdu le match !

Maëlle sentait que la conversation était en train de s'envenimer et qu'elle aurait dû s'arrêter. Mais c'était plus fort qu'elle : elle ne supportait pas la mauvaise foi.

— Désolée ! Tu refuses de jouer un troisième set. Je considère donc cela comme un abandon et je me déclare officiellement « victorieuse » par forfait !

Elle avait essayé de tempérer ses propos en y introduisant une touche d'humour, mais le garçon ne fut pas dupe. Cherchant cependant lui aussi l'apaisement, il rétorqua sur le même ton :

— Disons plutôt que le match a été interrompu pour des raisons indépendantes de notre volonté et qu'il reprendra plus tard.

Maëlle s'apprêtait à répliquer, mais il ajouta avec un soulagement évident :

— D'ailleurs, regarde : les joueurs suivants arrivent !

Effectivement, un couple approchait, sac de tennis sur l'épaule.

Cela mit provisoirement fin à leur conversation.

D'un accord tacite, ils évitèrent pendant le restant de l'après-midi d'aborder le sujet et redoublèrent même d'efforts pour être tendres et agréables l'un envers l'autre.

Cependant, jusqu'à ce qu'ils se séparent, un malaise diffus persista entre eux.

# 7

# La reprise

**Mardi 28 septembre, 8 h 00**

Il n'avait guère fallu de temps pour que les vacances d'été soient reléguées au rang de lointain souvenir dans la mémoire des lycéens. Si Mélisande, elle, ne regrettait pas les longues plages de sable fin, elle était cependant profondément ennuyée par cette rentrée qui n'avait pas été à la hauteur de ses espérances. Tout était allé de travers : ce pique-nique plutôt raté au parc, ses retrouvailles avec le trio qui avaient pris un goût doux-amer et jusqu'à ce drôle de coup du sort qui l'avait séparée de Lily pour lui infliger la compagnie de Farouk !

— Salut, Mél !

La jeune fille ne tourna même pas la tête pour accueillir son nouveau voisin. Elle se contenta de hausser ses sourcils bien dessinés et de lever ses lumineux yeux verts au ciel.

— Dis, ça ne te dérange pas si je m'assois là ? Tu comprends, moi, j'ai toujours aimé les défis impossibles : gravir l'Everest, décrocher une étoile inaccessible, côtoyer la belle, l'élégante, l'incomparable Mélisande de Saint-Sevrin !

La jeune fille, toujours murée dans le silence, se contenta de décocher un regard glacial au grand adolescent dégingandé qui se penchait vers elle. Ce qui eut pour conséquence de le faire glousser fort peu discrètement. Secouant ses dreadlocks, Farouk lui donna un franc coup de coude dans le bras.

— Allez Mél, je t'aime bien, tu sais… Je suis sûr que si tu te décoinçais un peu, on découvrirait même des trésors d'humour insoupçonnables chez une fille portant un si sérieux petit tricot violet.

— Lie-de-vin.

« Et zut ! » pensa-t-elle en se mordant la lèvre inférieure. Elle s'était pourtant bien juré de traiter par le mépris le plus absolu toutes les « mises en boîte » auxquelles Farouk l'avait habituée depuis le jour de la rentrée.

— « Lit de vin » ? répéta Farouk surpris. Eh, cool, moi, j'ai jamais parlé d'alcool !

Malgré elle, Mélisande eut envie de rire devant son indignation. Réprimant un sourire, elle consentit à expliquer :

— *Primo*, je ne porte pas un « tricot », mais une petite merveille en alpaga des Andes. *Secundo*, tu ne me verras jamais arborer du violet. Ça jure avec la couleur de mes cheveux. D'où la teinte « lie-de-vin » de mon pull.

Devant son air perdu, elle précisa :

— La lie, L. I. E. ! C'est ce qui se dépose au fond des bouteilles de vin.

— Ah ! s'exclama Farouk qui semblait enfin comprendre. C'est classe cette façon de parler. En fait, ce qui me plaît quand je suis avec toi, c'est que je découvre la vie sous un jour nouveau !

Et tirant par le bas son long tee-shirt déformé et d'une indéfinissable couleur sombre, il ajouta d'un air railleur :

— Alors ça, dans ton argot, tu l'appellerais comment ? « Lie-de-Coca-Cola » ?

Négligeant de répondre, la jeune fille laissa échapper un soupir de désespoir. Farouk, fermant l'œil gauche tel un diamantaire qui estimerait une pierre précieuse, poursuivit comme pour lui-même :

— Ou « lie-de-chocolat » ? Dur, dur, la question ! La vie doit être supercompliquée pour toi...

Au grand soulagement de Mélisande, leur professeur principal mit enfin la main sur le document qu'il cherchait dans sa mallette et prit la parole à ce moment-là.

— Bien ! s'exclama M. Gardère. Nous allons pouvoir procéder aux élections des délégués. Y a-t-il des volontaires ?

Son regard balaya la classe, mais il eut beau chercher, aucune main ne se leva. Surpris, il insista :

— Allons ! C'est un rôle important et indispensable au bon fonctionnement de la classe. Ne me dites pas qu'aucun d'entre vous ne se sent la fibre citoyenne… En vingt ans de carrière, ce serait bien la première fois qu'une telle chose arriverait.

Devant les têtes baissées qui cherchaient à éviter son regard, il enchaîna :

— Bon, très bien. Comme de toute façon, nous sommes obligés d'élire des délégués, je vais vous demander d'écrire deux noms de votre choix sur un bout de papier et de le plier en deux. Je passerai dans les rangs pour les ramasser.

Pendant les minutes qui suivirent, quelques rires le disputèrent aux commentaires qui s'élevaient çà et là, mais le professeur fit cesser les bavardages, rappelant que le vote devait être personnel. Puis, saisissant la boîte à chaussures qu'il avait apportée à cet effet, il récupéra tous les bulletins.

Un élève fut envoyé au tableau pour noter les résultats, et le dépouillement commença.

Au moment où elle obtint une troisième croix à côté de son nom, Mélisande commença à se poser des questions. À la quatrième, elle sentit une vague d'inquiétude l'envahir. Mais en voyant l'élève en tracer une cinquième, elle fut soudain convaincue qu'il se passait quelque chose d'étrange.

Lorsqu'elle remporta le scrutin avec douze voix en sa faveur, elle avait renoncé à comprendre quelle folie s'était emparée de ses camarades.

Ces croix blanches tracées sur le tableau la ramenaient des années en arrière. Tout juste arrivée dans une nouvelle école, Mélisande avait levé le doigt pour proposer sa candidature au poste de délégué de classe de CE2. Elle avait pensé alors que le vote ne serait qu'une formalité et que les enfants, impressionnés par son élégance et sa beauté, lui accorderaient massivement leur voix. Sa désillusion avait été à la hauteur de sa prétention : immense.

Une croix, une seule, la sauvant de l'humiliation totale, avait été inscrite à côté de son nom. L'anonymat du vote empêchant heureusement les autres enfants de savoir qu'il s'agissait de son propre bulletin. Depuis ce jour, Mélisande avait appris qu'une barrière invisible la séparait de ceux que sa mère appelait « les autres ». Elle s'y était faite, jusqu'à ce que Lily, avec son sourire et sa gentillesse, lui ouvre la porte du trio qu'elle formait avec Maëlle et Chiara.

Alors, si cette popularité soudaine la prenait totalement au dépourvu, elle apportait aussi à la jeune fille, malgré une méfiance instinctive, un plaisir inattendu.

— Bien, les jeux sont faits, déclara M. Gardère, visiblement désireux de clore rapidement l'affaire. Puis-je considérer que vous acceptez ?

Mélisande se contenta de hocher la tête, veillant à ce que ses émotions ne transparaissent pas sur son visage.

— Pas de problème, m'sieur ! Ce sera un plaisir d'être délégué avec madame !

Pivotant d'un bloc au son de cette voix, l'adolescente se retrouva face à son voisin qui, à moitié avachi sur sa chaise, souriait tranquillement. Un rapide coup d'œil au tableau lui apprit que, avec onze voix, Farouk la suivait de près et était aussi élu.

— Parfait ! Un garçon, une fille, la parité est respectée.

Sans tarder, le professeur inscrivit les noms sur le formulaire et, satisfait, attaqua son cours.

Alors qu'il notait le titre d'un nouveau chapitre au tableau, Mélisande soupçonneuse, glissa à Farouk :

— Ôte-moi un doute : est-ce que par hasard tu y serais pour quelque chose ?

Ouvrant de grands yeux innocents et feignant l'outrage, le garçon répondit :

— Moi ? Allons donc, vous me prêtez un pouvoir qui n'est pas le mien. Si j'avais la capacité d'influencer les pensées de mes semblables, je n'aurais certainement pas commencé par m'attaquer à celles de ces pauvres malheureux qui viennent de vous élire…

Impressionnée et exaspérée à la fois par son ton grandiloquent, Mélisande ne revint pas à la charge. Faisant mine de s'intéresser au cours de M. Gardère, la jeune fille ne pouvait cependant se défaire du sentiment qu'on s'était joué d'elle. Et puis, la dernière déclaration de Farouk lui trottait dans la tête. Puisque selon ses dires, l'esprit de ses camarades ne l'intéressait pas, de qui donc aurait-il aimé influer les pensées ?

Mardi 28 septembre, 17 h 55

Ce jour-là, lorsque Mme Docile l'arrêta alors qu'elle s'apprêtait à sortir, Chiara ne s'inquiéta pas. Elle se doutait bien du sujet que l'enseignante désirait aborder.

— Alors, Chiara, ces cours de théâtre ?

Le sourire de la jeune fille s'élargit.

— Je vais m'inscrire ce soir, madame.

Mme Docile lui retourna son sourire.

— Parfait. J'en suis heureuse. Saluez bien William de ma part. Il m'en a fait voir de toutes les couleurs lorsque je l'avais dans ma classe, mais désormais, j'ai toujours plaisir à assister à ses pièces. C'est un excellent comédien. Je suis sûre que vous apprendrez énormément avec lui.

— Je l'espère aussi. Depuis le temps que j'attends ça !

— N'en oubliez pas votre étude de texte pour vendredi quand même !

— Non, non, promis, fit Chiara en reculant vers la porte, le mot « étude » ayant le pouvoir de la faire fuir.

Quelques minutes plus tard, son sac lui battant le flanc, elle courait dans les couloirs. Elle n'était pas en retard, les inscriptions ouvrant dans une heure, mais elle se sentait pousser des ailes. En un rien de temps, elle atteignit la porte de sortie du lycée, où Lily appuyée contre une barrière parlait avec Mélisande. Cette dernière cependant ne regardait pas son interlocutrice. Les yeux posés sur deux adolescents qui s'éloignaient main dans la main, elle paraissait perdue dans ses pensées et affichait un visage sombre. Reconnaissant dans le couple qui s'apprêtait à tourner à l'angle de la rue Maëlle et Maxime, Chiara comprit aussitôt la raison de la lueur envieuse qui brillait dans le regard émeraude de son amie. Son histoire d'amour à elle n'avait pas résisté lorsque le mensonge sur lequel elle l'avait bâtie avait été révélé au grand jour. Et malgré la superbe indifférence que Mélisande affichait habituellement, il était clair que sa blessure était toujours douloureuse.

Chiara n'avait pas été la seule à remarquer les sentiments que Mélisande, pendant un court instant, n'avait pu dissimuler. Lily, avec sa perspicacité habituelle, s'en était également rendu compte. Elle se désolait de voir que son amie n'arrivait pas à tourner la page, mais elle admirait sa dignité. Elle, elle en aurait été bien incapable !

Alors qu'elle hésitait, se demandant s'il valait mieux aborder le sujet ou garder le silence, Chiara, aussi pétillante qu'une bulle de champagne, les rejoignit. Soulagée de ne pas avoir eu à décider, Lily la salua avec entrain.

— Hello ! Eh bien, tu as l'air en forme, toi ! À quoi doit-on ce sourire digne d'une pub pour dentifrice ?

Chiara lui fit les gros yeux et feignit un profond mécontentement :

— Eh ! tu ne te rappelles pas quel jour nous sommes ? Ne me dis pas que tu as oublié !

Puis, sans laisser une chance à son amie de se souvenir, bien incapable qu'elle était de retenir sa joie plus longtemps, elle leva une main au ciel, posa l'autre sur sa poitrine et déclama de sa voix rauque :

— Le monde du théâtre s'apprête à vivre sa plus grande révolution depuis la première entrée en scène de Sarah Bernhardt : l'heure de Chiara Palermo la magnifique a sonné !

Légèrement ébranlée par le regard étonné que posaient sur elle les deux autres filles, Chiara abandonna cependant vite sa pose pour conclure sur un ton banal :

— Ben quoi ? Je m'inscris au cours de théâtre ce soir, c'est un événement, non ?

Alors que Lily se mettait à pouffer, Mélisande, légèrement ironique, commenta :

— Oui, c'est sûr… Mais de là à en faire trembler les murs du lycée…

— Tu as raison, c'est fantastique ! s'exclama Lily. Et je suis impardonnable de ne pas m'en être souvenu. Malheureusement, cette fois, je ne serai pas là pour t'accompagner, j'ai cours de clarinette. J'espère en tout cas que tu ne reculeras pas au dernier moment.

Soudain, une idée lui traversa l'esprit et sans réfléchir davantage, elle s'exclama :

— Je sais ! Mélisande va t'accompagner. Comme ça, je suis sûre que, cette fois-ci, tu ne te débineras pas devant la porte !

Chiara lui lança un drôle de regard, mais Mélisande, qui n'avait aucune envie de se retrouver seule à cet instant-là, sauta sur l'occasion :

— Pourquoi pas ? Je ne voudrais manquer cet événement historique pour rien au monde…

— Événement historique ? répéta Chiara, mi-figue, mi-raisin, tiens donc !

— Je plaisantais, voyons, je serais très contente de t'accompagner.

Avant que Chiara n'ait eu le temps de lui demander à quel moment *exactement* elle plaisantait, Lily conclut :

— Génial ! Et je veux un compte rendu détaillé pour demain !

Jetant alors un coup d'œil à sa montre, elle laissa échapper un cri :

— Zut ! Maintenant, je suis en retard ! À tout', les filles…

Et abandonnant là ses deux amies, elle s'enfuit à toutes jambes.

# 8

# Surprises !

**Mardi 28 septembre, 18 h 00**

Ce soir-là, en quittant les cours à six heures, Maëlle ne s'attendait pas à voir Maxime appuyé contre la barrière métallique qui longeait le trottoir, face aux immenses portes de bois de Balzac.

D'habitude, il ne venait jamais la chercher, son lycée étant situé bien trop loin de celui de Maëlle.

La joie avait remplacé la surprise, d'autant qu'ils ne s'étaient pas vus depuis presque une semaine.

En fait, depuis ce fameux match de tennis qui s'était terminé de manière… déroutante.

Quand elle lui avait envoyé un SMS pour lui proposer de se voir le week-end dernier, il lui avait répondu que ce n'était pas possible. Sans donner d'explications.

Par fierté, elle n'en avait pas réclamé, mais trouvant son message un peu abrupt, elle s'était demandé si la « défaite » de Maxime au tennis n'en était pas la cause. En tout cas, pas question de le rappeler ! Elle attendrait qu'il la contacte à son tour. Les jours passant, devant le silence de Maxime, elle s'était interrogée avec inquiétude. Ainsi, découvrir son sourire habituel à la sortie du lycée avait été un baume pour son esprit troublé.

Prenant soin de dissimuler son soulagement, elle lui avait sauté au cou et l'avait embrassé avec enthousiasme. En riant, il avait décrété qu'il espérait bien que son professeur de physique serait encore malade la semaine prochaine pour pouvoir de nouveau bénéficier d'un tel accueil.

Malgré les questions qui lui brûlaient les lèvres, Maëlle avait encore résisté à la tentation de lui demander des éclaircissements sur son silence. De toute manière, Lily et Mélisande étaient arrivées peu de temps après et la conversation était devenue générale.

Maintenant qu'ils étaient de nouveau tous les deux, ces fameuses questions, comme des oiseaux de mauvais augure, s'étaient remises à tourner dans sa tête. Mais elle était si heureuse de marcher ainsi en silence, sa main dans la sienne, qu'elle hésitait à rompre le charme.

— Au fait, désolé pour ce week-end, s'exclama soudain Maxime. Mon cousin a débarqué à l'improviste. Ça lui arrive parfois. Il prend la décision sur un coup de tête et, comme il habite à la campagne, il veut tout voir de ce qui se passe en ville en deux jours. Résultat, j'ai fait une overdose de cinéma et de bowling !

En apprenant cela, Maëlle fut à la fois soulagée et exaspérée. Soulagée d'apprendre qu'il y avait une bonne raison à son refus. Exaspérée qu'il se soit amusé jusqu'à « l'overdose » alors qu'elle se morfondait dans sa chambre.

D'un ton légèrement acide, elle commenta :

— Alors, c'est de famille…

— Qu'est-ce qui est de famille ?

— De ne pas prévenir les gens : ton cousin débarque à l'improviste… Et toi, tu ne m'appelles pas pendant plusieurs jours…

Maxime sourit :

— Eh ! je t'ai manqué ? Bonne nouvelle !

Reprenant son sérieux, il expliqua :

— Tu sais, je n'ai pas pu bosser ce week-end, alors il a fallu que je rattrape mon retard en début de semaine.

— Au point de ne pas avoir le temps de m'envoyer un SMS ?

— Les gars, c'est pas comme les filles, on ne pense pas toujours à ces choses-là… Et puis si tu voulais me parler, il fallait m'appeler !

Là, Maëlle, malgré sa verve légendaire, ne sut pas quoi répondre. Elle ne tenait pas à lui expliquer tout ce qui lui était passé par la tête. Nul doute qu'il se serait encore moqué d'elle en l'accusant d'avoir un esprit tortueux et compliqué. Un esprit de fille, quoi !

Elle choisit de changer de sujet de conversation :

— Au fait, j'espère que toutes tes activités ne t'ont pas empêché de réserver le court de tennis pour demain soir ? C'était à ton tour de t'en occuper.

Maxime se tapa sur le front :

— Mince, ça m'a complètement échappé !

Maëlle soupira et sortit son portable :

— OK, je m'en charge…

La main de Maxime se referma sur la sienne avant qu'elle n'ait eu le temps de taper les premiers chiffres. Le regard malicieux, il proposa :

— Et si, pour une fois, on allait au ciné ?

La jeune fille lui lança un regard surpris. Maxime, tout comme elle, préférait en général une bonne dose d'activité sportive à une sortie « septième art ». Et ce d'autant plus que l'entraînement d'athlétisme n'avait pas encore repris !

— Je croyais que tu avais fait une overdose de cinéma ce week-end, objecta-t-elle, un brin soupçonneuse.

Maxime lui décocha son plus beau sourire.

— Avec toi, les salles sombres ont un tout autre charme…

Mardi 28 septembre, 18 h 30

Chiara n'était pas très enchantée de l'idée de Lily. Elle aurait mille fois préféré aller s'inscrire seule au cours de théâtre. Elle trouvait que le prétexte de son amie ne tenait pas la route : entre l'an passé et aujourd'hui, la situation n'était plus du tout la même et ses hésitations, voire ses défaillances, n'avaient plus de raison d'être. Certes, elle tremblait un peu à l'idée de se retrouver confrontée à des professionnels qui analyseraient et critiqueraient sa façon de jouer, mais, maintenant qu'elle avait obtenu le consentement paternel et appris qu'elle pouvait marcher sur les traces de sa mère, elle se sentait apte à gravir tous les sommets !

— Oh ! tu as vu cette écharpe ? s'écria Mélisande devant la vitrine d'un magasin. Elle est top classe ! C'est exactement la couleur que je cherchais pour aller avec ma veste beige. Tu viens ? Je vais l'acheter…

— Non, refusa Chiara plus sèchement qu'elle ne l'aurait voulu, j'ai pas le temps !

Voilà pourquoi elle n'avait pas envie de se retrouver avec Mélisande en centre-ville. Pour cette dernière, acheter était aussi naturel que respirer. Elle le faisait sans y penser, ni avant, ni après, et recommençait chaque fois que l'occasion se présentait. Cette attitude était exaspérante quand on devait soi-même réfléchir avant chaque dépense et qu'on arrivait, après une longue réflexion, à conclure que non, cet achat n'était pas possible…

Rompue depuis sa plus tendre enfance à cet exercice, Chiara s'en accommodait plutôt bien avant que Mélisande ne rejoigne leur trio. Et même, pour être sincère, ces petites privations ne lui coûtaient pas tant. Vêtements et autres accessoires de mode se trouvaient si loin sur sa liste des priorités qu'elle n'y pensait guère. Toute son énergie et son attention étaient concentrées sur le théâtre… et ses relations avec son père et ses amies.

Cette attitude l'avait pleinement satisfaite jusqu'à ce que la coquette Mélisande fasse son entrée dans sa vie. Certes, malgré quelques maladresses dont elle s'était immédiatement excusée, Mélisande avait veillé à éviter tout commentaire déplacé sur les habitudes vestimentaires de ses amies en général et de Chiara en particulier. Mais il suffisait parfois d'un regard pour que Chiara se sente jugée. Il lui était alors malaisé, lorsqu'elle se retrouvait en présence de Mélisande, de se sentir élégante ou bien habillée.

Et puis, il y avait eu sa remarque assassine au parc de la Tête d'or ! La goutte qui avait fait déborder le vase ! Chiara, dont le sang sicilien qui coulait à moitié dans ses veines bouillonnait par instants, n'était pas prête à lui pardonner l'offense.

« Oui, se répéta encore l'impétueuse jeune fille, j'aurais préféré me rendre seule à cette inscription ! C'est un moment historique dans ma vie, après tout… Un moment que je n'avais pas spécialement envie de partager avec mademoiselle “couverture-de-magazine” ! »

L’humeur de Chiara s’allégea cependant lorsqu’elle se retrouva face à la porte qui l’avait tant effrayée un an auparavant. S’arrêtant net, elle relut les quelques mots gravés sur la plaque de cuivre apposée sur le mur.

— Cours Saint-Émilien, lut à voix haute Mélisande qui avait finalement renoncé à son achat, ça fait un peu ringard, non ?

Chiara souffla et, sans répondre, se décida, le cœur battant à grands coups, à pousser la porte.

La jeune fille, qui sentait l’angoisse la saisir soudain, ne vit rien du hall d’entrée qui menait à des escaliers de pierre et à une cage d’ascenseur un peu vieillotte. Rien, en revanche, n’échappa à l’œil acéré de son amie. Du sol dallé de losanges blancs et noirs au plafond boisé, se dégageait de cette entrée le charme désuet caractéristique des décors estampillés XIXe siècle.

— J’espère pour toi que le prof qui donne les cours n’est pas d’époque…

En entendant cela, Chiara s’esclaffa et fut soudain heureuse d’avoir Mélisande à ses côtés. Sa remarque idiote avait fait voler en éclats le stress qui venait de s’emparer d’elle.

— Tu sais que tu peux être très bête parfois ?

— Mais parfois seulement, rétorqua son amie d’un ton pince-sans-rire, tout le monde n’a pas le privilège de me connaître sous mon vrai jour.

Riant d'elles-mêmes, les deux filles s'enfermèrent dans l'étroite cabine grillagée de l'ascenseur et appuyèrent sur le bouton du deuxième étage. Ce n'est que lorsqu'elle se retrouva quelques instants plus tard face à une porte en bois massif que Chiara reprit son sérieux. On vint leur ouvrir dès le premier coup de sonnette.

— Bonjour, c'est… heu…

La voix de la jeune fille mourut lorsque son interlocuteur apparut en pleine lumière. De taille moyenne, mince, il avait les cheveux bruns, qu'il portait mi-long, coiffés en catogan souple. Un sourire chaleureux aux lèvres, il avait posé sur elle un regard de braise.

« Dis quelque chose, espèce de cruche, dis quelque chose… ou il va vraiment te prendre pour la dernière des nouilles », s'exhorta Chiara. Mais malgré tous ses efforts, sa tête lui paraissait désespérément vide.

— Bonjour. À qui avons-nous l'honneur ? à Émilien ou… au « saint » ?

« Oui, ça, c'était bien ! De l'à-propos, un zeste d'humour et une bonne dose d'assurance dans la voix ! »

Sauf que ces mots ne sortaient pas de sa bouche !

Le jeune homme se mit à rire, tandis que ses yeux de braise se posaient sur le visage de la jolie fille rousse qui avait parlé avec tant d'impertinence.

Il répondit sur le même ton :

— Ni l'un ni l'autre, je m'appelle William… mais pas Shakespeare, malheureusement. Mes parents ont fait ce qu'ils pouvaient pour le prénom, mais ils n'ont guère eu le choix du patronyme... C'est donc « Granger ». Il y a mieux, il y a pire, et depuis le temps, je m'y suis fait !

Il s'effaça et les invita à entrer d'un ample geste de la main.

Les deux amies s'avancèrent dans l'entrée de l'appartement. Elle s'ouvrait sur une pièce qui avait dû faire office de salon à l'origine mais qui avait été transformée en bureau. La décoration de base, dans les tons crème, était très sobre. Sur chaque mur cependant fleurissaient d'immenses affiches émanant des plus grands théâtres parisiens.

Profitant d'un instant où William s'était éloigné et ne pouvait les entendre, Chiara, tout excitée, glissa à l'oreille de Mélisande :

— C'est le sosie de Gérard Philipe dans *Fanfan la Tulipe* !

Son amie lui retourna un regard chargé d'incompréhension, mais Chiara ne put lui en dire plus, car le jeune homme était de retour. Il remarqua alors le petit prospectus que la jeune fille tenait à la main et s'étonna :

— Tiens ! Mais c'est la publicité de l'année passée !

L'adolescente ne put s'empêcher de rougir et hésita à répondre. Cependant, craignant que Mélisande n'intervienne de nouveau, elle décida de la devancer.

— C'est une longue histoire, fit-elle, la voix encore plus rauque que d'habitude, en fait je suis une élève de Mme Docile. C'est elle qui m'a conseillé de venir ici.

William sourit.

— Cette chère Françoise ! Elle m'a beaucoup soutenu dans mon projet. Sans elle, je ne crois pas que j'en serais venu à bout. Dis-moi, on peut se tutoyer, j'espère ?

Comme Chiara hochait vigoureusement la tête, il poursuivit :

— Terrorise-t-elle toujours les élèves de son regard d'acier ?

Chiara, qui avait trouvé très drôle d'entendre appeler son sévère professeur de français par son prénom, abonda dans son sens :

— Plus que jamais !

— Ça ne m'étonne pas… Je peux t'assurer pourtant qu'elle est beaucoup plus cool en dehors du contexte scolaire.

Chiara voulait bien le croire, cependant, elle ne se voyait pas interpeller Mme Docile par son petit nom quel que soit l'endroit !

Tout en évoquant ses souvenirs de lycéen, William procéda aux formalités d'inscription. Bientôt, tout fut réglé et Chiara, sur un petit nuage, apprit que les cours accueillant les élèves de quinze à dix-huit ans commenceraient la semaine suivante et se tiendraient de seize heures à dix-huit heures les mercredis.

— C'est parfait ! fit-elle en pliant les papiers qu'il venait de lui remettre, j'ai vraiment hâte d'y être.

William lui adressa un sourire chaleureux et se tourna soudain vers Mélisande.

— Et toi, le théâtre, ça ne t'intéresse pas ?

Chiara éclata de rire, comme si William venait de raconter une bonne blague. Son amie, elle, se contenta d'afficher un petit sourire en coin avant de répéter d'un ton sibyllin.

— Le théâtre…

— Alors ça, ce n'est pas du tout son…, commença Chiara.

— En fait, c'est une éventualité à laquelle je n'avais jamais songé, l'interrompit prestement Mélisande.

— À tort, insista William. C'est une activité complète qui développe aussi bien les capacités d'expression orale que la confiance en soi.

Cette fois, Chiara eut envie de hurler de rire. La parfaite et supérieure Mélisande était bien la dernière à avoir besoin de développer sa confiance en elle ! Mais celle-ci, loin de prendre tout ceci sur le ton de la plaisanterie, finit par répondre de sa voix la plus charmeuse :

— Après tout, pourquoi pas ?

Et en moins de temps qu'il n'en fallut pour le dire, Mélisande remplit à son tour ses papiers d'inscription.

Quand les deux amies se retrouvèrent dans la rue, Chiara bouillait de rage. Quand elles se furent éloignées de quelques pas, elle laissa éclater sa colère.

— Non, mais ça ne va pas ? Qu'est-ce qui t'a pris de t'inscrire ? Tu fais la moue dès que je parle théâtre et voilà que tu décides tout à coup de t'y mettre !

Cherchant à dédramatiser, son amie lança d'un ton léger :

— Eh bien, disons que tu m'as convertie ! Tu devrais être contente… On sera deux à saouler les autres maintenant.

— Ne me prends pas pour une idiote en plus, vitupéra Chiara, ce qui t'a convertie, c'est plutôt William !

Mélisande pinça les lèvres, mais son amie chargea de nouveau :

— Moi, ce que je comprends surtout, c'est que ton histoire avec Lisandro ne t'a pas servi de leçon. Maëlle t'avait bien jugée la première fois qu'elle t'avait vue. Tu es comme Wendy et compagnie, toujours à chercher à séduire !

Le regard vert de Mélisande s'assombrit, mais elle conserva un air impénétrable. Quand Chiara eut fini sa tirade passionnée, elle haussa les épaules et se contenta de dire :

— Crois ce que tu veux, ça m'est égal.

# 9

# Petits papiers et grandes douleurs

**Samedi 2 octobre, 16 h 20**

Lily adorait les papeteries.

Chaque fois que l'occasion se présentait, elle ne résistait pas au plaisir d'en franchir le seuil pour y musarder à son aise.

Elle laissait alors sa main glisser sur le blanc immaculé des pages des cahiers et imaginait les pensées et les rêves qui rempliraient un jour ces lignes. Elle respirait avec bonheur l'odeur du papier et des crayons neufs, et s'amusait à tracer des arabesques avec les mille et un stylos qui se trouvaient à sa disposition.

Oui, Lily adorait les papeteries, les grandes comme les petites.

Ce qui lui plaisait tout particulièrement cependant, c'était ces minuscules boutiques qui se faisaient de plus en plus rares en ville, mais où l'on était toujours sûr de découvrir une ou deux merveilles introuvables ailleurs.

« La plume du Roy », avec sa devanture artistiquement présentée et ses articles uniques en leur genre, avait tout pour la séduire. Rien d'étonnant donc que, depuis son enfance, Lily soit toujours enthousiaste à l'idée d'accompagner sa mère lorsque celle-ci allait s'y approvisionner en papier à dessin, crayons de couleur et peinture. Sans compter qu'à ce plaisir s'ajoutait celui de partager avec sa mère une conversation exclusivement féminine et confidentielle sans risque de voir débouler Hugo, Thomas ou même leur père, au moment le plus critique.

Ce jour-là, assurée qu'aucune oreille indiscrète ne traînait « par hasard » dans les environs, Lily confiait en toute liberté à Mme Berry son inquiétude au sujet de Mélisande. Quand elle eut fini d'exposer ce qu'elle avait sur le cœur, sa mère prit la parole.

— Tu as déjà fait beaucoup pour elle, lui rappela-t-elle, souviens-toi que tu ne peux pas résoudre tous ses problèmes. Tu lui offres ton amitié et une écoute attentive, c'est infiniment plus que la plupart des gens n'ont à leur disposition.

Comme elles quittaient la rue de la République pour s'engager dans le passage couvert de l'Argue, Mme Berry s'arrêta alors et saisit le bras de sa fille.

— Regarde, c'est magnifique !

Le soleil d'automne filtrait au travers de la verrerie et colorait les dalles claires du sol. Diffractée par endroits, la lumière s'éparpillait en arc-en-ciel et jouait malicieusement avec les lanternes suspendues à la structure métallique.

Lily, sans posséder l'œil artistique de sa mère, admira de concert. Ce passage, bel héritage du Lyon du XIXe siècle, avait déjà beaucoup de charme en temps normal, mais en cet instant précis, la galerie semblait s'être parée de ses habits de fête.

Toutefois, la jeune fille n'en oublia pas pour autant ses préoccupations. Elle s'apprêtait à reprendre la conversation là où elle en était restée, quand sa mère la devança.

— Je crois que nous avons assez parlé de Mélisande. Raconte-moi plutôt comment est l'ambiance dans ta nouvelle classe.

Lily obtempéra aussitôt, soulagée malgré elle de ne plus penser pour un temps aux problèmes de son amie. Tout en prenant la direction de la boutique qui se trouvait à quelques mètres de là, elle fit la grimace et avoua :

— Tout le monde est très individualiste cette année, c'est vraiment pas génial, génial ! Si, au moins, il y avait eu un de mes amis avec moi, cela m'aurait été égal, mais là, je me sens vraiment seule.

— Tu ne m'avais pas dit qu'Adrien était dans ta classe ?

— Oh ! lui ! Il ne compte pas vraiment. Il sortait avec nous parce que Florian et lui sont inséparables, c'est tout. Mais il n'a jamais fait attention à moi.

Lily fit un clin d'œil à sa mère avant de rectifier :

— Sauf, bien sûr, quand il voulait que je plaide sa cause auprès de Mélisande !

Mme Berry se mit à rire.

— Peut-être qu'il va changer…

— Alors là, ce serait un miracle ! plaisanta sa fille en riant aussi.

Mais alors que sa mère s'apprêtait à pousser la porte de la papeterie, un souvenir revint à la mémoire de Lily.

— Remarque, je dois avouer qu'hier, pour la première fois, il m'a tenu la porte en sortant du gymnase…

— Eh bien, tu vois, ce garçon n'est pas si mauvais !

Faussement sérieuse, Lily secoua la tête avec vigueur.

— Non, non, tu n'y es pas du tout ! Pendant l'entraînement, il a reçu le ballon de basket sur la tête ! Ce devait être une séquelle…

Mme Berry donna une tape légère sur le bras de Lily qui riait maintenant aux éclats.

Lorsqu'elles pénétrèrent dans la papeterie quelques secondes plus tard, Lily se dit qu'il n'était vraiment pas étonnant que sa mère ait choisi de devenir illustratrice de livres pour enfants. Elle avait un esprit jeune, doublé d'un sens de l'humour à toute épreuve. Une fois de plus, Lily s'en réjouit. Elle était bien consciente que toutes ses amies n'avaient pas autant de chance.

Alors que Mme Berry rejoignait le propriétaire du magasin au rayon peinture, sa fille se dirigea vers la section papeterie. Sur le bloc de papier mis à disposition à cet effet, elle essaya, comme elle aimait le faire, toute la gamme de stylos exposés sur le présentoir. Puis, ennuyée de signer « Lily » pour la énième fois dans toutes les teintes de l'arc-en-ciel, elle alla faire un tour du côté des cahiers. Aussitôt, son regard se posa sur un carnet rigide de grand format dont la couverture, volontairement vieillie, imitait celle d'un grimoire médiéval. Un petit crochet magnétique faisant fonction de serrure en assurait la fermeture et complétait l'illusion. Dès que sa main l'effleura, elle sut que c'était exactement ce qu'il lui fallait. Lorsque Chiara avait raconté ses mésaventures au retour de sa fugue, l'idée avait vaguement germé en elle sans qu'elle s'y attarde. Mais maintenant qu'elle tenait ce carnet, elle savait que, comme la mère de son amie tant d'années plus tôt, elle aussi avait besoin de confier à des pages blanches tout ce dont elle n'osait jamais parler, même aux personnes qui lui étaient les plus proches.

Et ce carnet ferait un journal intime tout simplement parfait.

Hélas, son enthousiasme retomba bien vite lorsqu'elle découvrit combien il coûtait. Visiblement, l'originalité avait un prix… et un prix bien trop élevé pour la bourse complètement plate de Lily. Une fois de plus, elle s'étonna de la vitesse époustouflante à laquelle l'argent, qu'on mettait pourtant tant de temps à gagner, s'envolait. Quelques sorties, une paire de bottes en aucun cas nécessaires mais absolument craquantes et un cadeau tout à fait immérité à son affreux frangin de Hugo pour son anniversaire avaient eu raison de sa fortune amassée en août.

— Très joli, fit la voix de sa mère par-dessus son épaule.

— Oui, mais très cher aussi, soupira Lily avant de reposer à regret l'objet de son désir sur le rayon. De toute façon, je n'en ai pas vraiment besoin, ajouta-t-elle, j'ai déjà tout ce qu'il me faut pour le lycée.

— Hum, hum, confirma Mme Berry, alors, on y va ? J'ai terminé mes achats.

Sa fille soupira de nouveau et la suivit.

Quand elles arrivèrent à la caisse, le commerçant avait terminé de ranger papier à dessin et peinture dans de grands sacs et il préparait la note. Soudain, la mère de Lily s'exclama :

— Ah ! j'allais oublier ! Pourriez-vous ajouter ce carnet, là-bas, qui ressemble à un grimoire ? Quelque chose me dit qu'il ravira une jeune fille de ma connaissance.

Lily ouvrit de grands yeux. Les achats de cadeaux spontanés n'étaient pas monnaie courante dans sa famille.

Pendant que le papetier allait chercher le carnet, Lily chuchota :

— Maman, il coûte vraiment cher, tu sais…

— Une fois n'est pas coutume et depuis le temps que tu m'aides à porter toutes mes fournitures, tu le mérites bien !

Renonçant à la faire changer d'avis, Lily se haussa sur la pointe des pieds, déposa un baiser sur la joue de sa mère et souffla :

— Merci !

Oui, assurément, elle avait bien de la chance d'avoir une telle mère !

**Mardi 5 octobre, 18 h 40**

Enfin, l'entraînement reprenait.

Maëlle, qui débordait d'énergie, attendait ce moment depuis la rentrée scolaire. Pendant les vacances, elle était libre de vivre à son propre rythme, mais quand les cours redémarraient et qu'il lui fallait passer des heures assise derrière un bureau, la course devenait pour elle un exutoire essentiel.

— Allez, allez, on se secoue, il va falloir me dérouiller tout ça !

Philippe, l'entraîneur, son éternel chronomètre autour du cou, avait programmé une longue séance d'échauffement pour remettre tout le monde en train.

Farouk, qui était étonnamment souple pour sa taille, étirait ses longs membres avec une facilité déconcertante.

— C'est dingue ! s'écria Maxime en grimaçant, comment tu fais pour toucher tes genoux avec ta tête ? Moi, il me manque vingt centimètres !

— Cherche pas, vieux, tu n'y arriveras jamais ! On est tous en caoutchouc dans ma famille !

Comme pour prouver ses dires, le garçon passa la tête sous sa jambe et leur fit la grimace.

Maëlle, qui n'avait pas l'aisance de Farouk, bougonna :

— Max, t'en fais pas ! Nous, on ne prépare pas les Jeux olympiques de gymnastique ! On verra qui finira par se qualifier pour les championnats de France.

— Les championnats de France ? Rien que ça ?

— Oui, rien que ça ! confirma Maxime en relâchant sa cheville, c'est notre objectif, et franchement, je ne vois pas ce qui pourrait nous empêcher de l'atteindre !

Se redressant à son tour, Maëlle renchérit :

— Et pourquoi pas même remporter le titre ? Mon père dit toujours : « Quand on veut, on peut ! »

Et passant un bras autour de la taille du garçon, elle ajouta :

— Et nous, on veut, hein, Maxime ?

Avec un sourire assuré, il confirma :

— Ça, c'est clair !

— Eh bien ! Bon courage, les tourtereaux ! Moi, je vous trouve un peu dingues, mais chacun son truc, hein ?

Comme ils se mettaient à rire, la voix de Philippe résonna :

— Toujours aussi bavards ! Je vois que les vacances n'ont rien changé... Vous me ferez un tour de stade en plus puisque vous avez de l'énergie à revendre !

Les rires de Maëlle et de Maxime redoublèrent devant la mine catastrophée de Farouk. Comme ils partaient tous les trois à petites foulées, la jeune fille demanda à son ami :

— Franchement, je me demande pourquoi tu cours si tu n'aimes pas ça !

— C'est pourtant simple, vous, vous prenez plaisir à courir, moi, à *arrêter* de courir. Quand Philippe hurle « Stop », là, je suis heureux !

Farouk haussa les épaules et leva les mains d'un air fataliste :

— Sauf que pour arrêter, faut bien commencer…

Maxime et Maëlle s'étouffaient à moitié tellement ils riaient. Quand le trio passa près de l'entraîneur, celui-ci rugit d'une voix de stentor :

— Farouk, arrête de faire le clown, tu ralentis mes deux meilleurs éléments.

Scandalisé, le garçon se retourna et courut en marche arrière pour crier :

— C'est la meilleure celle-là, je ne fais pas le clown ! Je réponds juste aux questions, moi !

Il n'avait pas fait trois pas qu'il trébucha et s'étala de tout son long sur la piste.

Alors que des hurlements de rire résonnaient dans tous les coins du stade, Philippe leva les bras et les yeux au ciel comme pour prendre celui-ci à témoin.

Maëlle qui, comme les autres, s'était arrêtée pour contempler la scène, se tourna vers Maxime. Elle constata alors avec surprise qu'il n'était plus là. Cherchant autour d'elle, elle le vit qui regagnait les vestiaires. Profitant de ce que Philippe faisait la leçon à Farouk, elle courut le rejoindre.

— Toc, toc, dit-elle en arrivant, ça va, je peux entrer ?

Sans même attendre de réponse, elle passa la tête par l'entrebâillement de la porte.

— Eh ! ce sont les vestiaires des garçons ! s'offusqua Maxime.

— Oh ! c'est bon, je savais bien qu'il n'y avait personne.

— Personne sauf moi !

— Je voulais juste savoir si tout allait bien…

Faisant un pas à l'intérieur, elle vit qu'il tenait un tube de pommade à la main.

— C'est quoi, ça ?

Maxime haussa les épaules avec indifférence.

— Un truc contre les tendinites. Rien d'important.

— Dis donc, c'est pour les vieux…, le taquina-t-elle.

— Bien sûr, c'est juste…

Un coup de sifflet assourdi l'interrompit. Jetant un coup d'œil par-dessus son épaule, Maëlle vit que l'entraînement avait repris.

— Bon alors, tu viens ? Si Philippe voit qu'on s'est planqués dans les vestiaires, il va être furieux.

— Vas-y, toi. Je te rejoins tout de suite.

La jeune fille lui envoya un baiser du bout des doigts, mais impatiente de reprendre la course, elle ne s'attarda pas davantage. Dès qu'elle eut disparu, les épaules de Maxime s'affaissèrent. Alors, avec un soupir, il appuya sur le tube jaune pâle et appliqua en grimaçant une bonne dose de pommade sur chacun de ses genoux.

## 10

# Premiers doutes

Jeudi 7 octobre, 17 h 30

— Mélisande ! Mélisande ! Tu es là ?

La porte d'entrée, repoussée d'un vigoureux coup de pied de Pauline, claqua bruyamment dans le dos de cette dernière.

— Mélisande ! Où es-tu, enfin ?

Surgissant de sa chambre, son aînée pesta depuis le fond du couloir :

— Non, mais ça ne va pas ? Je t'ai dit mille fois qu'on ne crie pas de cette manière. Tout l'immeuble a dû t'entendre !

Sans se formaliser, Pauline se dirigea vers elle en répliquant :

— Ça m'étonnerait. Tout est tellement bien insonorisé ici qu'on pourrait assassiner la voisine à coups de canon sans qu'on s'en rende compte.

— Et quand bien même ce serait vrai, dit Mélisande d'un air exaspéré, tu crois vraiment que c'est une façon de se comporter pour une jeune fille ?

Sa sœur fit la grimace en jetant un regard éloquent vers sa poitrine inexistante :

— Oh ! ça, on verra quand j'en serai une ! Pour l'instant, je me sens plus Peter Pan que Cendrillon !

— Je t'ai dit que ça viendrait, fit plus doucement son aînée.

— Supposons… De toute façon, aujourd'hui, j'ai un problème autrement plus important à résoudre !

— D'où tes hurlements de sauvage…

Pauline lui adressa un sourire éclatant :

— Exactement !

— C'est bon, j'ai compris, céda Mélisande en affichant un air fataliste, entre…

Sans se le faire dire deux fois, sa sœur s'engouffra dans la chambre. Pendant que l'aînée s'asseyait sur le confortable fauteuil pivotant qui faisait face à un ordinateur dernier cri, la cadette s'allongeait sur le lit. Les coudes plantés dans la couette, le menton reposant sur ses paumes retournées et ses longues et fines jambes gesticulant dans les airs, elle demanda abruptement :

— Pourquoi on est rousses, toi et moi ?

Mélisande, bien qu'habituée depuis longtemps aux questions inattendues de sa sœur, resta un instant interloquée. Elle était tellement surprise qu'elle ne pensa même pas à lui faire remarquer qu'elle-même n'était pas vraiment rousse mais blond vénitien.

Pauline, trouvant certainement que la réponse tardait trop, consentit à donner des détails :

— Mon prof de sciences nous a appris cet après-midi que la rousseur était un gène récessif et que pour être roux, il fallait que les deux parents soient porteurs du gène. Il m'a pris comme exemple en disant qu'il devait certainement y avoir des roux dans la famille de mes deux parents. Je lui ai souri bêtement et j'ai rien dit. J'allais quand même pas déballer devant tout le monde que mon père, à l'époque lointaine où il avait encore des cheveux, était plutôt châtain et que ma mère, qui est plutôt bien dotée de ce côté-là, est aussi brune que Blanche-Neige ! Alors, non, j'ai rien dit… mais j'ai commencé à réfléchir…

Les yeux plissés, Pauline regardait son aînée d'un air entendu. Un peu dépassée, cette dernière, toujours silencieuse, l'observait avec attention. Satisfaite de constater qu'elle avait captivé son public, Pauline reprit plus lentement :

— Et quand j'ai eu bien réfléchi, j'ai réalisé que maman avait toujours beaucoup voyagé, rencontré beaucoup de monde au cours de ses voyages, et peut-être bien que…

— Eh ! doucement, l'interrompit sa sœur, je te vois venir avec tes gros sabots !

Elle n'avait en effet aucun mal à deviner ce que Pauline avait en tête. Et si cela lui était si aisé de suivre ses pensées, c'est que parfois les siennes s'étaient égarées du même côté. La rousseur, surtout lorsqu'on est enfant, n'est pas tous les jours facile à vivre et, avant d'en faire un atout, Mélisande s'était demandé plus d'une fois d'où lui venait ce « cadeau » empoisonné.

— À vrai dire, reconnut-elle avec un léger embarras, cette hypothèse m'a fugitivement effleuré l'esprit.

Levant la main comme pour effacer le sourire victorieux qui s'affichait déjà sur le visage de sa cadette, elle précisa :

— Mais deux fois de suite à tant d'années d'intervalle, cela me paraît hautement improbable. Papa s'en serait forcément rendu compte.

Se redressant vivement, Pauline appuya :

— Justement ! Il a dû s'en rendre compte ! C'est pour ça qu'il ne s'intéresse pas à nous et qu'il ne nous parle jamais !

Sa sœur émit un rire amer :

— Là, tu délires… Et si ton raisonnement était juste, cela voudrait aussi dire que maman non plus n'est pas notre mère ! Que je sache, elle ne s'intéresse pas davantage à nous que papa !

Comme frappée d'illumination, Pauline fixa son aînée :

— Mais oui ! C'est ça !

— Quoi, « C'est ça » ?

— Là, ce que tu viens de dire ! Maman n'est pas vraiment notre mère : on a été adoptées !

Mélisande se mit à rire :

— Et on serait rousses par hasard toutes les deux ? Impossible !

— Et pourquoi pas ? Ils ont assez d'argent pour se payer tout ce qu'ils veulent. S'ils voulaient des filles rousses, ils ont pu les avoir.

— Mais enfin, pourquoi auraient-ils voulu des filles rousses à tout prix ?

Pauline, exaspérée, bondit du lit pour faire les cent pas dans la chambre :

— J'en sais rien, moi ! Reconnais juste que notre famille est quand même drôlement bizarre : papa est fils unique, ses parents, qui n'étaient roux ni l'un ni l'autre soit dit en passant, sont décédés quand tu étais petite. Quant à maman, idem, sauf que de son côté à elle, pas une photo, rien ! On ne sait même pas à quoi ressemblaient nos grands-parents. Le comble pour une photographe professionnelle, non ?

— Ça ne veut rien dire, insista Mélisande.

Découragée, Pauline poussa un profond soupir.

— Ça ne veut rien dire, répéta sa sœur avant d'ajouter avec un sourire complice : mais cela ne nous empêche pas d'essayer d'en savoir davantage.

Sa cadette lui retourna son sourire. Elle adorait quand Mélisande abandonnait ses grands airs pour prendre cette mine canaille !

Vendredi 8 octobre, 14 h 25

— Alors, est-ce que certains d'entre vous accepteraient d'être volontaires ?

Le regard mi-suppliant, mi-angoissé de la petite et frêle Mlle Bûcherolle, professeur d'anglais de la première SES3, parcourut la classe, redoutant de ne voir aucune main se lever. Contrairement à son collègue, M. Gardère, quelques jours plus tôt, elle ne paraissait pas surprise de constater une absence totale d'intérêt de la part de ses élèves.

Il n'était cependant pas question cette fois-ci de l'élection des délégués de classe. Toute organisation de ce genre aurait d'ailleurs été insurmontable pour cette fragile enseignante à laquelle le proviseur n'imposait jamais une telle responsabilité.

« C'est ça, son problème, pensa Lily qui l'observait avec compassion, elle paraît tellement convaincue que ses idées sont vouées à l'échec qu'elle en persuade les autres. »

Au lycée Balzac, tout le monde savait, élèves y compris, que Mlle Bûcherolle était affreusement peu sûre d'elle. Son âge, impossible à déterminer, rendait le personnage encore plus pathétique. Les années, en passant, semblaient s'être contentées de lui voler sa fraîcheur sans lui offrir en retour la moindre once d'assurance.

Pour toutes ces raisons, elle était une proie rêvée pour le perturbateur moyen. Et ce jour-là encore, Lily, voyant des sourires goguenards fleurir sur les lèvres de certains, sentait qu'elle était sur le point de se faire dévorer toute crue par la bande d'agitateurs du dernier rang. Laissant échapper un soupir discret, elle se décida à lever le doigt.

— Je préparerai l'exposé, madame.

En même temps qu'elle prononçait ces mots, elle songea que la dernière chose dont elle avait besoin en ce moment était de se rajouter du travail. Mais l'idée de la curée qui se préparait lui était insupportable.

Le soulagement intense qui se peignit sur le visage de Mlle Bûcherolle la récompensa de son sacrifice.

— Moi aussi, m'dame.

Lily sursauta. À sa droite, Adrien, la main à moitié levée, adressait un regard intéressé à l'enseignante qui se mit aussitôt à rayonner.

— Oh, c'est bien, c'est très bien même… *A boy and a girl*, ce sera parfait ! Vous nous présenterez des points de vue très différents, ce sera… parfait, oui, c'est cela, *absolutely perfect, indeed !*

Lily n'en revenait pas. Ses grands yeux noisette dévisageaient Adrien qui arborait maintenant un petit sourire modeste. Qu'est-ce qui avait pu lui passer par la tête ! Depuis quelque temps, il ne perdait pas une occasion de s'asseoir à côté d'elle. Et voilà que maintenant lui, le roi des paresseux, se portait volontaire pour du travail supplémentaire… Et ceci tout en sachant qu'ils seraient forcément partenaires pour ce projet ! Il y avait à coup sûr anguille sous roche.

Dès la fin du cours, Lily, bien qu'ayant horreur de ce genre de situation, décida d'en avoir le cœur net. Alors qu'Adrien s'apprêtait à suivre un groupe d'élèves dans le couloir, elle respira à fond et l'attrapa par le bras.

— Un instant, chuchota-t-elle, il faut que je te parle.

Le garçon, qui s'était retourné, haussa les sourcils et lui décocha un sourire étincelant.

« Très artificiel tout ça, jugea Lily en elle-même, il prépare un truc… »

À haute voix, elle articula :

— Tu peux me dire ce qui t'a pris tout à l'heure ?

— Tout à l'heure ? Quand ça ? demanda-t-il innocemment.

— Quand tu t'es proposé pour faire l'exposé avec moi.

— Ah, ça… eh bien… le sujet m'intéressait.

— Tu te fiches de moi ? Depuis quand l'évolution de la mode à la cour du roi Henri VIII te passionne-t-elle ?

— Oh, en fait depuis… tout à l'heure justement. Il y a forcément des leçons à tirer des habitudes vestimentaires d'un roi qui changeait de femme presque aussi souvent que de chapeau !

Lily fronça les sourcils et redressa sa petite taille.

— Oui, à la réflexion, cela ne m'étonne pas que le sujet t'intéresse… Ce qui me fait quand même douter pas mal, c'est que cet exposé était FACULTATIF ! Adrien Nison qui se porte volontaire pour du travail en plus, c'est un scoop !

Le garçon lui adressa un regard peiné.

— Tu ne crois pas que les gens puissent changer ?

— Changer, toi ? Mon œil ! Souviens-toi que je te connais depuis la sixième. Je crois plutôt que tu as toujours un penchant pour Mélisande et que tu espères, en te rapprochant de moi, arriver à tes fins. Seulement, entre nous, je préférais quand tu étais honnête et que tu disais clairement les choses !

Et sans lui laisser le temps de répliquer, elle pivota brusquement et s'en alla d'un pas vif. Comme elle allait tourner au bout du couloir, la voix d'Adrien lui parvint :

— Tu as tort ! Tu verras que tu as tort…

Lily haussa les épaules avant de disparaître et cette déclaration n'eut pour effet que de l'exaspérer davantage. Après tout, Adrien n'était pas à un mensonge près…

# 11

# Coups… de théâtre !

**Mercredi 13 octobre, 15 h 50**

Depuis qu'elle était enfant, Chiara avait souvent eu le sentiment étrange que sa vie se déroulait en mode « ralenti ». Chacun des petits événements qui rythmaient l'existence de ses camarades et s'imposaient à tous comme une évidence s'apparentait pour elle à un rêve inaccessible. Passer un week-end dans un parc d'attractions ? C'était trop cher ! Tout comme des vacances au ski ou à l'étranger d'ailleurs…

Inviter des amis pour fêter son anniversaire ? Il n'en était pas davantage question !

Son père, déjà bien encombré avec sa fille, avait toujours refusé d'ouvrir les portes de son appartement à, disait-il, « une horde de gamins surexcités ».

La frustration, pour la petite Chiara, avait alors été double : les autres enfants, constatant qu'elle ne rendait jamais leurs invitations, avaient eu tôt fait de la rayer de leur liste d'invités. Sauf Lily, bien sûr, qui l'avait fidèlement conviée à toutes les festivités organisées par sa famille depuis qu'elles avaient échangé leur premier sourire dans la cour de maternelle.

Bien sûr, ce sentiment désagréable s'était encore accentué à l'adolescence. Alors que la vie de ses pairs était métamorphosée par une multitude de gadgets et de sorties toutes plus excitantes les unes que les autres, son univers n'évoluait guère. Elle avait dû supplier son père pendant des mois avant d'obtenir une chaîne hi-fi et elle n'avait réussi à obtenir un téléphone portable que lorsque Maëlle lui avait soufflé l'idée d'utiliser l'argument sécuritaire. M. Palermo, qui s'inquiétait pour tout, avait finalement cédé lorsque sa fille lui avait fait remarquer qu'il faisait déjà nuit lorsqu'elle sortait du collège l'hiver.

Oh ! elle était maintenant suffisamment âgée pour savoir que le salaire de comptable de son père, une fois le loyer payé, ne lui permettait pas de s'offrir beaucoup de fantaisies. Et elle avait conscience aussi que, s'il avait choisi d'habiter dans ce quartier où les prix étaient élevés, c'était pour lui permettre de grandir dans un environnement calme et sûr. Mais cela ne l'empêchait pas de penser que sa vie entière aurait pu se résumer au mot « patience ».

Chiara leva les yeux vers le ciel nuageux et sourit. Celui-ci, ingrat, lui répondit par un brusque coup de vent qui ébouriffa ses longs cheveux bruns et les fit tournoyer devant ses yeux. Généralement, cela avait le don de l'exaspérer. Pourtant, elle continua à sourire béatement tout en les rejetant en arrière d'un geste machinal. D'une main experte, elle les coinça dans le col de son blouson et se remit en chemin. Aujourd'hui, rien ne pourrait altérer sa joie. Aujourd'hui, sa patience allait enfin être récompensée. Aujourd'hui, son rêve allait devenir réalité.

Arrivée à destination, elle s'arrêta un instant devant la porte. Elle regarda à droite et à gauche, ne vit que des passants pressés qui ne s'intéressaient pas à elle et le regretta un peu. Elle aurait aimé que quelques-uns remarquent combien cet instant était important à ses yeux. Avec un sourire, elle se dit que ce désir était quand même un peu présomptueux. Un jour viendrait pourtant où, lorsqu'elle ferait son entrée, nul ne manquerait de s'en apercevoir. Elle en était sûre. C'était gravé dans son cœur.

Quelques instants plus tard, elle appuyait sur le bouton en laiton patiné de la sonnerie du cours Saint-Émilien.

— Bonjour ! Tu es Chiara, n'est-ce pas ? Entre !

La jeune fille s'exécuta. Voyant le hall désert, elle s'enquit :

— Je ne suis pas trop en avance, j'espère ?

— Pas du tout, répondit William avec un sourire, certains sont déjà arrivés. Ils sont dans la salle d'expression. Viens, je vais t'y conduire.

Il s'engagea dans le couloir et juste avant d'ouvrir une porte il se tourna vers elle pour demander :

— Ton amie ne t'a pas accompagnée ? J'espère qu'elle n'a pas changé d'avis !

Chiara se força à sourire.

— Non, elle ne m'a pas accompagnée... Elle arrivera un peu plus tard. Et non, elle n'a pas changé d'avis.

Ce qu'elle regrettait d'ailleurs profondément.

— Ah, tant mieux.

Chiara lui sourit de nouveau et pensa avec ironie qu'elle n'aurait pas imaginé commencer à jouer si tôt la comédie !

Mercredi 13 octobre, 16 h 00

— Bien, maintenant que nous nous sommes tous présentés, nous allons pouvoir commencer.

William se leva et invita d'un geste la dizaine de jeunes gens assis face à lui à faire de même. Chiara profita du silence qui suivit pour observer encore une fois les garçons et les filles qui, une minute plus tôt, avaient annoncé d'une voix plus ou moins sûre leur prénom.

Elle se demanda ce qu'ils étaient venus chercher ici. Voulaient-ils tous comme elle faire carrière dans le théâtre ? Elle en doutait. En ce qui concernait Mélisande, arrivée juste avant le début du cours, elle savait déjà que ce n'était pas le cas. Mais pour les autres, qu'en était-il ? Qu'est-ce qui avait bien pu pousser par exemple la fluette et pâle Lucie, qui avait manqué défaillir en chuchotant son nom, à s'inscrire ? Et le maigrichon Erwan, qui n'avait eu de cesse de se ronger les ongles alors même qu'il se présentait ?

On trouvait aussi dans ce groupe disparate trois sœurs qui n'avaient cessé de pouffer chaque fois que l'une d'elles ouvrait la bouche, et deux copains qui avaient, eux, l'air plutôt sympas.

Sans oublier Alexandre, bien sûr.

Le regard de Chiara s'attarda involontairement sur ce dernier. Maintenant que le garçon était debout, elle put constater qu'il avait le bon goût d'être grand. Du fait de sa propre taille, c'était une qualité qu'elle appréciait chez un garçon. Presque aussi brun qu'elle-même, il avait les yeux d'un bleu profond… tout à fait plaisants.

Mais comme il pivotait soudain la tête dans sa direction, elle détourna le regard.

William avait déjà commencé à donner des consignes et Chiara se reprocha son manque d'attention. Elle n'avait pas espéré ce moment depuis tant d'années pour laisser ainsi son esprit batifoler !

— … Et chaque fois que ce sera votre tour, vous devrez faire le geste décrit sur le petit bout de papier et produire le son qui l'accompagne.

Chiara suivit Mélisande qui se dirigeait vers le jeune homme. Comme elle, mais sans lui adresser de sourire charmeur, elle plongea la main pour piocher un petit papier plié en quatre dans le chapeau melon qu'il leur présentait.

« Enfoncer un clou sur un mur avec un marteau », lut-elle lorsqu'elle eut déplié le papier.

Déçue, elle trouva ça un peu ridicule. Elle qui rêvait de Shakespeare et de Corneille…

Au regard que Mélisande lui lança, elle comprit que son amie ressentait la même chose. Cependant, sans oser faire de commentaires, elles rejoignirent l'arc de cercle formé par les autres participants.

William initia le processus en tapant du pied et en claquant la langue, comme s'il faisait exploser un ballon. À sa suite, les trois sœurs se jetèrent à l'eau avec enthousiasme, la première imitant un sifflet de train, la deuxième un tournevis et la troisième une scie.

— Super ! les encouragea William, un sourire aux lèvres.

Les trois sœurs se poussèrent du coude, prêtes à se pâmer.

Alors que Chiara s'apprêtait à lever les yeux au ciel, un « Vlam » sonore provenant de sa droite la fit sursauter : Mélisande, une moue énigmatique aux lèvres, venait juste de faire claquer une porte imaginaire.

Cette fois, Chiara se retint de justesse de pouffer. Visiblement, le sourire de William détenait un pouvoir désinhibiteur considérable…

Décidant de se lancer à son tour, elle enfonça son clou fictif avec un « Paf » qui résonna dans toute la salle. L'un après l'autre, tous exécutèrent finalement la consigne. Au deuxième tour, ils enchaînèrent plus vite, et plus vite encore au troisième. Bientôt il leur sembla qu'une machine folle avait soudain pris vie dans la salle.

Quand enfin le jeune professeur rompit le rythme, tout le monde éclata de rire lorsque la plus jeune des sœurs, emportée par son élan, lança un « Tûûûût » retentissant.

Apercevant alors Lucie dont les joues s'étaient teintées de rose, Chiara se dit que cet exercice n'était finalement pas si stupide que ça. La jeune fille, bien que réticente au début, s'était comme les autres laissée prendre au jeu au fur et à mesure que les tours s'enchaînaient.

L'exercice avait eu aussi une autre vertu : celle de briser la glace entre les différents participants. Les regards échangés étaient moins tendus et plus chaleureux qu'en début de séance.

William, satisfait, lança alors une autre activité. Pendant qu'il en donnait les consignes, Chiara ne put s'empêcher d'observer Mélisande, placée un peu devant elle. La tête penchée, enroulant autour de son index l'une de ses superbes boucles rousses, elle paraissait fascinée par chacun des mots qui sortaient de la bouche du jeune homme. Son petit pull vert bouteille mettait en valeur sa taille fine, et son pantalon marron, impeccablement coupé dans un tissu légèrement brillant, allongeait encore sa silhouette, bien qu'elle n'en ait nul besoin. Un sourire ironique, teinté d'amertume, étira les lèvres de la grande jeune fille brune. Jetant un coup d'œil à son jean acheté dans une banale boutique proche de chez elle, Chiara haussa les épaules. Après tout, il n'était pas si mal que ça…

Et puis elle, au moins, savait se tenir, même en présence d'un beau spécimen de la gent masculine !

Profitant du brouhaha créé par la mise en place de l'activité suivante, elle s'approcha de Mélisande et lui tendit un mouchoir en papier.

— Tiens, c'est pour toi !

Par réflexe, cette dernière le saisit mais la fixa d'un air surpris.

— Le parquet est magnifique, expliqua Chiara. Ce serait un crime de le tacher à force de baver.

Comprenant enfin l'allusion, les yeux de Mélisande se chargèrent d'éclairs et elle siffla entre ses dents :

— Je t'ai déjà dit…

Mais elle ne put finir, interrompue par William qui donnait le « top départ » de l'exercice suivant, au grand dam de Chiara qui réalisa qu'elle n'avait une fois de plus écouté que d'une oreille ses instructions. Furieuse contre elle-même et contre Mélisande, elle se jura que cela ne se reproduirait pas.

D'un accord tacite, les deux filles s'évitèrent pendant l'heure qui suivit. La fin de l'atelier approchait, lorsque William décida de conclure ce premier cours par un exercice d'improvisation.

— Tirez un papier du chapeau. Vous y lirez dessus le nom d'un personnage de conte de fées que vous devrez interpréter à votre façon en duo avec un autre élève.

Les premiers à passer furent Alexandre, qui interprétait le Chat botté et Léa, la plus jeune des trois sœurs, censée incarner Boucle d'or. Séparée de ses deux aînées, elle semblait moins sûre d'elle et avait à l'évidence beaucoup moins envie de rire. Le jeu du duo s'en ressentit et Alexandre, malgré une prestation honorable, affichait un air renfrogné lorsqu'il rejoignit les rangs.

Chiara, qui s'était par avance réjouie de cette improvisation réalisa alors la difficulté de l'exercice. Il ne suffisait pas d'être doué pour le réussir. Encore fallait-il que celui qui vous donnât la réplique soit à la hauteur !

Forte de son expérience de l'année précédente, elle était cependant assez confiante lorsque vint son tour. Confiance qui baissa d'un cran lorsqu'elle apprit qu'Erwan serait son partenaire. Et d'un cran encore lorsqu'il annonça, sans cesser une seconde de se ronger l'ongle du pouce et sous les rires de ses camarades, qu'il tiendrait le rôle de la Belle au Bois dormant.

Campant elle-même le Grand Méchant Loup, la jeune fille prit le parti de jouer à fond la carte comique.

Le choix se révéla judicieux, à en croire les applaudissements nourris du public en général et de William en particulier à la fin de leur échange. Aussi, après avoir une fois encore conseillé à la Belle au Bois dormant d'aller chez une manucure car les ongles rongés lui coupaient l'appétit, Chiara regagna sa place avec la satisfaction d'avoir échappé au pire.

La session d'improvisation se conclut par le duo Mélisande/Julien, le plus grand des deux copains, qui incarnaient respectivement le Petit Chaperon rouge et l'ogre du Petit Poucet.

Mélisande, abandonnant pour l'occasion le petit air distant qu'elle arborait habituellement, se fit tout sourire. À tel point que « l'ogre », au bout de quelques répliques, ne sut plus très bien où il en était. Grâce aux conseils avisés de sa partenaire de scène, il décida finalement de devenir végétarien et, avec un enthousiasme non dissimulé, accepta de l'accompagner à un défilé de mode où il trouverait sans nul doute de fabuleuses idées pour renouveler sa garde-robe qui était, il le reconnaissait humblement, un peu « ringarde » !

Les applaudissements, mêlés aux rires, crépitèrent quand ils finirent par s'en aller bras dessus, bras dessous, à la fin du sketch.

Bien qu'en proie à des sentiments partagés, Chiara s'approcha de son amie.

— C'était… bien.

— Ah, tu trouves ?

— Oui, vraiment.

Mélisande lui sourit, touchée. Chiara se força à lui sourire en retour. Bien sûr, elle pensait ce qu'elle venait de dire. Elle se serait sentie la pire des hypocrites si elle n'avait pas reconnu la qualité du brillant numéro de son amie. Et puis…

À ce moment-là, une voix grave interrompit ses pensées.

— Bien, nous allons passer maintenant au debriefing…

Les élèves se mirent donc à analyser leur prestation, expliquant ce qui les avait gênés ou encouragés quand ils étaient sur scène, William intervenant pour pousser la réflexion un peu plus loin ou mettre en exergue ce qui avait été particulièrement bien fait.

Au grand désarroi de Chiara, il fit trois fois allusion à la performance de Mélisande en soulignant ce qu'elle avait particulièrement réussi. Cela la perturba tellement qu'elle ne fit guère attention au fait qu'il la complimentait elle aussi.

Lorsqu'elle se retrouva dans la rue quelques instants plus tard, la jeune fille, en lieu et place de la félicité qu'elle avait pensé éprouver, conservait surtout de ce premier cours tant attendu un petit goût amer.

## 12

## Au café des Anges

**Vendredi 15 octobre, 17 h 20**

« Flûte ! » pensa Maëlle en sentant une première goutte de pluie s'écraser sur son nez. « Si les suivantes sont toutes aussi grosses que celle-ci, je vais être trempée en une minute ! »

Quelques instants plus tard, ses craintes étaient avérées. Un véritable déluge s'abattait maintenant sur le quartier, faisant fuir les passants et fleurir les parapluies.

Resserrant sa prise sur la bandoulière de son sac, Maëlle se mit à courir. Mais autant la chose lui paraissait facile avec l'équipement adéquat, autant elle lui semblait malaisée en tenue de ville.

« Et bien sûr, il faut que cela arrive le jour où j'ai eu la stupide idée de mettre une jupe et des ballerines ! » pesta-t-elle intérieurement. « Si seulement j'avais pris un parapluie… »

Cherchant à éviter une flaque, elle glissa et se rattrapa in extremis. Elle repensa alors à sa mère qui avait poussé les hauts cris en la voyant partir habillée ainsi le matin même.

— La météo a annoncé des orages et une chute des températures ! Va t'habiller plus chaudement !

Oui, mais voilà, ce jour-là, allez savoir pourquoi, elle avait eu envie de porter cette jupe. Sans répondre, Maëlle avait fini d'attacher ses cheveux blonds en une haute queue-de-cheval. Devant l'insistance de sa mère, elle avait jeté un vague coup d'œil par la fenêtre et s'était exclamée :

— Y'a même pas un nuage !

— Ça ne veut rien dire, la météo…

Maëlle avait abruptement interrompu sa mère :

— La météo se trompe très souvent. S'il fallait l'écouter, je serais partie au lycée plus d'une fois vêtue comme un Esquimau pour revenir à la maison sans avoir vu l'ombre du plus petit flocon. Tu m'as fait le coup l'an passé et tout le monde s'est moqué de moi. J'avais vraiment l'air malin avec mes Moon Boots alors qu'il faisait un soleil splendide !

— Évidemment, ce n'est pas une science exacte, mais il vaut mieux prévenir que guérir ! Tu préfères tomber malade plutôt que d'entendre deux ou trois imbéciles te faire des remarques ?

Maëlle, désireuse d'éviter une dispute avec sa mère, ne répondit pas. Mais intérieurement, elle pensa : « Bien sûr que je préfère tomber malade ! »

Consciente que sa fille ne céderait pas, Mme Tadier avait fait une dernière tentative au moment où Maëlle passait la porte de la maison :

— Prends au moins un parapluie !

— Trop casse-pieds ! Et puis si je le perds, tu râleras encore !

Et la jeune fille s'était éclipsée aussitôt pour éviter une nouvelle remarque.

Frissonnant sous un coup de vent, Maëlle pressa encore le pas. Elle n'était plus très loin maintenant. Heureusement quand on courait, on se réchauffait... On ne pouvait donc pas tomber malade, n'est-ce pas ? Loin d'être pleinement convaincue de sa théorie, Maëlle fut donc très soulagée de voir enfin apparaître à travers les mèches dégoulinantes de sa frange la devanture du café des Anges.

Quelques instants plus tard, attablée devant un bon chocolat chaud en compagnie de ses trois amies, la jeune fille se sentait, malgré son apparence de chat mouillé, infiniment mieux.

— Ma pauvre chérie ! la plaignit Lily, tu es trempée comme une soupe !

— Tu vas attraper la crève, prédit Chiara, la dernière fois que j'ai pris la pluie comme ça, j'ai passé une semaine au lit avec 40 de fièvre. L'horreur !

— En même temps, ça te donne un look *destroy* avant-gardiste très tendance, commenta Mélisande avec un sourire.

Le nez dans son chocolat, Maëlle faisait la sourde oreille, s'interdisant tout commentaire jusqu'à ce que Lily remarque :

— Tu devrais écouter la météo le soir… Hier, ils avaient annoncé des orages pour la fin de…

Elle s'interrompit, surprise par le regard assassin que Maëlle venait de lui décocher. Diplomate, elle n'insista pas, se contentant d'offrir avec un sourire :

— T'en fais pas, ma veste a une capuche, je te prêterai mon parapluie pour repartir.

Son amie, qui s'était à nouveau penchée sur sa tasse, releva la tête comme si elle venait d'être piquée par une guêpe. Elle s'apprêtait à lancer une remarque acerbe quand, croisant le regard sincèrement soucieux de Lily, elle la ravala.

— Merci, finit-elle par dire simplement.

Fermant les yeux, elle but une gorgée du chocolat délicieusement parfumé. Elle se souvint alors qu'elle s'était fait une joie de retrouver ses amies dans leur café favori et qu'elle avait attendu ce moment toute la journée. Les semaines se suivaient et chacune était si occupée qu'il devenait compliqué de trouver des rendez-vous qui conviennent à toutes. Même ce soir, alors que toutes terminaient les cours à cinq heures, Maëlle n'avait pu les rejoindre à l'heure à cause de documents administratifs qu'elle devait remettre au secrétariat du proviseur. Se souvenant des paroles que Lily avait prononcées le jour de la rentrée, elle comprit fugitivement ce que celle-ci avait voulu dire. La nostalgie n'étant cependant pas son état d'âme préféré, elle décida qu'il valait mieux, plutôt que de pleurer ce qui avait été, se réjouir de ce qui était.

Se redressant vivement, elle lança gaiement :

— Alors, quoi de neuf, les filles ?

Ses amies sourirent, heureuses de la retrouver égale à elle-même.

— C'est horrible ! s'exclama Lily avec une grimace évocatrice, je suis totalement débordée. Hier, je me suis encore couchée à minuit pour finir le plus ennuyeux des commentaires de textes que j'aie eu à faire. Ma seule joie, c'est de savoir que les vacances de la Toussaint arrivent à grands pas…

— En fait, ton problème, c'est que tu ne sais pas t'y prendre, fit sentencieusement Chiara. Tu pars du principe qu'il faut absolument faire *tous* les devoirs que les profs te donnent. Or c'est une erreur tragique !

Agitant le doigt sous le nez de son amie, elle poursuivit avec feu :

— Toutes les enquêtes prouvent, unanimes, qu'en *une* heure de cours, la classe est, au plus, attentive *cinq minutes* ! Les profs le savent bien sûr (c'est pour ça qu'ils sont profs), donc s'ils te donnent entre une et deux heures de travail par jour, c'est juste parce qu'ils espèrent que tu y passeras entre cinq et dix minutes, tu vois ? Prends-moi pour exemple : c'est ce que je fais tout le temps !

— Avec les résultats que l'on sait, glissa Mélisande en détaillant avec attention l'ongle qu'elle venait de mordiller.

Aussitôt le visage de Chiara, si espiègle une seconde auparavant, se durcit.

— Oh ! toi, tes commentaires, tu peux te les garder !

Devant le regard surpris de Lily et Maëlle, Chiara se rencogna au fond de sa chaise avec une moue boudeuse inhabituelle. Mélisande, de son côté, affichait un air bien trop innocent pour être honnête.

Maëlle, avant que le silence ne devienne trop lourd, se lança alors dans un récit détaillé de ses dernières semaines puis, à court d'idées, demanda :

— Et vous ?

Évitant soigneusement de regarder du côté de Chiara, Mélisande se lança :

— Oh, eh bien, rien de vraiment neuf, si ce n'est que j'ai eu l'immense privilège d'avoir été élue déléguée.

Et avant que ses amies ne la bombardent de questions, elle s'empressa d'expliquer :

— En fait, je soupçonne un coup fourré de ce clown de Farouk. C'est lui, l'autre délégué. Il passe son temps à m'asticoter ! J'ai l'impression que ça l'amuse beaucoup de me faire tourner en bourrique.

— C'est drôle, intervint alors Lily, moi, c'est pareil avec Adrien.

Immédiatement en alerte, Maëlle l'interrogea :

— Ah oui ? Qu'est-ce que tu veux dire exactement ?

— Eh bien, vous n'allez pas en revenir ! Il ne me lâche plus d'une semelle. Il s'assoit à côté de moi à tous les cours et à chaque occasion, c'est Lily ceci ou Lily cela... Il s'est même proposé pour faire un exposé facultatif avec moi dans le cours de Mlle Bûcherolle !

— Quoi ! s'écrièrent les trois autres filles, stupéfaites.

— J'ai eu la même réaction que vous, vous pensez bien. Du coup, je l'ai même confronté au fait que s'il avait encore des vues sur toi, Mélisande, ce n'était pas en s'y prenant de cette manière qu'il obtiendrait gain de cause.

— Bravo ! s'exclama Mélisande. Je reconnais qu'il a été plutôt beau joueur l'année passée, mais bon, je ne l'aime pas, je ne l'aime pas, c'est comme ça ! L'amour, ça ne se commande pas ! Il faudra bien qu'il s'y fasse.

— T'inquiète, la rassura Lily d'un clin d'œil, je crois que je lui ai bien fait passer le message.

Le ton de Lily, plein de malice, tranquillisa également Maëlle. De toute évidence, la petite Lily avait du répondant quand il le fallait ! Le bel Adrien allait s'en apercevoir à ses dépens. Toutes ces histoires lui rappelèrent ses propres préoccupations.

— C'est vrai que les garçons sont bizarres en ce moment ! laissa-t-elle échapper.

Aussitôt, l'attention de Lily redoubla.

— Ah bon ? s'enquit-elle, tu veux dire que Florian aussi a un comportement étrange ?

— Florian ? répéta Maëlle désorientée avant de comprendre et de se mettre à rire. Oh ! *notre* Florian ? Non, lui il est toujours égal à lui-même. On est ensemble en TP de physique-chimie. Il est vraiment très fort…

Puis, revenant à son idée de départ, elle corrigea :

— En fait, je parlais de Maxime. Depuis quelque temps, je trouve qu'il a changé…

— Ce sont les hormones, trancha Mélisande de façon péremptoire avant d'éclater de rire, bientôt imitée par toutes, Chiara y compris.

Lily, satisfaite, pensa alors qu'il était vraiment chouette qu'il y ait des sujets qui, comme celui-ci, mettaient toujours tout le monde d'accord.

## Vendredi 15 octobre, 21 h 20

Vendredi 15 octobre,

Ce soir, après les cours, nous avons enfin réussi à reformer le quatuor au café des Anges. J'étais très heureuse qu'on se retrouve assises tranquillement autour d'une table pour bavarder sans avoir à angoisser parce que l'une ou l'autre d'entre nous a un cours commençant à 13 heures, comme lorsqu'on déjeune ensemble à la cantine.

Honnêtement, j'espérais bien profiter de ce moment pour avoir de Ses nouvelles. Un instant, j'ai vraiment cru que cela allait être le cas, mais en fait Maëlle faisait allusion à Maxime. Bon, je suis quand même rassurée, car j'ai réussi à apprendre, mine de rien, qu'il n'était pas frappé de la même étrange folie que les autres garçons de notre groupe. Il n'a pas changé paraît-il.

Au début, j'en étais ravie, mais à la réflexion, je me demande si c'est une bonne chose. Est-ce que cela ne veut pas dire que dans dix ans la situation n'aura pas évolué d'un pouce ? Finalement, je trouve que c'est plutôt désespérant tout ça. J'avais pourtant cru pendant la fête organisée par Farouk à la fin de l'année que la situation allait évoluer. Il avait même accepté de danser avec moi. Lui qui a horreur de ça ! Oh ! J'aurais tant voulu que ce slow ne se termine jamais... Au début, nous n'étions pas super à l'aise, mais à un moment donné (je ne sais pas comment j'ai osé), j'ai posé ma tête contre son épaule. Et là, j'en suis sûre. Il a resserré son étreinte. Heureusement qu'il faisait sombre et que personne n'a pu me voir rougir... Et puis (là, je n'en suis pas vraiment sûre mais je suis prête à le parier quand même), Il a déposé un baiser sur mes cheveux. Quand j'ai relevé la tête, il m'a souri. J'étais tellement convaincue que l'instant « T » était arrivé ! Qu'il allait m'embrasser ! Mais la musique du premier slow s'est terminée et Basile s'est mélangé les pinceaux quelques secondes. Le temps qu'il fasse partir le second, le moment était passé, car il y a toujours deux ou trois imbéciles dans ces moments-là pour lancer des plaisanteries idiotes qui cassent l'ambiance... J'en aurais pleuré !

Nous avons quand même continué à danser ensemble, mais la magie n'était plus là et je me demande bien si elle reviendra un jour. Je Le croise dans les couloirs ou au CDI, Il me fait un petit signe, nous échangeons quelques banalités... Je sais que pour Lui, c'est déjà beaucoup, mais moi, je commence à me fatiguer d'attendre...

PS : il y a de l'eau dans le gaz entre Chiara et Mélisande !

## 13

## Nostalgie

Samedi 23 octobre, 15 h 30

— Chiara ! Quel bon vent t'amène ? Ça fait une éternité que tu n'étais pas venue à la maison.

— Bonjour, madame… Oui, c'est vrai que je suis bien occupée…

— En tout cas, ça me fait plaisir de te revoir. Tu venais voir Lily ?

— Oui, si elle est là.

— Non, désolée. Elle avait une répétition supplémentaire avec l'orchestre cet après-midi…

Mme Berry jeta un coup d'œil à sa montre et ajouta :

— Mais elle devrait arriver d'ici à une demi-heure. Entre donc boire un thé pour l'attendre. Cela nous rappellera le bon vieux temps !

Chiara sourit et la suivit à l'intérieur.

Ce qu'elle aimait quand elle venait chez les Berry, c'était qu'elle n'avait pas à jouer la comédie. Ce qui, dans la vie réelle, était parfois très agréable ! Les « Oh ! mais je ne voudrais pas vous ennuyer ! » et les « Excusez-moi, mais je n'ai pas le temps ! » étaient superflus et n'avaient pas de raison d'être. Ici, on n'avait jamais le sentiment de déranger et toujours une envie folle d'entrer.

Elles traversèrent le salon qui ressemblait comme à son habitude à un champ de foire et parvinrent à la cuisine. Dès le seuil franchi, Saxo, le labrador de la famille, se précipita vers elle, langue pendante.

— Bonjour, mon chien ! fit Chiara en lui grattant la tête à son endroit préféré, juste entre les deux yeux.

Le chien, reconnaissant, lui passa un grand coup de langue sur la main.

— Non ! Saxo ! dit sévèrement Mme Berry.

Tout penaud, le labrador retourna vers son panier.

— Oh ! ce chien ! soupira la mère de Lily, il est parfois plus désobéissant que mes trois enfants réunis.

L'animal jappa, comme pour demander pardon. Sa maîtresse se tourna vers lui pour lui caresser le dessus du crâne avant d'admettre d'une voix indulgente :

— Il faut dire à sa décharge qu'il n'a pas toujours les meilleurs exemples sous les yeux.

Saxo aboya pour confirmer.

Chiara rit.

— Oh ! ce n'est pas grave. Je le connais depuis qu'il était tout petit. On est presque en famille.

La jeune fille réalisa soudain combien ces mots étaient vrais. Même si elle venait moins souvent maintenant, elle avait, dans son enfance, passé des heures et des heures dans cette cuisine colorée. Lorsqu'elle était en primaire, elle faisait toujours ses devoirs avec Lily sur cette même table en bois, pendant que Mme Berry leur préparait un goûter. Elle ne rentrait chez elle que lorsque M. Palermo passait la prendre après son travail. Le collège avait changé ceci peu à peu. Devenue plus autonome, elle avait au début été très fière que son père lui confie la clef de l'appartement et l'autorise à rentrer seule.

Aujourd'hui pourtant, elle réalisa combien cette atmosphère lui manquait.

— Tu veux peut-être autre chose qu'un thé ? proposa Mme Berry.

— Non, un thé, c'est très bien, assura Chiara.

Et c'était vrai, même si cette maison était le seul endroit où elle en buvait.

En fait, plus que la boisson, c'était le rituel qui lui plaisait. La mère de Lily, qui avait passé dans sa jeunesse un an en Irlande, le respectait à la perfection.

D'abord, elle remplissait la bouilloire électrique et la mettait en marche. Puis elle sortait la théière. Même si elle était seule, elle ne le faisait jamais dans une tasse. Quand l'ustensile s'arrêtait avec un claquement sec après un impressionnant crescendo de bulles, elle soulevait le couvercle de la théière, versait dedans un fond d'eau chaude pour réchauffer la porcelaine et replaçait le couvercle. Et c'était reparti ! Elle rebranchait l'appareil, qui « reclaquait » au bout de quelques secondes, vidait l'eau refroidie de la théière dans l'évier et la remplissait cette fois pour de bon, après y avoir jeté un sachet de thé venu tout droit de Dublin.

Puis elle couvrait la théière d'un épais *tea cosy*.

La première fois qu'elle avait assisté à cette scène, Chiara, alors petite fille, avait fait rire tout le monde en demandant pourquoi on enfilait un sweat-shirt à la théière. Maintenant elle savait que c'était pour garder le thé à la bonne température pendant qu'il infusait.

Pendant que Chiara se lavait les mains, Mme Berry demanda :

— Alors, comment cela se passe avec Valérie ?

Chiara ne fut pas surprise par cette question directe. La mère de son amie était au courant de la situation et elle la connaissait assez pour savoir que cela lui ferait du bien d'en parler.

— Bof, ce n'est pas génial, avoua l'adolescente en se séchant les mains.

Elle alla machinalement s'asseoir à la place qui était la sienne à l'époque où elle portait encore deux longues tresses brunes qui lui battaient le dos lorsqu'elle courait. Elle regarda Mme Berry s'affairer en silence autour de la bouilloire. C'était drôle, elle aurait pu prévoir chacun de ses gestes.

Quand la bouilloire claqua pour la seconde fois, elle se décida :

— Elle n'est pas du tout comme vous.

Étonnée par cette remarque, la mère de Lily interrompit ce qu'elle était en train de faire pour fixer l'adolescente d'un œil interrogateur.

— Je parle de son caractère... C'est une maniaque de l'ordre, du rangement et de l'hygiène. Je sais bien qu'elle est infirmière, mais ce n'est pas une raison pour transformer l'appartement en hôpital ! Son fils est allergique aux acariens, alors chaque fois qu'elle vient avec lui, elle nous joue la valse des aspirateurs et des plumeaux... Et puis avec elle, il faut se laver les mains toutes les minutes.

— Mais là aussi, tu viens de le faire, constata Mme Berry.

— Oui, mais ce n'est pas pareil. J'éternue et c'est « Chiara, va te laver les mains », je viens à table et c'est « Chiara, tu t'es lavé les mains ? », je me mouche et c'est rebelote !

Mme Berry retourna à la préparation de son thé et commenta avec amusement :

— Elle n'a pas tort. Et si mes enfants ne le font pas, c'est peut-être que j'ai raté quelque chose dans leur éducation...

— Ah ! non alors ! s'emporta la jeune fille.

La maman de Lily se mit à rire.

— Je crois que tu me mets sur un piédestal que je ne mérite pas. Mais surtout, tu juges peut-être Valérie un peu trop sévèrement. Entre nous, il doit bien y avoir quelque chose qu'elle fait bien ?

Chiara plaça ses avant-bras écartés à plat sur la table, posa son menton sur le dos de ses mains croisées et laissa son regard se perdre dans le vague.

— Oui, il y a des choses..., finit-elle par reconnaître, elle fait sourire mon père et même, parfois, elle le fait rire... Elle a aussi allumé une étincelle nouvelle dans ses yeux et l'a bien fait rajeunir de dix ans... Tout ce que moi, en fait, je n'ai jamais réussi à faire.

Mme Berry posa la tasse qu'elle tenait dans ses mains et vint s'asseoir près de la grande et fine jeune fille brune qui lui semblait si vulnérable tout à coup. Passant un bras réconfortant autour de ses épaules, elle objecta :

— Ton père est amoureux. Ce qui ne l'empêche pas d'éprouver des sentiments infiniment profonds à ton égard. L'amour est un sentiment difficile à définir. Il peut s'exprimer sous tant de formes différentes... L'une d'entre elles est ce bouleversement d'émotions qui se produit en nous lorsqu'on rencontre l'âme sœur. Cela nous rend un peu fou, un peu étrange et généralement intensément heureux. Mais tu dois bien savoir de quoi je parle...

Justement, non. Chiara ne savait pas. Elle, elle n'avait jamais été amoureuse. Bien sûr, elle était témoin des effets que l'amour avait sur les gens autour d'elle. Et surtout de l'état fascinant et palpitant dans lequel il plongeait les héros et héroïnes de théâtre (d'ailleurs, si elle avait osé, elle aurait corrigé la mère de son amie en répliquant qu'à son avis l'amour apportait surtout bien des ennuis).

Cependant, dans son esprit et dans sa chair, elle n'avait jamais rien expérimenté de tel.

La jeune fille soupira sans faire de commentaires. Voyant qu'elle ne dirait rien de plus, Mme Berry se leva et se dirigea vers le réfrigérateur.

— Bon, fit-elle avec fatalisme, je vois bien que mes arguments ne t'ont pas convaincue, tu m'obliges donc à abattre mon dernier atout. J'espère que celui-là au moins te remontera le moral.

Lorsqu'elle revint près d'elle, elle tenait une superbe tarte aux pommes dans les mains.

Comme par magie, Chiara retrouva son enthousiasme.

— Miam ! s'écria-t-elle, j'ai toujours adoré vos tartes… enfin celles aux fruits, bien sûr, ajouta-t-elle malicieusement.

Son hôtesse se mit à rire.

— Ah ! je savais que je toucherais un point sensible !

Lorsque quelques minutes plus tard Lily surgit dans la cuisine, elle découvrit son amie en train de dévorer une deuxième part de gâteau pendant que sa mère lui versait une nouvelle tasse de thé.

— Eh bien ! Je vois qu'on ne se laisse pas aller par ici ! s'exclama-t-elle faussement en colère.

— Assieds-toi, ma chérie, répondit sa mère, et tu en auras aussi !

Elles bavardèrent de choses et d'autres le temps de finir leur goûter, puis les deux filles montèrent à l'étage pour rejoindre la chambre de Lily. Au début, la conversation resta légère, mais petit à petit, elle sembla mourir d'elle-même. Quand un silence plus long que les autres s'installa, Lily finit par dire doucement :

— Et si tu me disais ce qui ne va pas ?

Son amie lui fit une grimace d'autodérision :

— Je ne suis pas sûre que tu aies toute la nuit à me consacrer…

— On verra bien, ce ne peut quand même pas être si terrible que ça ! Je croyais que maintenant que tu avais enfin le droit de faire du théâtre, rien d'autre n'avait d'importance.

C'était vrai. En partie. L'idée de commencer les cours de théâtre à la rentrée lui avait permis de supporter les quelques intrusions, heureusement encore assez rares, de Valérie et de son rejeton dans sa vie. Oui, mais voilà, une certaine Mélisande avait sérieusement gâché son plaisir et, comme un élégant caniche dans un jeu de quilles, avait tout détruit. Il lui semblait maintenant qu'il ne lui restait plus rien : ni père, ni rêve, ni amies. Bien sûr, Lily et Maëlle étaient toujours là, mais quand elles se retrouvaient ensemble, comme l'autre soir au café des Anges, il lui semblait que la complicité qui les unissait auparavant avait disparu.

Alors, certes, son mal-être avait des origines diverses, mais il lui était tellement difficile de démêler l'écheveau d'émotions qui se nouaient en elle que la jeune fille se contenta de se plaindre de Mélisande et de conclure, agacée :

— Je n'en peux plus ! Elle ne pense qu'à la mode et au shopping et se moque totalement des sentiments des autres. Elle ne peut pas faire trois pas en ville sans vouloir s'acheter une écharpe en soie ou une paire de bottines qui coûtent chacune plus que ce que je dépense en un an en fringues ! Elle est incorrigible ! Tu sais que le premier jour, au théâtre, elle nous a fait tout un numéro sur le look ringard de l'ogre du Petit Poucet !

Lily se mit à pouffer :

— Oh la la ! je sens le bide !

— Eh bien, même pas, s'indigna son amie. Ils étaient tous là à l'admirer et à l'applaudir.

— C'est vrai qu'elle produit toujours son petit effet, surtout quand il y a des garçons dans les parages... Mais fais confiance à ton prof, il saura certainement la remettre à sa place !

— Nouvelle erreur ! Il a été le premier à dire qu'elle était très douée.

Chiara était à peine consciente qu'elle grossissait le trait. Du fait de son tempérament latin, l'exagération était presque devenue chez elle une seconde nature. Cette habitude faisait généralement rire Lily. Cette fois cependant, quelque chose dans le ton de l'apprentie comédienne incita la jeune fille à prendre sa remarque au sérieux.

— Mélisande ? Très douée ? fit-elle dubitative. C'est plutôt toi qui as un don dans ce domaine !

Alors qu'elle prononçait ces mots, Lily eut soudain une certitude. Voilà donc ce qui avait mis le feu aux poudres entre ses deux amies ! Les tensions dues à leur différence d'éducation en matière de vêtements et d'argent étaient réelles bien sûr, mais cela n'était pas nouveau. Les dérapages de Mélisande en ce domaine restaient occasionnels et Chiara était suffisamment intelligente pour faire la part des choses. Sauf que là, on s'attaquait à une tout autre question. Le théâtre, c'était la vie de Chiara. Venir la concurrencer sur ce terrain-là, c'était menacer ses espoirs, ses rêves, son identité même. Pas étonnant qu'un antagonisme latent règne entre ses deux amies !

Lily observa la grande fille brune qui, assise sur son lit, avait noué ses bras autour de ses genoux. Elle n'avait pas renchéri sur sa dernière remarque et restait silencieuse. En temps normal elle en aurait fait des tonnes pour bien montrer son indignation.

Lily décida alors qu'il était juste impossible de lui dire la vérité pour l'instant. Lui annoncer qu'elle était jalouse de Mélisande ne l'aiderait pas. Chiara nierait cette déclaration avec la plus grande énergie, mais en serait sûrement très blessée. Il fallait que les choses évoluent d'une manière ou d'une autre pour qu'elles puissent en discuter plus librement.

Et le moment venu, Lily serait là pour son amie.

# 14

# Soupçons

Jeudi 21 octobre, 18 h 10

Quand Mélisande rentra des cours ce soir-là, elle fut prise d'assaut par sa cadette.

— Tu m'avais promis qu'on chercherait ! attaqua Pauline tout à trac.

— Qu'on chercherait quoi ? lança son aînée en posant son sac sur le canapé en cuir du salon. Des œufs de Pâques ?

— Oh ! arrête de te ficher de moi, t'es pas drôle, surtout que le sujet est sérieux !

Mélisande, qui savait parfaitement à quoi sa sœur faisait allusion, lui fit un clin d'œil.

— OK, on s'y met !

En prononçant ces mots, elle réalisa que, plus ou moins consciemment, elle avait tout fait pour repousser cet instant. Elle n'était pas à l'aise à l'idée de ce qu'elles allaient entreprendre. Non que cela la gênât d'une quelconque manière de se mettre à fureter un peu partout à la recherche d'informations concernant ses parents. Si elles se rendaient coupables d'indiscrétion, c'étaient bien à cause d'eux. Elles n'auraient pas eu besoin d'en arriver à de telles extrémités si elles avaient vécu dans une famille « normale ». Oui, mais voilà, leur famille n'était pas normale. Personne ne se parlait vraiment et les questions tournant autour de ce genre d'histoires étaient le plus souvent éludées. N'y aurait-il pas un ou deux squelettes dans leurs placards ? Un secret terrible, bien enterré ?

— Bon ! On commence par où ? demanda Pauline en trépignant.

Mélisande soupira. Il était trop tard pour revenir en arrière.

— Les placards du salon ? suggéra-t-elle.

— Youhou, c'est parti !

Sa sœur se précipita vers les immenses panneaux noirs laqués. Elle en fit glisser un qui coulissa presque sans bruit. Sur les étagères, des dossiers s'empilaient. Il s'agissait là des archives personnelles de leur père.

— Tu crois qu'il y a des photos là-dedans ?

— Comment veux-tu que je le sache ? C'est la première fois que je m'y intéresse ! On n'a qu'à regarder… Mais fais attention, remets les dossiers exactement là où tu les as pris.

Elles se mirent aussitôt à l'œuvre.

Cependant, leur enthousiasme s'étiola au fur et à mesure que les étagères se vidaient.

— C'est tuant, râla Pauline au bout d'une demi-heure.

— Ça, je ne te le fais pas dire !

— Il n'y a que des papiers, des papiers, et encore des papiers…

— Oui, je crois qu'on fait fausse route…

Elles décidèrent alors de passer au placard suivant, mais sans grand espoir. Elles savaient déjà qu'il contenait du linge et qu'il aurait été étrange que des photos aient été rangées à cet endroit. Le temps de faire coulisser la porte pour s'assurer que rien ne leur semblait suspect, et elles la refermèrent aussitôt.

— On attaque le buffet ?

— Pas la peine, il n'y a que de la vaisselle…

D'un œil incisif, Mélisande scanna le salon.

— Le meuble télé, dit-elle tout à coup. On ne l'ouvre jamais.

D'un bond, Pauline le rejoignit. Quelques secondes plus tard elle poussa un cri de victoire :

— Je crois qu'on le tient !

Triomphante, elle brandit un épais album photo bleu marine. Mélisande le lui prit des mains, provoquant un nouveau hurlement, et l'ouvrit avidement.

— Rends-le-moi, c'est moi qui l'ai trouvé !

— Oui, mais c'était mon idée ! répondit sa sœur sans même relever le nez.

Pauline, furieuse, se rua vers elle. Finalement, de peur de voir l'album partir en miettes, Mélisande finit par s'asseoir sur le canapé et partagea la découverte avec sa cadette.

— C'est la famille de papa, remarqua-t-elle.

Les photos étaient collées dans l'ordre chronologique, mais il n'y avait ni commentaire, ni légende. En découvrant un bébé joufflu dans les bras d'un jeune couple, les deux filles devinèrent qu'il s'agissait de leur père enfant, car l'homme qui posait présentait une étrange ressemblance avec M. de Saint-Sevrin.

Elles tournaient lentement les pages, tombant par moments sur des souvenirs de réunions de famille, mais jamais, nulle part, de tête rousse n'apparaissait.

Malgré leur déconvenue, elles ne purent s'empêcher de rire en voyant des photos du mariage de leurs parents. Ils avaient l'air tellement jeune !

— Papa n'était pas si mal avec des cheveux…

— En revanche, maman avec un chignon, c'est pas super…

Sur cette photo, deux autres faits étaient curieux : leur mère semblait n'avoir aucun membre de sa famille présent et si l'on exceptait une adolescente à la chevelure rouge vif étonnamment peu naturelle, il n'y avait là non plus pas un seul cheveu roux à la ronde.

L'album se terminait sur un cliché de Mélisande âgée d'environ quatre ans, sur les genoux d'une vieille dame.

— Ce devait être l'album de nos grands-parents. Visiblement, personne ne s'est soucié de le compléter par la suite.

Pauline souffla bruyamment.

— Bon, alors, qu'est-ce qu'on fait maintenant ? finit-elle par interroger.

— Nos devoirs, répliqua sa sœur. J'ai deux contrôles demain et je suis bien sûre que de ton côté tu n'as encore rien fait.

Pauline souffla à nouveau.

— Comment veux-tu que je travaille alors que ma vie tourne au drame ?

— Facile, tu fais comme moi ! Sinon, je ne t'aiderai plus.

La cadette se renfrogna en marmonnant de manière suffisamment compréhensible que le chantage était la pire des vilenies…

Pour toute réponse, Mélisande se mit à rire et regagna sa chambre.

En ce qui la concernait, elle était bien contente de s'arrêter là.

**Jeudi 21 octobre, 18 h 25**

« L'intuition féminine existe-t-elle vraiment ? » se demandait Maëlle en attendant devant l'entrée du stade d'athlétisme. À cet instant précis, elle aurait souhaité que la réponse soit négative.

Elle tendit le cou une nouvelle fois pour voir si la silhouette qu'elle connaissait désormais si bien n'allait pas enfin apparaître. Voilà maintenant un quart d'heure qu'elle patientait sous cette désagréable petite bruine et elle ne pouvait se défaire du sentiment de malaise qui s'était emparé d'elle au fur et à mesure que les minutes s'écoulaient.

Elle se souvint de ce premier rendez-vous où, toute tremblante, elle se posait aussi beaucoup de questions avant que Maxime ne surgisse derrière elle et qu'ils s'embrassent à en perdre le souffle. Mais elle était déjà allée vérifier. Les vestiaires étaient vides. Cette fois, personne n'apparaîtrait à l'improviste dans son dos.

Et puis il le lui avait dit lui-même ce jour-là : il n'était jamais en retard !

Alors que se passait-il donc ?

Maëlle avait souri à ses camarades qui arrivaient maintenant les uns après les autres, mais le cœur n'y était pas. Eux aussi avaient dû trouver étrange de la voir seule dehors. D'habitude, à cette heure-là, Maxime l'accompagnait toujours.

Quand la demie de dix-huit heures sonna à un clocher lointain, Maëlle sortit son portable de sa poche. Elle ne comptait plus le nombre de fois qu'elle avait fait ce geste depuis son arrivée. Mais elle n'avait toujours pas de message malgré ceux, nombreux, qu'elle avait laissés à l'adolescent.

D'un geste las, elle se résolut donc à rejoindre ses camarades.

Dans les vestiaires, il lui fallut se dépêcher. Philippe avait horreur qu'on ne soit pas à l'heure exacte sur le terrain. Les autres s'étaient déjà changés et elle n'eut donc pas à bavarder avec quiconque. « Tant mieux », pensa-t-elle. Elle n'avait pas envie de parler. Avec un peu de chance, elle éviterait ainsi toute question.

Cependant, lorsqu'elle rejoignit le groupe qui était déjà en train de s'échauffer, l'entraîneur l'interpella aussitôt :

— Tu as cinq minutes de retard !

Puis sans lui laisser le temps de dire quoi que ce soit, il enchaîna :

— Et ton copain ? Il se refait une beauté ?

Maëlle, qui appréciait d'habitude l'humour de Philippe, lui lança un regard noir et haussa les épaules.

— J'en sais rien, je ne l'ai pas vu.

Philippe la fixa un instant mais n'ajouta rien. Puis il se tourna vers Farouk et l'interrogea du regard. Ce dernier, par une mimique éloquente, lui fit comprendre qu'il n'en savait pas davantage.

Désireux de mettre fin aux chuchotements qui commençaient à enfler, Philippe, sans chercher plus loin, émit un coup de sifflet strident et lança :

— Dix minutes !

Aussitôt, tout le groupe se mit à courir et les murmures se turent progressivement. Si on ne voulait pas écoper de tours supplémentaires, mieux valait ne pas trop bavarder…

Une heure et demie plus tard, Maëlle était épuisée lorsqu'elle regagna les vestiaires. Elle s'était donnée à fond pendant cet entraînement et grimaçait en se changeant quand soudain une des autres filles, qui venait de sortir, rentra à toute vitesse pour lui annoncer :

— Maxime est là ! Il est en train de parler avec Philippe !

Maëlle jura. Elle était en petite culotte et bien incapable de se précipiter ainsi dehors. Elle attrapa son sweat-shirt propre, se glissa dans son pantalon (elle dut s'y prendre à deux fois car les jambes s'entortillaient) et enfila rapidement ses baskets. Mais quand elle s'élança à l'extérieur, il était déjà trop tard. Philippe était seul à nouveau. Sans plus de manières, la jeune fille décida de le rejoindre et, arrivée près de lui, le questionna directement :

— Alors ?

L'entraîneur répondit sur le même ton :

— Alors, il arrête l'entraînement !

— Quoi ? Mais il est fou ! Une saison, ça se prépare dès le début. Je suis bien placée pour le savoir. Jusqu'à quand veut-il arrêter ?

— Ça, je ne sais pas exactement. En revanche, ce qu'il m'a dit, c'est que c'était pour l'année.

— L'année… civile ?

— L'année scolaire.

Maëlle n'en revenait pas ! Plus que ça, elle n'arrivait pas à y croire.

— Non, ce n'est pas possible ! protesta-t-elle. On doit faire les championnats de France. On vise même le titre ! Il ne peut pas me laisser tomber comme ça !

Maëlle faisait maintenant les cent pas devant Philippe. S'arrêtant brusquement, elle demanda :

— Et pourquoi d'abord ? C'est… c'est lâche ! On n'abandonne pas son club comme ça, on ne…

Elle avait failli dire : « On ne m'abandonne pas ainsi ! », mais elle s'était interrompue juste à temps. Heureusement. Il était déjà suffisamment humiliant qu'en tant que petite amie officielle de Maxime, elle ne soit pas la première informée de cette décision ! Il n'aurait plus manqué qu'elle épanche son cœur devant Philippe !

— Je n'en sais rien non plus, répondit celui-ci. J'ai eu beau lui demander, il n'a rien voulu dire. J'imagine que tu sais combien il peut être buté !

Malgré les circonstances, il eut un petit rire :

— Mais c'est souvent un trait caractéristique chez les grands champions, n'est-ce pas Maëlle ?

Toute à la catastrophe qu'elle venait d'apprendre, celle-ci ne releva même pas.

— En tout cas, conclut l'entraîneur, il était drôlement en rogne !

En quittant le stade un peu plus tard, la jeune fille marchait tête basse.

« Fichue intuition ! pensa-t-elle, j'aurais tellement aimé me tromper… »

Ce qui l'agaçait le plus dans cette situation, c'est qu'elle ne comprenait rien du tout. À quoi servait cette fameuse intuition féminine dont tout le monde vous rebattait les oreilles, si celle-ci ne vous aidait pas à résoudre les problèmes qu'on sentait arriver ? Jouer les Cassandre ne l'intéressait pas. Quand il y avait un obstacle, il fallait se battre pour le surmonter, voilà tout. Mais dans ce cas-là, contre quoi fallait-il se battre ? Contre des moulins à vent comme Don Quichotte ? Elle qui croyait si bien connaître Maxime ne savait plus que penser. Dire qu'elle était convaincue d'avoir trouvé en lui son alter ego…

« Il faut que j'en parle à quelqu'un, réfléchit-elle, à quelqu'un qui en connaît suffisamment sur la gente masculine pour pouvoir décrypter ce mystère… »

La réponse à son problème s'imposa d'elle-même : ce soir, elle appellerait Mélisande.

Après tout, n'était-elle pas la meilleure spécialiste ès garçons qui soit ?

## 15

## Haute tension !

**Samedi 23 octobre, 21 h 40**

Quand même ! C'était totalement, absolument, parfaitement incroyable !

Et terriblement inquiétant…

Lily plongea à nouveau sous son lit pour vérifier une nouvelle fois. Mais hormis des champs de moutons de poussière et quelques papiers froissés, il n'y avait rien. Se redressant sur ses genoux, son regard passa rapidement sur le matelas qu'elle avait mis à nu dans sa quête et vint se fixer sur le tas de linge de lit échoué au milieu de sa chambre. Et si par hasard… Non, même si elle avait arraché l'ensemble un peu vite, il n'aurait pu passer inaperçu ! En désespoir de cause pourtant, elle se releva et saisit draps, couette et oreiller les uns après les autres pour les secouer vigoureusement. Rien.

Lily était bien consciente que l'ordre n'était pas sa qualité première, ce qui d'ailleurs en faisait une digne représentante de la famille Berry, mais dans ce cas précis, elle était prête à mettre sa main au feu qu'elle l'avait placé sous son oreiller… Puisque de toute façon, elle ne le rangeait jamais ailleurs.

Le rituel était toujours le même. Une fois en pyjama, dents brossées et lentilles ôtées, Lily mettait ses lunettes, s'appuyait contre la tête du lit puis glissait la main sous son oreiller. Elle en ressortait un instant plus tard, avec un soupir de plaisir, celui qui était devenu en quelques semaines son confident le plus intime : son journal.

Alors, un stylo doré à la main, elle se livrait sans retenue. Que c'était agréable de pouvoir tout dire sans craindre un regard étonné, réprobateur ou même gentiment moqueur ! Son journal absorbait ses rêves les plus fous sans émoi. Elle se rendait bien compte que ces lignes, tracées parfois d'une main tremblante, pouvaient se gonfler d'un romantisme trop… « romantique » et que ses amies auraient éclaté de rire en les lisant. « Chacun de nous est une lune avec une face cachée que personne ne voit », avait écrit Mark Twain. Lily était entièrement d'accord avec lui et elle aurait même ajouté : « Et qu'on ne tient surtout pas à faire voir ! »

Ainsi, malgré sa proximité avec Chiara, Maëlle et Mélisande, il lui semblait qu'il y avait en elle quelque chose de différent, quelque chose que même ses meilleures amies ne pouvaient pas comprendre.

Son journal, lui, comprenait. Ou du moins, savait se faire suffisamment discret pour ne pas l'embarrasser davantage en lui faisant remarquer que ses joues rosissaient à l'évocation de certaines pensées.

Et ces lignes-là, tout particulièrement, il n'était pas question que qui que ce soit les lise.

La jeune fille eut un gémissement de frustration puis, tel un missile à tête chercheuse, elle redoubla d'énergie dans sa fouille systématique de la chambre. Elle retrouva presque tout ce qu'elle avait perdu depuis des lustres, mais de journal, point. Le cœur rempli d'angoisse, elle dut se résoudre à admettre qu'il ne restait donc plus qu'une seule solution : Celle qu'elle redoutait entre toutes…

Quelques secondes plus tard, elle surgissait sans prévenir dans la chambre de son frère cadet. Ce qu'elle découvrit alors la fit frémir d'horreur et de colère.

— Comment oses-tu ! hurla-t-elle.

Hugo, à plat ventre sur son lit, releva la tête. Ouvert devant lui se trouvait le très joli carnet à fermeture magnétique que sa sœur venait de passer une heure à chercher désespérément.

D'un geste brusque qui ne lui était pas habituel, elle s'en empara, cognant au passage le menton de son frère.

— Aïe ! Ça va pas, non ? rouspéta ce dernier.

Il s'apprêtait à contre-attaquer vigoureusement quand un regard à Lily le stoppa net. Il ne l'avait jamais vue ainsi. Elle lui rappela soudain le dieu Hadès du dessin animé *Hercule* qu'il avait regardé tant de fois dans son enfance. Tout comme lui, quand la colère l'emportait, on eût dit que du feu allait sortir par ses oreilles tant sa sœur paraissait sur le point d'exploser. Impressionné, il changea de tactique.

— Eh, cool ! Je l'ai pas abîmé !

— Ce carnet est à moi ! Il était dans ma chambre ! Tu n'as pas le droit d'entrer !

— J'suis pas vraiment entré, plaida-t-il devant cette furie qu'il ne reconnaissait plus, enfin, au début je voulais pas, j'avais juste besoin d'une règle… Mais t'étais pas là et j'ai vu ce truc qui dépassait à moitié de sous ton oreiller.

Pour la première fois de sa vie, Lily s'en voulut de ne pas avoir fait son lit correctement avant de partir ce matin-là.

— On aurait dit un grimoire, poursuivait Hugo à toute allure, un peu comme dans *Harry Potter*, j'ai juste voulu voir, c'est tout !

— Et tu n'as pas vu tout de suite que ce n'était pas un livre de magie ?

— Si ! Bien sûr ! Mais j'allais te le rapporter, je te jure. Je venais juste de l'ouvrir.

— Et tu espères que je vais te croire !

Agitant un doigt menaçant sous le nez d'Hugo, Lily s'écria avec rage :

— Si tu remets tes sales pattes dessus et si tu n'oublies pas instantanément tout ce que tu as pu y lire, je te jure que je dirai à tous tes copains que tu suces encore ton pouce la nuit.

Horrifié, son frère hurla à son tour :

— N'importe quoi ! C'est même pas vrai !

— Ha, ha ! fit Lily assez satisfaite de voir l'effet que produisait sa menace, on verra bien qui ils choisiront de croire !

Le nouveau cri de rage d'Hugo retentit si fort que M. Berry arriva en courant :

— Que se passe-t-il, enfin ?

Le silence se fit soudain. Lily lança à son frère un regard lourd de menace, lui rappelant que toute infraction à la règle familiale stipulant l'interdiction de pénétrer dans une chambre qui ne vous appartenait pas, à moins d'y être invité, était sanctionnée par une lourde amende. Hugo se calma aussitôt et mentit.

— C'est rien, Papa, on s'amusait…

— Eh bien, vous avez intérêt à être un peu plus discrets en vous « amusant » parce qu'à côté de vous, *La Chevauchée des Walkyries*, c'est une berceuse !

Tout en maugréant dans sa barbe qu'il était impossible d'écouter une symphonie tranquille dans cette maison, il redescendit au salon.

Lily fixa alors une dernière fois son frère dans les yeux et articula :

— Bon, j'espère qu'on s'est compris !

Celui-ci rétorqua d'un air méprisant :

— De toute façon, c'est ennuyeux à mourir ton truc. En plus, on ne sait même pas de qui tu parles…

Sans faire d'autres commentaires, Lily tourna les talons pour rejoindre sa propre chambre.

Ce soir-là, elle prit la décision que désormais, où qu'elle aille, son journal ne la quitterait plus.

**Lundi 25 octobre, 18 h 00**

Le lycée du Bois ne ressemblait en rien au lycée Balzac. Malgré son nom champêtre, sa structure était exclusivement composée de métal et de béton. De hautes fenêtres rectangulaires s'étendaient le long de sa façade monolithique et l'établissement ne possédait aucune des contradictions architecturales dont était affublé celui que fréquentait Maëlle. Pourtant, la jeune fille songea qu'elle préférait son lycée. Avec ses défauts et ses incohérences, il lui paraissait plus chaleureux et plus humain.

Alors qu'elle en était là de ses réflexions, la sonnerie retentit et la ramena à ses vraies préoccupations. Désormais, il n'était plus possible de chasser les questions qui revenaient sans cesse. Pour la millième fois, Maëlle se demanda si elle avait bien fait de venir jusqu'ici. Pourtant, si elle voulait enfin savoir, il n'y avait pas vraiment d'autres solutions.

Elle chercha à se souvenir des conseils que lui avait généreusement prodigués Mélisande l'autre soir au téléphone. Cette dernière, en apprenant les soucis de son amie, n'avait pas tourné longtemps autour du pot.

— C'est très simple, avait-elle déclaré, soit il a rencontré une autre fille, et dans ce cas, il faudra que je te briefe plus en détails, soit il possède un secret honteux.

Ignorant superbement la première hypothèse évoquée par son experte amie, Maëlle s'était inquiétée :

— Un secret honteux ? Qu'est-ce que tu veux dire par là ?

— Je ne sais pas, moi, tu sais, les garçons, c'est pas toujours facile à percer.

— Dis, c'est toi la spécialiste, l'avait flattée Maëlle, si tu ne sais pas, comment je saurais, moi ?

— Eh ! c'est quand même TON copain. Je n'ai pas eu l'occasion de l'approcher tant que ça ! Mais si tu veux que j'aille l'observer de plus près…

— Non, non, c'est bon, je m'en occuperai moi-même.

Mélisande avait émis un petit rire en remarquant avec quelle rapidité son amie avait réagi.

— Dans tous les cas, vas-y mollo, miss Bulldozer, c'est parfois fragile ces petites choses…

Et elle avait raccroché avant que Maëlle n'ait eu le temps de protester.

La jeune fille avait horreur qu'on lui rappelle de temps à autre le sobriquet qui lui avait collé à la peau une bonne partie de sa scolarité. Elle complexait déjà suffisamment comme ça !

La remarque de Mélisande avait cependant atteint son but et, au lieu de se présenter dès le lendemain, furieuse, à la sortie du lycée de Maxime (comme cela avait été son intention première), Maëlle avait pris le temps de se calmer et de se préparer à la rencontre.

Ses belles résolutions faillirent cependant voler en éclats lorsque, dans le flot d'élèves passant les portes, elle aperçut soudain Maxime.

Enfin, Maxime ET une demoiselle plutôt jolie, qui semblait le couver du regard. L'hypothèse évoquée par Mélisande lui revint brutalement à la mémoire. Mais elle la rejeta de nouveau. Son esprit logique lui disait que Maxime, qui aimait tant le sport, n'aurait jamais tout laissé tomber pour une fille.

Quand il l'aperçut, le garçon resta un instant interloqué. Bizarrement, il regarda à droite puis à gauche, comme s'il cherchait un côté par lequel s'enfuir.

« Je ne lui fais quand même pas peur à ce point ! » s'étonna Maëlle.

Elle avança de quelques pas et ils se retrouvèrent bientôt face à face. Aucun des deux cependant n'esquissa un geste pour embrasser l'autre.

— Salut ! lança-t-elle d'une voix légère.

— Salut ! répondit-il beaucoup moins légèrement. Qu'est-ce que tu fais ici ? Tu n'as pas cours ?

— Je me suis arrangée pour sortir une heure plus tôt. J'ai dit que je ne me sentais pas bien.

— Ah.

Maëlle respira à fond. S'il n'y mettait pas un peu du sien, cela n'allait pas lui faciliter la tâche !

— Je m'inquiétais, tenta-t-elle, tu ne réponds pas à mes messages, tu ne viens plus à l'athlétisme…

— Oui, excuse-moi, fit-il embarrassé.

— Et si on marchait ? suggéra Maëlle.

Maxime accepta aussitôt. Tout lui paraissait préférable à ce tête-à-tête gênant où il essayait par n'importe quel moyen de fuir le regard de Maëlle. Ils firent quelques pas en silence, jusqu'à ce que la jeune fille demande :

— Alors, qu'est-ce qui se passe ?

Elle avait eu beau chercher une formule moins directe, toutes les phrases qu'elle avait préparées à l'avance lui paraissaient maintenant stupides.

Maxime se raidit, mais avant qu'il n'ouvre la bouche, elle ajouta :

— Pas la peine de répondre « Rien ». D'une, je ne te croirai pas, et de deux, tu me dois au moins la vérité.

Le garçon resta silencieux un moment puis il finit par se décider.

— J'ai un problème aux genoux… J'ai la maladie d'Osgood-Schlatter.

Il leva la main comme pour prévenir tout commentaire et ajouta :

— Je sais, c'est un nom ridicule, mais contrairement à ce que tu crois, ce n'est pas un truc de vieux ! C'est lié à ma croissance et ça devrait disparaître, mais en attendant, ça fait un mal de chien quand je cours. Et si je ne m'arrête pas pendant six mois, voire un an, je risque une opération.

— Mince, c'est dingue, ça !

Maëlle était en proie à des émotions diverses. Bien sûr, elle était désolée de ce qu'il lui arrivait, mais le sentiment qui dominait les autres, égoïstement, était le soulagement. « Ainsi, ce n'était donc que ça ! » pensa-t-elle. Un mystère demeurait cependant.

— Mais dans ce cas, pourquoi ne me l'as-tu pas dit tout simplement ?

Maxime lui lança un rapide coup d'œil avant de détourner le regard. Faisant visiblement un effort, il reprit la parole :

— Ce n'est pas facile à expliquer. D'abord, j'ai été sous le choc quand le médecin m'a annoncé que je devais arrêter l'entraînement et ne pas compter courir aux championnats de France cette année. Ce titre, j'en rêvais… tout comme je rêvais de vivre ces championnats avec toi.

Il claqua des doigts en disant :

— Puis, paf, d'un coup, tout s'arrête. Plus de titre, plus de voyage avec toi, plus de championnat… J'en voulais au monde entier !

— J'imagine, ça a dû être terrible…

Ils restèrent un moment silencieux à marcher côte à côte.

— Et je t'en voulais à toi particulièrement.

Maëlle s'arrêta brusquement en ouvrant de grands yeux.

— À moi ? Mais pourquoi ? Ce n'est quand même pas de ma faute si tu grandis !

— Non, non… Mais tu te moquais de moi quand j'avais mal. Je ne voulais pas que tu penses que je suis une mauviette… Déjà que je le pense moi-même…

Maxime sembla fixer son attention sur une feuille emportée par le vent avant d'ajouter très vite :

— Et puisque c'est l'heure des confidences, sache que tu es dure, parfois. Seuls les plus forts trouvent grâce à tes yeux. Oh ! je comprends, tu sais, pour moi c'est pareil. Sauf que cette fois, c'est moi le faible…

Maëlle, stupéfaite par cette succession de révélations, ne savait plus quoi dire.

Leurs pas les avaient conduits vers un petit square, désert maintenant que la nuit était tombée. Elle regarda un instant autour d'elle, à la recherche de la phrase parfaite à prononcer, mais sa tête restait aussi désespérément vide que le square. Alors, elle finit par murmurer les quelques petits mots dont elle était sûre :

— Je t'aime, Maxime.

C'était la première fois.

— Qu'est-ce que tu viens de dire ?

— J'ai dit : « Je t'aime ». Parce que c'est vrai, je t'aime, Maxime, et je suis désolée si je t'ai blessé. Je ne savais pas de quoi il s'agissait, mais je suis…

« … un vrai bulldozer », faillit-elle dire, mais elle se reprit à temps et conclut :

— … maladroite parfois. Et tes genoux, ils guériront, et on ira aux championnats ensemble l'année prochaine, tu verras, on finira bien par y arriver…

Elle avait encore plein de choses encourageantes à dire, mais elle ne put poursuivre. Maxime l'avait prise dans ses bras et l'embrassait comme ce premier jour où elle n'aurait jamais voulu que ça s'arrête.

Un long moment après, comme le garçon la raccompagnait vers l'arrêt de bus, Maëlle, radieuse, s'écria :

— Et puis, tu sais, je te nomme mon coach personnel. Comme ça, si je gagne le titre, ce sera un peu le nôtre à tous les deux…

Maxime s'arrêta d'un coup.

— Ah ! parce que tu comptes quand même y aller cette année…

— Évidemment, pétilla-t-elle. Ce n'est pas parce que tu as mal aux genoux que moi, je ne peux plus courir !

— Non, bien sûr que non, confirma-t-il.

Ils se remirent en chemin, mais l'ambiance avait de nouveau changé.

Quant au dernier baiser que lui donna Maxime avant qu'elle ne monte dans le bus, il avait comme un inquiétant goût d'incertitude…

## 16

## Juliette cherche Roméo

### Mardi 26 octobre, 18 h 35

« *Veux-tu donc partir ? Le jour n'est pas proche encore : c'était le rossignol et non l'alouette dont la voix perçait ton oreille craintive. Toutes les nuits il chante sur le grenadier là-bas. Crois-moi, amour, c'était le rossignol…*

— …

— *Cette clarté là-bas, n'est pas la clarté du jour…* »

« Non, non ! Ça ne va pas ! On dirait que je parle à une vieille copine ! Ce que je peux être nulle ! »

Chiara se frappa le front avec la copie du texte qu'elle avait à apprendre pour son prochain cours de théâtre. Malheureusement, il y avait peu de chances que cette technique un tantinet brutale l'aidât à trouver le ton juste. Expirant profondément, elle recommença.

*« Veux-tu donc partir ? Le jour n'est pas proche encore : c'était le rossignol et non l'alouette dont la voix perçait ton oreille craintive… »*

Avec un gémissement de frustration, elle s'interrompit. C'était mauvais ! C'était très mauvais ! Qu'avait-elle donc pour interpréter une Juliette aussi lamentable ? N'était-elle bonne qu'à incarner des vieillards ou des clowns ? Elle connaissait pourtant cette scène par cœur et chaque fois, elle sentait son cœur fondre comme neige au soleil en écoutant ce dialogue mythique entre Roméo au balcon, déchiré à l'idée de quitter sa belle, et Juliette, refusant de voir le jour naissant pour le retenir quelques instants encore auprès d'elle. Lui prêt à mourir pour ne pas lui déplaire, elle le renvoyant enfin, car elle craignait pour sa vie ! C'était beau à en pleurer ! Et Chiara n'était jamais la dernière à verser une larme.

Mais surtout, combien de fois avait-elle rêvé qu'il lui soit donné de jouer cette scène, allant jusqu'à la répéter en secret devant son miroir pour travailler les expressions du visage ?

Et maintenant qu'on lui offrait une chance de l'interpréter, avec un « vrai » Roméo pour lui donner la réplique, son jeu sonnait aussi faux qu'un trombone percé !

— Ce doit être ça, se dit-elle pour se rassurer, ce qui me manque, c'est un « Roméo » !

Mais tout en prononçant ces paroles, elle était bien consciente qu'elle essayait surtout de se leurrer. Auparavant, elle n'avait jamais cherché à se trouver des excuses. Elle n'en avait jamais eu besoin.

Refusant de s'attarder sur ces pensées dérangeantes, elle traversa le salon à pas vifs et alluma la chaîne stéréo de son père. Inspectant la pile de CD rangés à côté, elle trouva rapidement ce qu'elle cherchait.

— Voilà ce qu'il me faut, murmura-t-elle, à défaut d'un soupirant, cela devrait au moins planter le décor.

Sortant le disque de sa pochette, elle l'introduisit dans le lecteur CD. Les accords célèbres et puissants de *Roméo et Juliette*, le ballet de Prokofiev, emplirent la pièce. Chiara ferma les yeux. Elle était très loin de partager l'amour de Lily pour la musique classique, mais elle devait quand même bien avouer qu'en certaines circonstances il n'y avait pas mieux pour créer une atmosphère propice à l'expression des sentiments.

Elle écouta en silence pendant un moment, cherchant à s'imprégner de l'ambiance, puis elle se leva et les yeux toujours fermés, elle se lança dans sa tirade.

*« Veux-tu donc partir ? Le jour n'est pas proche encore : c'était le rossignol et non l'alouette dont la voix perçait ton oreille craintive. Toutes les nuits il chante sur le grenadier là-bas. Crois-moi, amour, c'était le rossignol...*

— *C'était l'alouette, la messagère du matin et non le rossignol…* »

Chiara fit volte-face en ouvrant brusquement les yeux. Devant elle, encore chargée des sacs qu'elle n'avait pas pris le temps de déposer, Valérie lui souriait.

— Ça ne va pas de rentrer sans bruit ? Vous m'avez fait une de ces peurs !

Sous l'attaque, le visage de la jeune femme se figea.

— Excuse-moi, dit-elle d'une voix blanche, je croyais que tu m'avais entendue entrer.

Constatant l'effet sur Valérie de sa remarque agressive, Chiara se mordit la lèvre. Elle se souvenait un peu tard de la promesse que lui avait arrachée son père… Mais cette fois, ce n'était pas vraiment de sa faute : l'intervention de la jeune femme l'avait véritablement fait sursauter !

— C'est pas grave, se força-t-elle cependant à articuler en allant arrêter le lecteur CD, je suis désolée aussi.

Son interlocutrice finit par laisser tomber ses sacs de voyage sur le sol et reprit la parole :

— Tu répètes un texte pour ton cours ? Je peux t'aider si tu veux.

*« C'était l'alouette, la messagère du matin et non le rossignol…* »

La phrase qu'avait prononcée Valérie et qui avait tant effrayé Chiara lui revint brusquement en mémoire. C'était exactement ce que devait dire Roméo à ce moment-là de la scène !

Négligeant de relever la proposition qui lui était faite, l'adolescente s'exclama :

— Comment saviez-vous ce qu'il fallait dire ?

L'amie de son père eut un sourire un peu triste.

— C'était la scène du balcon, n'est-ce pas ? La scène V de l'acte III du *Roméo et Juliette* de William Shakespeare pour être tout à fait précise.

Médusée, Chiara se contenta de hocher la tête.

— C'était la scène préférée de ta mère. Quand nous étions en terminale, des professeurs avaient monté un spectacle de fin d'année qui reprenait les scènes « cultes » de certaines pièces de théâtre. Celle-ci en faisait bien évidemment partie. Bien sûr, Marie avait décroché le rôle de Juliette… et elle m'avait chargée de la faire répéter. C'était épuisant ! Elle n'était jamais satisfaite de sa performance. Elle reprenait encore et encore, même lorsque je la trouvais parfaite, insistant pour que je lui donne la réplique une fois de plus, si bien que j'ai fini par savoir moi aussi par cœur le rôle de Roméo.

Bouche bée, Chiara l'écoutait parler.

— Le soir de la représentation, elle incarna une Juliette tellement passionnée que son partenaire finit par être convaincu qu'elle se mourait d'amour pour lui. Le pauvre, il a vite déchanté lorsqu'elle l'a repoussé en riant alors qu'il essayait de l'embrasser dans les coulisses !

Cette anecdote n'étonna pas du tout la jeune fille. En plus d'être une excellente actrice, sa mère était une véritable beauté. Avec son teint de porcelaine et ses boucles blondes, elle avait de quoi tourner la tête à n'importe quel Roméo de pacotille !

Mais elle, Chiara, était si différente ! Elle voyait vraiment mal comment ce genre de chose pourrait lui arriver !

À Mélisande, en revanche…

— Si tu veux, je peux t'aider à répéter…, proposa de nouveau Valérie.

Mais la jeune fille se ferma aussitôt et retint de justesse des propos mordants. Chiara aurait voulu crier à cette femme qui se tenait avec nervosité sur le tapis de l'entrée qu'il n'était pas question qu'elle partage avec elle ce qui lui tenait le plus à cœur. Qu'espérait-elle donc ? Qu'elle se montre sous son jour le plus vulnérable ? Qu'elle lui offre le plaisir de voir qu'elle n'était pas et ne serait jamais à la hauteur ? Ne se rendait-elle pas compte qu'elle ne la supportait qu'au prix d'un effort exceptionnel ? Elle lui avait déjà pris son père et ce soir, elle lui prouvait qu'elle connaissait mieux sa mère qu'elle-même. Chiara lui en voulait pour tout ce temps qu'elle avait passé avec la belle et insouciante Marie. Elle lui en voulait pour toutes les heures de complicité et de rires qu'elles avaient partagées et qu'elle ne connaîtrait jamais.

Oh oui, elle lui en voulait. Elle lui en voulait terriblement.

Seulement, après la première et terrible confrontation qu'elles avaient eue dans ce petit bouchon lyonnais, elle avait promis à son père d'être polie avec elle. Or Chiara était une personne de parole.

— Non, c'est inutile, je m'en sors très bien, je vous remercie.

Valérie ne fut pas dupe.

— Je t'avais dit que tu pouvais me tutoyer, rappela-t-elle doucement.

Chiara évita son regard et se contenta de répondre :

— C'est vrai, mais je ne tutoie que les gens qui me sont proches.

Cette fois, son interlocutrice accusa le coup. Se baissant pour ramasser ses bagages, elle ne répliqua pas et se dirigea vers la chambre du fond.

La jeune fille attendit que la porte se refermât pour pousser un cri silencieux.

Polie, oui. Chaleureuse, non.

## 17

## Touchée mais pas coulée

**Mercredi 27 octobre, 14 h 15**

« Incroyable mais vrai ! » pensa Pauline.

« Assurément, c'est un signe ! » se dit Mélisande.

Lorsqu'elles avaient entendu la porte d'entrée claquer cet après-midi-là, elles avaient été aussi étonnées l'une que l'autre. Depuis que l'ère des jeunes filles au pair était révolue, les deux sœurs avaient l'habitude de passer leurs mercredis seules, organisant comme bon leur semblait leur temps libre et leurs différentes activités. Pendant des années elles s'étaient ainsi débrouillées pour se rendre à leur cours de danse. Au début, Mélisande accompagnait Pauline, puis Pauline attendait Mélisande et elles rentraient ensemble à la maison ; jusqu'à l'an passé, quand elles avaient emménagé à Lyon. En prenant connaissance des horaires de leurs cours respectifs, force leur avait été de constater qu'ils étaient désormais bien trop décalés pour qu'il soit possible de continuer à fonctionner de la sorte. L'aînée avait donc déclaré à sa cadette qu'elle était maintenant assez grande pour s'y rendre seule. Sans enthousiasme, Pauline s'était pliée à cette décision. Cependant, en apprenant à la rentrée que Mélisande arrêtait la danse, elle avait aussitôt décidé de faire de même.

— Ce n'est pas une grande perte, avait-elle assuré, d'après les autres, j'ai la souplesse et la grâce d'un balai-brosse...

Elle s'était ensuite, comme par hasard, découvert une soudaine passion pour le théâtre. Mais là, elle s'était heurtée à un mur.

— Hors de question que tu viennes avec moi ! avait décrété sa sœur, une seule « Saint-Sevrin », c'est déjà beaucoup pour Chiara. Deux, ce serait l'overdose !

Puis, avec la supériorité de celle qui sait détenir l'argument absolu, elle avait lâché :

— De toute manière, vu ton âge, tu serais dans le groupe des petits !

Voyant l'air désolé de sa cadette, Mélisande lui avait proposé de chercher d'autres cours, mais la passion du théâtre semblait avoir quitté Pauline aussi soudainement qu'elle lui était venue.

Suite à cela, la plus jeune des sœurs avait refusé tout net l'idée de faire une quelconque activité cette année-là. Bien que ce soit sa propre décision, elle n'en passait pas moins son temps à déambuler comme une âme en peine dans le grand appartement, en se plaignant de s'ennuyer.

Les premiers temps, Mélisande l'avait délibérément ignorée. Enfermée dans sa chambre, elle consacrait, depuis sa rupture avec Lisandro, beaucoup d'heures à la création de bijoux. Elle avait remarqué que lorsqu'elle s'occupait ainsi les mains et l'esprit, la douleur s'estompait. Sans compter qu'elle éprouvait toujours une immense satisfaction en contemplant, après de longues heures de réflexion et de fabrication minutieuse, le fruit de ses efforts.

Puis un jour, alors qu'elle faisait admirer à sa cadette béate d'admiration sa dernière création, elle avait eu la faiblesse de lui demander si elle voulait apprendre à en réaliser elle-même. Mélisande avait aussitôt regretté ses paroles, bien convaincue qu'une fois de plus Pauline en profiterait pour envahir sa vie. Mais le regard éperdu de reconnaissance que lui avait adressé cette dernière l'avait profondément touchée et elle s'était décidée à ne pas chercher, d'une pirouette habile, à se rétracter.

Ce mercredi-là, elles étaient donc assises côte à côte devant le grand bureau blanc qui servait d'atelier à Mélisande. La fabrication de bijoux ne rendant pas Pauline muette, bien au contraire, cette dernière avait une fois de plus lancé la discussion sur les mystères des gènes familiaux. Déplorant que leurs recherches n'aient rien donné, elle venait juste d'affirmer avec force qu'il faudrait bien en arriver à ce que l'une et l'autre avaient espéré éviter : interroger directement leur mère.

— Tu sais bien à quelle heure elle rentre, avait objecté Mélisande avec ironie, et tu sais aussi parfaitement que dès que tu lui poseras une question elle te répondra qu'elle est épuisée et qu'on en discutera demain.

— Et le lendemain, ce sera pareil. Quant au week-end, on n'en parle même pas ! Entre les sorties, les achats et les siestes, on ne peut pas plus la déranger.

C'est à ce stade précis de leur conversation que le bruit de la porte les avait fait sursauter. Leur père étant absent pour la semaine, il ne pouvait s'agir que de leur mère.

D'un regard, les deux sœurs se décidèrent.

Un instant plus tard, elles surgissaient dans le salon où Mme de Saint-Sevrin venait de déposer ses affaires.

— Bonjour, Maman, firent-elles en chœur.

Leur mère s'étonna :

— Vous n'êtes pas en cours ?

— Nous sommes mercredi après-midi, l'informa Pauline avec une pointe d'exaspération dans la voix. On n'a pas cours.

— Ah oui, effectivement…

— Comment se fait-il que tu sois déjà là ? s'enquit Mélisande.

— Une séance photo a été annulée. Le mannequin avait la grippe et une tête affreuse. Nez rouge, yeux larmoyants et les traits creusés, ce n'était pas beau à voir ! On peut faire des miracles avec Photoshop, mais de là à transformer Dr Jekyll en Mr Hyde…

— En tout cas, ça tombe bien, lança Pauline, on avait quelque chose à te demander.

Sa mère soupira et ferma les yeux.

— Si ce sont des papiers à signer pour le collège, pose-les sur la table de la…

— Non, ce ne sont pas des papiers à signer. Maman, pourquoi il n'y a pas de photos de tes parents ou de ta famille ici ? Tu dois bien en avoir quelque part quand même. On voudrait les voir !

Mme de Saint-Sevrin avait brusquement rouvert les yeux. Elle parut déstabilisée un premier temps par ce flot de questions, mais elle se reprit vite et répliqua sèchement :

— Qu'est-ce que ça veut dire ? Est-ce un interrogatoire ? Je n'aime guère que tu t'adresses à moi de cette manière.

Cette réaction ne manqua pas de surprendre Mélisande. Habituellement, leur mère leur parlait toujours sur un ton détaché, parfois teinté de cynisme ou d'ironie, mais rarement mordant.

Loin de calmer Pauline, cette réprimande provoqua au contraire sa colère.

— Ça veut dire que j'ai le droit de savoir d'où je viens. Le prof de…

— Maman, on voudrait juste savoir à quoi ressemblaient nos grands-parents, intervint posément Mélisande. C'est plutôt normal, non ?

D'abord furieuse d'avoir été interrompue, Pauline adressa un regard chargé de reproches à son aînée. Cependant, voyant que celle-ci lui faisait un discret signe de connivence, elle décida de lui faire confiance.

Les yeux de Mme de Saint-Sevrin glissèrent de l'une à l'autre de ses filles. Elle était visiblement étonnée de se retrouver face à une telle détermination. Surprise aussi de la force qui se dégageait de la coalition formée par les deux sœurs. Cherchant à évaluer la situation, elle garda quelques secondes le silence puis eut un sourire légèrement crispé.

— Oui, bien sûr, finit-elle par admettre, c'est normal…

Son sac à la main, elle se détourna pour aller ouvrir le dressing de l'entrée. Naïvement, Pauline crut un instant qu'elle allait en sortir, comme par magie (puisque, malgré leur exploration minutieuse, elles n'avaient rien trouvé) un album ou au moins une ou deux photos.

Leur mère se contenta cependant de ranger soigneusement son sac et de refermer le battant du placard.

— Maman ? répéta Mélisande sur un ton insistant qui prouvait sa détermination à ne pas abandonner le sujet si aisément.

Sa mère lui décocha son sourire « professionnel ». Celui qui n'atteignait pas ses yeux parfaitement maquillés et qui, tout en visant à charmer son destinataire, ne lui rappelait pas moins qu'il convenait de garder ses distances.

— Oui, j'ai bien compris. Vous voulez voir des photos de vos grands-parents. Mais vous savez que j'ai horreur du sentimentalisme. La larme au coin de l'œil et le déballage émotionnel, très peu pour moi. Mes parents non plus n'aimaient pas ça. Alors, ne vous attendez pas à ce que je vous sorte un album épais comme un dictionnaire... Cependant il me semble que j'ai peut-être quelques clichés rangés dans ma chambre. Il faudra que je les cherche...

Comme Pauline s'apprêtait à intervenir pour lui demander de s'y mettre immédiatement, Camille de Saint-Sevrin reprit la parole pour s'adresser à sa fille aînée.

— Tiens, puisqu'on parle de photos, ça me fait penser que j'avais un projet à te proposer.

Mélisande ne put cacher sa surprise.

— Ah ?

— On vient de me confier la réalisation d'un reportage photo sur le Festival de l'Alpe-d'Huez, qui se tient pendant la seconde semaine des vacances de Noël.

— Le festival... de cinéma ?

— Bien sûr ! Il n'y en a pas d'autre ! Or comme je me plaignais d'être lasse d'aller à l'hôtel, Geneviève, la directrice du studio, m'a proposé de mettre à ma disposition son chalet. Il se trouve justement au cœur de la station. Je me demandais donc si, par hasard, tu aimerais m'accompagner… Tu pourrais même inviter une amie : il paraît que le chalet est immense.

Interloquée, Mélisande fixait sa mère sans pouvoir y croire.

— Et moi ? Je peux amener une amie aussi ?

Mme de Saint-Sevrin se tourna vers Pauline et rétorqua d'un ton condescendant :

— Chérie, voyons, tu es un peu jeune pour ce genre d'événement. Je travaillerai ; je n'aurai pas le temps de gérer des enfants.

— J'ai presque treize ans ! Je ne suis plus une enfant ! explosa Pauline. Et puis, que je sache, tu ne me « gères » pas beaucoup en temps normal ! Je n'ai pas besoin de toi, moi ! Je sais très bien me « gérer » toute seule ! Sans compter qu'il y aura Mélisande…

— Eh bien, si tu veux qu'on te considère comme une jeune fille, riposta sa mère d'une voix glaciale, commence par te comporter comme telle. Pour l'instant, je ne vois devant moi qu'une gamine hystérique !

Elle la toisa avant d'ajouter :

— Quant à Mélisande, elle aura certainement autre chose à faire avec son amie. De toute façon, je t'ai déjà dit non. Une autre fois peut-être.

— Une autre fois, tu parles ! s'emporta à nouveau Pauline, une autre fois jamais, oui ! Je te connais, je te connais trop !

Le visage rouge et les yeux brillants de larmes contenues, elle ne chercha pas à argumenter davantage et fit volte-face pour quitter la pièce. Au moment où elle atteignait le couloir, elle se retourna et, juste avant de disparaître, fusilla une dernière fois sa mère du regard.

Après une ou deux secondes de silence, cette dernière toussota discrètement. D'une main nerveuse, elle replaça une de ses courtes mèches brunes derrière l'oreille puis finit par laisser échapper un soupir léger.

Mais quand elle se tourna de nouveau vers sa fille aînée, nulle trace d'agacement ne se lisait sur son visage. Son sourire retrouvé, elle demanda :

— Bien, reprenons ! Ma proposition t'intéresse-t-elle ?

Mélisande, qui avait assisté sans rien dire à la scène précédente, parut soudain reprendre vie. En fait, elle n'avait écouté que d'une oreille distraite la dispute qui venait de se terminer. En effet, dès qu'elle avait compris que l'offre de sa mère était sérieuse, une idée absolument irrésistible lui avait traversé l'esprit, et elle venait de passer ces derniers instants à en explorer toutes les possibilités.

Souriant à son tour, elle s'empressa de répondre :

— Bien sûr ! C'est fantastique !

— Parfait ! Nous en reparlerons donc un peu plus tard…

En voyant que sa mère se dirigeait vers le placard pour reprendre son sac à main, Mélisande s'étonna :

— Tu repars déjà ?

— Oui, j'avais oublié que j'ai des courses à faire.

« Ou plutôt, tu avais oublié qu'on était mercredi », ne put s'empêcher de penser sa fille. Mais elle se garda bien de le dire à haute voix. Ce n'était vraiment pas le moment d'émettre ce genre de remarque. Prenant son courage à deux mains, elle lança :

— Tu as bien dit que le chalet était immense ?

Mme de Saint-Sevrin, qui passait son manteau, répondit d'un air absent.

— Oui, confirma-t-elle, c'est ce que Geneviève m'a dit… Tu n'as pas vu mes gants ?

— Alors, dans ce cas, ça ne dérangerait pas vraiment si j'invitais *plus* qu'une amie, glissa Mélisande en lui tendant ses gants qu'elle venait de ramasser sur la table basse. Tiens, les voici…

— Ah ! merci !

Sa mère arrangeait maintenant son foulard en se regardant dans le miroir.

— Tu as entendu ce que je viens de dire ?

— Oui, oui, bien sûr…

Camille de Saint-Sevrin s'adressa un regard satisfait et se saisit de son sac.

— Je pense que ça ne pose pas de problème. À condition que vous me laissiez travailler tranquille bien sûr !

— Alors, j'inviterai Maëlle, Lily et Chiara.

Cette fois-ci, sa mère se retourna vers Mélisande.

— Encore ces filles, laissa-t-elle tomber sur un ton qui ne présageait rien de bon.

Mélisande carra les épaules et, comme elle avait si souvent vu Maëlle le faire, elle releva le menton et soutint le regard de la photographe.

— Tu ne les connais même pas.

Elles s'affrontèrent un instant du regard en silence. La jeune fille aurait donné cher pour savoir ce qui se passait derrière le front encore lisse de sa mère. Elle s'était attendu à un refus immédiat, mais au lieu de cela, le silence durait. Mal à l'aise, sentant inconsciemment que quelque chose lui échappait, Mélisande fut la première surprise lorsque la réponse résonna :

— Très bien. C'est toi qui choisis.

Mélisande ouvrit la bouche pour dire quelque chose puis la referma aussitôt. Sa mère venait d'accepter !

Un élan spontané et nouveau lui donna envie de lui sauter au cou, comme elle avait si souvent vu Lily le faire avec la sienne. Mais le poids des années de distance la fit hésiter une seconde.

Une seconde… juste le temps qu'il fallut à l'élégante photographe pour se détourner et ouvrir la porte.

— Merci, se contenta alors de dire l'adolescente.

Mais le battant se refermait déjà.

« C'est aussi bien, pensa Mélisande, de toute manière on ne saute pas au cou d'une Camille de Saint-Sevrin. »

# 18

# Ski me plaît !

Vendredi 29 octobre, 18 h 20

— Allez, dis-nous tout ! lança Maëlle impatiente. Tu ne nous as quand même pas toutes réunies *seulement* pour célébrer l'arrivée des vacances !

— Bien que ce soit un sujet de réjouissance non négligeable ! souligna Lily avec un sourire.

— Non négligeable ? s'offusqua Chiara, quel euphémisme ! Moi, j'aurais dit « remarquable », « extraordinaire », voire « absolument fabuleux » !

Ses amies se mirent à rire. Pauvre Chiara ! Les années avaient beau passer, son désamour des études ne diminuait en rien !

— Effectivement, finit par admettre Mélisande avec un petit air mystérieux, tu as raison, Maëlle, ce n'était pas la seule chose que j'avais en tête lorsque je vous ai donné rendez-vous.

Elle se redressa, posa ses mains à plat sur la petite table ronde du café des Anges et attendit quelques secondes pour s'assurer que les trois autres filles étaient pleinement attentives. Elle fut particulièrement heureuse de voir que Chiara, elle aussi, était impatiente d'entendre sa nouvelle. À vrai dire, elle avait presque craqué mercredi dernier. Pendant le cours de théâtre, elle avait plus d'une fois été tentée de lui annoncer en avant-première son incroyable surprise. Elle se disait qu'ainsi la jeune fille lui pardonnerait peut-être enfin ses maladresses et qu'elles retrouveraient la relation complice qu'elles avaient l'an dernier. Mais chaque fois qu'elle avait tenté de lui parler, le visage fermé arboré par son amie l'en avait dissuadée. Celle-ci n'avait d'ailleurs quitté son masque que pour pratiquer les exercices proposés par William… et bien sûr pendant la scène de *Roméo et Juliette* qu'elle avait dû, comme chacun des élèves, jouer devant le groupe. Cette attitude distante et froide commençait à l'agacer prodigieusement et, s'il n'y avait eu ces petits incidents pendant la scène du balcon, Mélisande lui aurait certainement dit sa façon de penser. Seulement voilà, quand elle avait entendu Chiara inverser deux répliques et bégayer sur une troisième, cela lui avait plutôt fait de la peine. Que se passait-il donc ? Elle qui ne se trompait jamais d'habitude ! Cela ne l'avait cependant pas empêchée d'interpréter une Juliette très convaincante. Du moins à ses yeux de néophyte. Il faut dire aussi qu'elle avait eu la chance d'avoir Alexandre comme partenaire, ce qui rendait le jeu plus facile. Elle, elle avait dû composer avec le terrible Erwan. Interpréter une amoureuse passionnée en face de cet individu relevait véritablement de l'exploit et elle n'avait pas vraiment goûté l'expérience. Heureusement que William était toujours aussi encourageant !

Les trois regards brûlants d'impatience braqués sur elle la ramenèrent brusquement au présent. Adoptant une attitude détachée, elle interrogea ses amies d'un ton léger :

— Vous connaissez le Festival de l'Alpe-d'Huez ?

Alors que Maëlle et Lily faisaient un signe de dénégation de la tête, Chiara s'exclama :

— Ce n'est pas un festival de cinéma ?

— Moi, ce que je sais surtout de l'Alpe-d'Huez, intervint la sportive du groupe, c'est qu'il y a de superbes pistes enneigées !

— Vous avez raison toutes les deux, les filles, je vous félicite, déclara Mélisande avec un sourire espiègle.

Puis se tournant vers la plus petite du groupe, elle ajouta :

— Et tu verras, Lily, il y a aussi des moniteurs de ski absolument irrésistibles !

Cette dernière leva les yeux au ciel et répliqua :

— Mais qu'est-ce que tu racontes ? Pourquoi devrais-je m'intéresser aux moniteurs de ski de l'Alpe-d'Huez puisque je ne prévois ni de faire du ski, ni de me rendre là-bas !

Mélisande se frappa le front de la main en s'exclamant :

— C'est vrai ! J'avais oublié de vous dire un truc… Oh, pas grand-chose, juste un détail…

Elle fit une nouvelle pause pour faire durer le suspense encore un peu. Puis, d'une voix vibrante d'excitation elle annonça :

— Je vous invite à venir passer une semaine de ski et de folie dans un chalet situé au pied des pistes de l'Alpe-d'Huez !

L'air interloqué affiché par ses amies réjouit Mélisande au plus haut point.

— Ne me regardez pas comme ça, dit-elle avec un léger sourire, vous allez me faire regretter de ne pas avoir apporté mon appareil photo ! Si vous pouviez voir la tête que vous faites !

Maëlle fut la première à réagir :

— Attends, tu viens bien de dire que tu… enfin, tu veux dire que nous…

— Tu veux vraiment dire que nous sommes invitées à passer *une semaine* de vacances à l'Alpe-d'Huez *toutes les quatre* ? coupa Lily qui venait soudain de retrouver sa langue.

— Et pendant le festival de cinéma ?

Mélisande opina de la tête.

— Mais oui, c'est exactement ce que je viens de dire ! La dernière semaine des vacances de Noël pour être précise !

— Youhou ! s'écria Maëlle extatique en battant des mains sur la table.

— Génial ! claironna Lily. Une semaine toutes ensemble, c'est le pied !

— Voir des acteurs, des vrais, en chair et en os, gémit Chiara, j'y crois pas !

Un « Hum, hum » qui se voulait discret mais sonore interrompit leurs manifestations de joie quelque peu exubérantes. En se retournant, elles virent le serveur, nouveau dans le café, qui attendait. Derrière lui, plusieurs clients avaient les yeux fixés sur elles.

— Oh ! murmura Lily, excusez-nous, on fait peut-être un peu trop de bruit…

— Allons donc, fit l'homme très pince-sans-rire, ce n'est pas parce que la moitié de la salle vous regarde qu'il faut imaginer de telles choses. Je voulais juste savoir ce que vous désiriez boire.

Le rose aux joues, les filles passèrent rapidement leur commande. Au moment où le serveur repartait, Lily ne put s'empêcher d'insister :

— Ne vous inquiétez pas, on va se faire plus discrètes.

L'homme les regarda, et toujours impassible déclara :

— Surtout pas. Quand on est heureux, il faut le faire savoir. Et puis on m'avait prévenu. Paraît qu'avec vous, il y a toujours de l'ambiance…

Dès que l'homme se fut éloigné, les quatre amies se mirent à pouffer.

— Dites, fit Maëlle en chuchotant, quand il dit qu'avec nous il y a toujours de l'ambiance, c'est plutôt un compliment ou une critique ?

— Moi, je préfère ne pas savoir, chuchota Mélisande en remerciant le ciel que sa mère n'ait pas assisté à la scène.

Elles rirent à nouveau, mais sous cape, pour ne pas déranger les autres clients.

— Et si on en revenait plutôt au scoop du jour ? suggéra Lily.

— Oui, raconte-nous… Comment c'est possible, ça ? voulut savoir Chiara.

Mélisande ne se fit pas prier pour narrer toute l'histoire : depuis le temps qu'elle se retenait d'en parler pour ménager l'effet de surprise !

— C'est absolument génial ! commenta Maëlle quand elle eut fini. Ta mère est trop sympa ! et cette Geneviève aussi !

Mélisande, qui s'était bien gardée de mentionner la réaction de Mme de Saint-Sevrin quand elle avait annoncé les prénoms des copines qu'elle comptait inviter, relativisa :

— Bah, cette Geneviève, comme tu dis, elle a tellement de maisons en France et à l'étranger qu'elle ne peut pas vraiment en profiter. En plus, ma mère et elle se connaissent depuis des années…

Chiara choisit ce moment pour intervenir d'une voix pompeuse :

— Oui ! Vraiment, il n'y a là ab-so-lu-ment rien d'extraordinaire, très chère. Je vous prêterais exactement de la même manière mon petit pied-à-terre de 200 m² à Monte-Carlo ou mon loft qui donne sur Central Park à New York…

Elle fronça comiquement le nez avant de conclure sur un ton fataliste :

— Si je disposais de l'un ou de l'autre bien sûr !

Puis, avec un clin d'œil, elle ajouta d'un ton léger :

— En attendant, si un trois pièces de la banlieue lyonnaise vous tente, n'hésitez surtout pas !

— Bravo ! fit Mélisande admirative, on s'y croirait ! Geneviève parle exactement comme ça !

Chiara lui lança un regard agréablement surpris mais ne répondit pas.

— N'empêche, insista Lily, c'est quand même vraiment gentil de leur part ! Grâce à elles on va pouvoir passer toute une semaine de vacances ensemble, n'est-ce pas fabuleux ? Même si entre nous je garde un souvenir abominable de la seule journée de ski que j'aie faite !

— Abominable, comme « l'abominable homme des neiges » ? se moqua Maëlle, est-ce que par hasard, Adrien était dans les parages ce jour-là ? Je l'imagine bien hanter les pistes pour persécuter d'innocentes petites jeunes filles…

— Non, non, reprit Lily d'un ton faussement lugubre. Adrien, qui soit dit en passant n'est pas du tout « abominable » ces derniers temps, n'y était pour rien. C'était plutôt « abominable comme le poteau de téléski que je suis venue embrasser un peu trop fougueusement en fin de montée » !

— Ouch ! ponctua Chiara. Dire que moi, je n'ai jamais skié ! Je redoute déjà le pire !

— Mais non, fit Maëlle en haussant les épaules, c'est très facile, tu verras, et puis cette fois vous aurez un professeur exceptionnel : MOI !

Chiara prit un air horrifié en s'exclamant :

— Et c'est censé nous rassurer ?

Comme Maëlle donnait une tape sur l'avant-bras de l'ingrate Chiara, Lily intervint soudain, la mine catastrophée :

— Eh, les filles, j'ai décollé un peu vite : j'avais oublié combien le ski coûte cher ! Entre le forfait et la location du matériel, il va y en avoir pour une petite fortune !

— Ah oui ? Tant que ça ? s'inquiéta Chiara.

— Malheureusement ! confirma Lily, plusieurs centaines d'euros…

Son amie faillit s'étrangler.

— Alors là, il va y avoir un problème. Je n'ai pas un rond, et ce n'est même pas la peine que je demande à mon père !

— Moi aussi, je suis à sec, gémit Lily, et mes parents non plus ne pourront pas payer… Mais une de mes voisines m'a demandé de faire du baby-sitting pendant les vacances de la Toussaint ! Si j'économise tout et que j'en fais encore pendant quelques week-ends, ça devrait être bon.

Se tournant vers Chiara, elle proposa :

— Si tu veux, je peux donner ton nom à certaines familles. J'ai toujours trop de demande…

— Merci, c'est gentil, soupira celle-ci, j'aurais bien aimé, mais mon père ne voudra jamais. Mes résultats scolaires ne sont pas très bons... Et il veut que je me concentre sur mon travail. Entre nous, je suis même étonnée qu'il ne me menace pas de me faire arrêter le théâtre...

L'air abattu, elle se résigna :

— Non, mieux vaut que vous y alliez sans moi...

— Ah non ! tempêta Maëlle, il faut trouver une solution ! On y va toutes ou on n'y va pas !

— Ça marche pour moi ! assura aussitôt Lily.

— Et pour moi aussi bien sûr, fit Mélisande après un quart de seconde.

Son instant d'hésitation ne portait nullement sur le fond de la question. Elle avait juste été prise au dépourvu. Ce sens de la solidarité si développé chez ses trois amies l'avait une fois de plus époustouflée. Dans le monde d'où elle venait, c'était plutôt la règle du chacun pour soi.

C'est alors qu'elle eut soudain une idée fantastique, une idée qui allait d'un coup faire disparaître tous les problèmes, du moins lui sembla-t-il, car au moment où elle ouvrait la bouche pour l'exprimer, elle reçut un coup de pied dans le tibia.

Elle étouffa un cri de douleur qui passa inaperçu tant la réflexion était intense. Tournant la tête sur sa droite, elle vit alors Lily qui articulait un « non » muet et qui bougeait discrètement la tête d'un côté à l'autre.

Mélisande comprit alors que la sensible jeune fille avait deviné qu'elle s'apprêtait à offrir de prendre en charge tous les frais de Chiara.

Et qu'elle ne pensait pas que l'idée était si bonne que ça.

À la réflexion, l'adolescente se dit qu'elle avait peut-être bien raison. Elle se souvenait combien Chiara avait réagi vivement par le passé face à de telles propositions. Vu la fragilité actuelle de leur relation, mieux valait effectivement éviter ce type de maladresse.

— Écoute, finit par dire Maëlle, je suis sûre qu'on trouvera, il y a toujours une solution à chaque problème.

— Oui, comme tout annuler, murmura Chiara, morose.

— Mais non ! Il ne faut pas tout voir en noir… Tiens, prends ce qui s'est passé entre Maxime et moi : ce n'était pas facile, mais on a fini par trouver un terrain d'entente.

Les autres filles hochèrent la tête pour confirmer. Toutes étaient au courant des orages qui s'étaient dernièrement abattus sur les amours de Maëlle.

Chiara, elle, se contenta d'une moue dubitative, peu convaincue qu'il soit aussi aisé de faire surgir des euros que de se réconcilier avec son petit ami.

Lily, qui repensait à ce que Maëlle leur avait confié, glissa :

— Ça ne doit quand même pas être évident pour Maxime d'assister aux entraînements sans pouvoir participer lui-même, il faut vraiment qu'il t'aime pour accepter une chose pareille.

— Oui, poursuivit Maëlle, c'est sûr... Mais ça nous permettra de nous soutenir jusqu'au championnat et de partager les bons et les mauvais moments. Est-ce que ce n'est pas ça l'amour ?

— D'après Shakespeare, certainement, confirma Chiara, et ce ne sont pas Roméo et Juliette qui prétendront le contraire...

Adressant un clin d'œil à son amie, elle ajouta :

— Même si dans leur cas, ça s'est plutôt mal fini...

Mais Maëlle, qui ne semblait cependant pas aussi sereine qu'elle voulait bien le laisser entendre, ne sourit pas à cette boutade.

— Philippe, lui, ne trouvait pas que c'était une bonne idée, avoua-t-elle. Il dit que lorsqu'on met un fauve en cage, ça le rend rarement plus aimable. Franchement, je ne sais pas pourquoi il dit ça ! Maxime ne sera pas en cage, il fera bien ce qu'il voudra ! Je ne l'oblige pas à venir quand même...

« Mais il est des cages dont les barreaux invisibles vous enferment plus sûrement que ceux de fer », se dit Lily. Elle garda cependant cette pensée pour elle. Ses propres échecs la rendaient certainement un brin pessimiste.

Après tout, comme le disait si bien l'adage, « Qui vivra, verra... »

# VACANCES DE LA TOUSSAINT

# 19

# Tentations et explosions

## Vendredi 12 novembre, 13 h 05

Pauline n'en pouvait plus. Attendre, toujours attendre… et, comme la fameuse sœur Anne de Barbe-Bleue, ne jamais rien voir venir !

Elle attendait ces photos depuis des semaines ! Après avoir tenté à plusieurs reprises d'aborder de nouveau le sujet avec sa mère, elle avait fini par abandonner. Seule, elle n'arriverait à rien ! Parce que, bien sûr, elle l'était désormais. Plus question de compter sur sa sœur ! À la minute où Camille de Saint-Sevrin avait proposé à sa fille aînée de l'accompagner avec ses amies à l'Alpe-d'Huez, Mélisande avait cessé toute coopération. Comme si le mystère de leurs origines avait soudain perdu toute son importance… Elle aussi éludait maintenant, repoussant sans cesse au lendemain toute nouvelle confrontation éventuelle.

Oh ! Pauline avait bien compris ! Elle n'était pas si bête tout de même, et dans tous les cas, certainement moins que son idiote de sœur aînée qui s'était fait « retourner comme une crêpe » par leur manipulatrice de mère. Comment Mélisande pouvait-elle être assez naïve pour ne pas voir qu'elle ne devait son invitation qu'au redoutable et très efficace « diviser pour mieux régner » ? Toute à ses projets de vacances, elle se montrait désormais très frileuse quand Pauline insistait pour qu'elles demandent à nouveau à leur mère de leur montrer des photos de famille. Elle avait peur, bien sûr. Peur que sous la pression, leur mère ne change subitement d'avis et retire sa proposition. Ce ne serait pas la première fois que cela arriverait…

Cependant, Pauline s'en voulait aussi. Si elle-même avait été plus courageuse, elle aurait insisté davantage. Mais elle avait beau se préparer, dès qu'elle se retrouvait seule devant l'icône de perfection qu'était sa mère, elle perdait tous ses moyens. D'un seul coup d'œil, elle avait le sentiment d'être pesée, mesurée puis rejetée. De son culot habituel, il ne restait rien. Elle se sentait maigre, moche et mal aimée…

Son éclat de l'autre jour n'avait fait que renforcer ce sentiment. Si elle avait osé alors, c'était parce que Mélisande était là, à ses côtés. Malgré leurs disputes et leurs différends, elle était la seule personne qui lui ait donné de son temps et de son affection. Avec elle, Pauline se sentait plus forte.

Haussant les épaules, l'adolescente écouta une nouvelle fois le silence qui régnait dans l'appartement. Elle savait bien qu'il n'y avait personne : entre midi et deux heures, il n'y avait *jamais* personne. Ce qu'elle s'apprêtait à faire s'apparentait presque à un sacrilège, mais elle avait besoin de s'en assurer.

Sans bruit, elle actionna la poignée de la porte et pénétra dans la chambre de ses parents.

Samedi 13 novembre, 11 h 10

Lorsqu'elle décrocha son portable, Chiara regarda instinctivement l'écran pour voir qui l'appelait. Mais le numéro qui s'affichait lui était inconnu.

— Allô ?

— Chiara ? Salut, c'est Alexandre.

— Alexandre ?

Il y eut un léger flottement. Jusqu'à ce que…

— Alexandre, Alexandre du théâtre !

La jeune fille se souvint alors que William leur avait proposé d'établir la liste des coordonnées de chacun pour qu'ils puissent se joindre en cas d'envie ou de nécessité.

— Ah oui ! Excuse-moi, je ne m'attendais pas à t'avoir au téléphone.

— J'espère que c'est quand même une bonne surprise ?

Le ton qu'il employa pour dire ces quelques mots embarrassa brusquement Chiara. Sentant une chaleur diffuse envahir son visage, elle se sentit très heureuse qu'il n'y ait pas de webcam sur le portable pour révéler ce détail gênant.

— Hum, bien sûr que c'est une bonne surprise !

Reprenant le contrôle d'elle-même, elle lança :

— Que me vaut l'honneur de cet appel ?

Le garçon eut un petit rire.

— Mais l'envie d'entendre ta voix d'abord…

Devant l'absence de réponse de son interlocutrice, il poursuivit :

— Ainsi que l'espoir de pouvoir répéter avec une actrice talentueuse.

— Oh…

— Tu sais, j'ai trouvé que le courant passait bien l'autre jour entre nous. On a vraiment fait une belle performance !

— Toi. Pas moi. J'ai enchaîné les erreurs !

— N'exagérons rien ! Inverser deux répliques, ça arrive à tout le monde. C'est ça aussi le théâtre ! On est sans filet et chacun doit venir au secours de l'autre. La dernière fois, c'était moi, la prochaine, ce sera toi !

Touchée, Chiara répondit :

— Merci, c'est sympa.

— Alors, redemanda Alexandre, ça te dirait qu'on se voit cet après-midi pour travailler la prochaine scène ? Tu pourrais venir chez moi : mes parents ont aménagé le garage de la maison. C'est très grand : il y a toute la place que tu veux pour répéter…

L'adolescente se mordit la lèvre. Une part d'elle-même avait envie de dire oui. Une autre lui soufflait que ce n'était vraiment pas le moment : n'ayant toujours pas trouvé de solution de financement, elle n'avait pas encore osé parler à son père de l'invitation de Mélisande. Or s'il y avait une chose qu'elle désirait vraiment, c'était bien obtenir de lui l'autorisation de partir avec ses amies. Elle préférait ne pas demander trop à la fois de peur de tout perdre. Sans compter que son Sicilien de père ne serait certainement pas d'accord pour qu'elle se rende chez un garçon qu'il ne connaissait pas du tout et elle, à peine.

— Écoute, finit-elle par dire, pour l'instant, ce n'est pas trop possible… mais une prochaine fois peut-être ?

Le silence qui suivit trahit la déception d'Alexandre.

— Bon ben, une prochaine fois peut-être, répéta-t-il enfin.

Quelques secondes plus tard, en raccrochant, Chiara se surprit à se demander si elle ne venait pas de faire une bêtise…

**Mardi 16 novembre, 18 h 40**

— Bien, on va maintenant effectuer une série d'intervalles. Pour les nouveaux, je rappelle de quoi il s'agit : on court 200 mètres à 75 % de ses capacités puis 200 mètres en footing à 50 %. Et on enchaîne comme ça dix tours de terrain…

Pendant que Philippe terminait ses explications, Maëlle, sautillant sur place pour ne pas se refroidir, fit un petit signe de la main à Maxime qui se trouvait à quelques dizaines de mètres sur le bord de la piste. Il lui sourit. Du moins, lui sembla-t-il, car le garçon, adossé à l'un des poteaux d'acier qui soutenaient les projecteurs éclairant le stade, se tenait à contre-jour. Elle avait été heureuse de le voir arriver, fidèle à sa parole, en début d'entraînement. Pendant les vacances, ils n'avaient pas reparlé de ce qu'ils avaient décidé le soir où elle était allée l'attendre à la sortie du lycée. Depuis, ils avaient délibérément évité d'évoquer les problèmes de genoux de Maxime. Cependant, toutes les fois qu'ils s'étaient appelés pour organiser une sortie, la question s'était posée en filigrane. Comment en effet ne pas l'avoir présente à l'esprit quand eux qui avaient l'habitude des activités sportives s'étaient soudain mis à fréquenter les salles obscures, voire même quelques expositions lorsque la pluie torrentielle qui s'était abattue pendant plusieurs jours sur la région leur avait interdit toute balade ! En d'autres circonstances, l'expérience n'aurait d'ailleurs pas déplu à la jeune fille. Elle qui avait rarement de temps à consacrer à de telles sorties avait découvert avec plaisir la richesse des musées lyonnais. Maxime avait été moins séduit. Il aurait préféré aller à la piscine. La natation était le seul sport autorisé dans son cas… et le seul que Maëlle détestait.

Malgré son insistance, elle avait refusé tout net. « Il n'est pas né celui qui me fera mettre le pied dans un bassin », avait-elle affirmé au bout du fil avec force. Connaissant le sens de l'humour de Maxime, elle s'était attendu à ce qu'il en rie, mais au lieu de cela, il avait gardé le silence et s'était contenté un peu plus tard de suggérer une séance de cinéma.

— En place ! cria Philippe. Attention… Top !

Avec les autres sportifs, Maëlle s'élança.

Au début, ce fut facile. Comme toujours. Les coureurs les moins doués firent illusion. Très vite cependant, les écarts se creusèrent et les abandons se succédèrent. Philippe eut beau tempêter et hurler qu'il fallait tenir, la plupart des apprentis athlètes renoncèrent dès que le seuil de souffrance fut atteint.

À la cinquième série, ne restaient en lice que Maëlle et trois garçons, dont Farouk. Cela n'avait rien d'exceptionnel. Si Maxime avait été là, elle aurait même cavalé en tête, loin devant les autres, à ses côtés. Il lui servait de locomotive. Sans lui, ce n'était plus pareil…

— Qu'est-ce que tu fiches ? Tu es en retard !

La critique claqua comme un coup de fouet. Maëlle venait de passer devant le jeune homme qui, un chronomètre à la main, comparait ses temps à ceux qu'elle avait l'habitude de faire. Elle étouffa un juron et tenta d'accélérer. Mais elle avait du mal à trouver une respiration harmonieuse. Sans parler de ses pieds qui lui semblaient être chaussés de semelles de plomb.

— T'inquiète ! souffla difficilement Farouk entre deux expirations, il s'adressait sûrement à moi !

— Tu parles ! grimaça Maëlle sous l'effort. Depuis quand il connaît tes temps par cœur ?

Les secondes qui suivirent furent silencieuses : ils entraient dans la zone des 75 %.

Se faisant violence, la jeune fille réussit à s'arracher au petit groupe. Comme Farouk, une dizaine de mètres après elle, atteignait à son tour la zone des 50 %, elle l'entendit s'époumoner :

— Depuis… que je… suis… le dieu du… stade… ma p'tite… dame !

Le rire qui montait dans sa gorge lui fit rater son inspiration. Immédiatement, elle se mit à lutter pour retrouver son souffle. Comble de malheur, le point de côté latent qu'elle avait jusqu'alors réussi à contrôler en profita pour s'épanouir pleinement. Sous la douleur, elle ralentit instinctivement le rythme.

Malgré son amitié pour le grand garçon dégingandé, elle le maudit silencieusement quand la pointe vive qui l'empêchait de respirer à fond la contraignit bientôt à boiter.

Rattrapée puis aussitôt dépassée par le trio de garçons, Maëlle se sentit à la fois furieuse et penaude. Le petit signe d'adieu que lui fit Farouk en passant acheva de l'exaspérer et elle décida d'abandonner. Aujourd'hui, ce n'était pas son jour… Et elle était assez lucide pour savoir que même sans les bêtises de Farouk elle avait fait une mauvaise performance.

Comme elle revenait en boitillant à la ligne de départ, elle ressentit un immense besoin d'encouragement, de soutien… voire de câlins !

— C'est quoi, ça ? s'insurgea Maxime, tu abandonnes ?

La main droite appuyant sur le douloureux point de côté, elle le regarda stupéfaite.

— Remarque, tu n'as pas tort. Tes séries étaient nulles… À un moment, tu courais si lentement que je me suis demandé si tu te souvenais que le but d'une course, c'est d'arriver la première. Je sais bien que tu es blonde, mais quand même !

Bouche bée, les yeux fixés sur lui, Maëlle ne pouvait détacher son regard du visage de celui qu'elle ne reconnaissait plus. Où était le garçon qui l'avait tant consolée lorsqu'elle avait dû reporter à plus tard ses rêves de championnat de France l'an dernier ?

Alors qu'il continuait de relever un à un tous les défauts de sa course, la colère qui montait en elle comme de la lave en fusion lui fit brusquement retrouver la parole.

— Oui, je suis blonde ! l'interrompit-elle, mais il me semble que jusqu'à présent, tu aimais plutôt ça ! Quant à ma course, je suis d'accord, elle était nulle, mais pas plus que toi qui me le fais remarquer ! C'est un peu facile de dire de telles choses quand on est peinard sur le bord de la piste !

Sans se soucier des sourcils de Maxime qui se fronçaient au fur et à mesure qu'elle parlait, elle acheva :

— Oh ! mais c'est vrai, j'avais oublié : ce sont tes pauvres genoux qui te font souffrir !

Maëlle avait à peine prononcé ces mots qu'elle sut qu'ils venaient de franchir un seuil irréversible. Mais elle ne le regretta pas. Sa moquerie sexiste sur les blondes lui était restée en travers de la gorge.

Le visage sombre du garçon ne la surprit pas. Et les paroles qu'il prononça pas davantage :

— OK ! J'ai compris. Visiblement on n'a plus rien à se dire… Je m'en vais.

Alors que l'ombre avalait sa silhouette, l'adolescente, les joues en feu, s'écria :

— Très bonne idée ! Et surtout, ne reviens pas !

# 20

# Des vacances fichues !

## Mardi 16 novembre, 19 h 15

Dire que Chiara n'appréciait guère les sports extrêmes relevait de l'euphémisme. Les sensations fortes, elle les éprouvait lorsque, à travers ses lectures, elle devenait Camille maudissant Rome, Cassandre annonçant le désastre… ou Juliette croisant le regard de Roméo. La vie devenait alors suffisamment palpitante pour qu'il soit inutile d'en rajouter.

Ce soir-là pourtant, elle se dit qu'il devait certainement être moins éprouvant pour le cœur d'être un forcené du saut à l'élastique plutôt qu'une lycéenne de seize ans dotée de deux amies comme Maëlle et Mélisande.

Tout avait pourtant bien commencé ce jour-là. Malgré une copie généreusement assaisonnée de fautes d'orthographe, elle avait obtenu un glorieux quinze sur vingt à sa dissertation de français. Il faut dire que le sujet « Roméo et Juliette : tragédie de la fatalité ou tragédie de la malchance ? » semblait avoir été taillé pour elle. Le jour du devoir, remerciant silencieusement Mme Docile de lui offrir une occasion en or de remonter une moyenne plutôt catastrophique, elle avait avec aisance et plaisir rédigé quatre pages d'un seul jet et rendu sa copie avant tout le monde. La fierté qui l'avait envahie à l'énoncé de sa note ne l'avait plus quittée jusqu'au soir. Elle avait aussi compris que ces quelques feuilles de papier couvertes de sa grande écriture allaient constituer son premier sésame. Avec une telle note en poche, elle se sentait suffisamment confiante pour demander à son père l'autorisation de partir à l'Alpe-d'Huez. Certes, le financement resterait un problème, mais une étape essentielle serait tout de même franchie.

Et les choses s'étaient passées telles qu'elle les avait espérées : confronté à la copie de sa fille, M. Palermo avait été tellement satisfait qu'il avait donné son consentement pour l'encourager, avait-il dit, à continuer dans cette voie. Aux anges, Chiara s'était alors précipitée sur l'ordinateur pour tout apprendre sur le Festival de l'Alpe-d'Huez, ce qu'elle s'était interdit de faire jusqu'alors, les obstacles sur la route qui menait à la station lui paraissant insurmontables.

Avec émerveillement, elle avait découvert le nom des acteurs célèbres qui seraient présents pendant ces cinq jours et les titres des comédies en compétition. Certes, son cœur penchait plutôt du côté de la tragédie, mais elle n'en négligeait pas pour autant les autres facettes du travail de comédien. Puis soudain, ce même cœur s'était arrêté de battre.

18 janvier 2011. Elle avait beau lire et relire, la date de début des festivités restait toujours la même.

Or elle qui connaissait les dates de vacances sur le bout des doigts savait parfaitement que celles de Noël finissaient le 3 janvier.

Horrifiée, elle resta quelques secondes sans réagir.

Son estomac dut éprouver la même sensation que celui du sauteur à l'élastique qui, après avoir ressenti la griserie de la chute libre, est soudain rappelé à la dure réalité par la tension du fil immobilisant ses chevilles.

Mélisande ! Il fallait qu'elle appelle Mélisande !

Elle s'empara d'un geste brusque de son portable, mais avant même qu'elle ait eu le temps de composer le numéro de Mélisande, l'appareil se mit à sonner.

Découvrant le nom de Maëlle sur l'écran, Chiara décrocha en hurlant :

— C'est horrible ! Tu ne devineras jamais ce qui se passe !

Sans attendre de réponse, la jeune fille expliqua son affreuse découverte. Elle se perdait en malédictions à l'égard de Mélisande quand elle remarqua soudain que son interlocutrice restait étrangement silencieuse.

— Eh ! Maëlle, t'entends ce que je dis ? Tout est fichu ! Le festival, le ski, le chalet... Tout !

Elle entendit alors un sanglot étouffé à l'autre bout du fil.

— Cela ne m'étonne pas, souffla enfin son amie, les mauvaises nouvelles n'arrivent jamais seules, c'est bien connu...

Comprenant que quelque chose lui échappait, Chiara s'inquiéta.

— Maëlle, que se passe-t-il ?

Il lui fallut attendre quelques instants pour que la réponse tombe.

— J'ai rompu avec Maxime.

Et d'une toute petite voix, Maëlle lui expliqua tout.

**Mercredi 17 novembre, 13 h 25**

— Je veux voir Camille de Saint-Sevrin.

— Mais, mademoiselle, elle est en train de travailler. On ne peut pas la déranger. Et puis qui êtes-vous ?

Mélisande toisa la réceptionniste et lui asséna avec morgue :

— Je suis sa fille et je veux la voir immédiatement.

La femme au chignon haut perché parut surprise et leva les sourcils.

— Sa fille ? Je ne savais pas qu'elle avait une fille de votre âge. Êtes-vous bien sûre…

Comprenant que ce garde-chiourme en jupon ne la croyait pas et ferait tout pour la retarder, Mélisande se détourna et franchit l'espace qui la séparait d'une porte à double battant. Sans un regard en arrière pour la secrétaire qui s'étouffait d'indignation, elle s'engouffra dans le long couloir blanc qui desservait plusieurs studios. Au hasard, elle poussa une porte et entra.

— Mélisande ! Qu'est-ce que tu fais là ?

Le hasard avait bien fait les choses. Sa mère, qui venait de faire volte-face, se trouvait là, affairée autour de son appareil photo, pendant qu'un mannequin, les cheveux ébouriffés par un ventilateur, posait pour elle. La jeune fille remarqua aussitôt la parure de bijoux fantaisie de grande qualité qui habillait ses épaules dénudées et ses oreilles. En d'autres circonstances, elle s'y serait intéressée, mais cet après-midi, elle avait d'autres priorités.

Sans répondre directement à sa mère, elle attaqua :

— Le festival a lieu du 18 au 25 janvier. Les vacances se terminent le 3. Explique-moi comment on va bien pouvoir faire pour concilier les deux ?

Camille de Saint-Sevrin parut un instant décontenancée. Visiblement, elle se demandait bien de quoi parlait sa fille. À moitié pour être sûre de couvrir le bruit du ventilateur, à moitié parce qu'elle était furieuse, Mélisande cria presque :

— Les vacances ! Ces vacances dans ce merveilleux chalet pendant lesquelles tu m'as permis d'inviter mes amies ! Ces vacances merveilleuses qui viennent juste de tomber à l'eau à cause de toi !

La mémoire lui revenant soudain, sa mère fronça les sourcils de contrariété de voir son aînée s'emporter ainsi.

— Si tu crois que je connais toutes les dates de vacances par cœur, annonça-t-elle avec suffisance, je savais que le festival avait lieu début janvier et que vous étiez en vacances à peu près à ce moment-là… Je n'ai pas regardé précisément, voilà tout. En fait, je cherchais à te faire plaisir, mais si c'est tout l'effet que cela produit sur toi, on ne m'y reprendra pas.

À ce moment-là, une voix plaintive s'éleva :

— Dites, serait-il possible d'arrêter le ventilateur cinq minutes ?

D'un geste, Camille de Saint-Sevrin fit comprendre à son assistante de couper le contact. Brusquement, le silence se fit.

— Me faire plaisir ? lança alors Mélisande, c'est une plaisanterie, j'imagine ? Tu ne sais faire plaisir…

— Que se passe-t-il donc ici ? Il me semble que nous sommes déjà horriblement en retard pour ce *shooting* !

Une femme, âgée d'une cinquantaine d'années, légèrement maquillée et très élégante en tailleur-pantalon, venait d'entrer, suivie de la réceptionniste au chignon.

— Ah, Geneviève ! Je suis désolée de cet incident. Juste un petit malentendu à régler avec ma fille.

— Alors, il s'agit bien de votre fille !

D'un coup d'œil, elle réprimanda silencieusement la réceptionniste.

Si elle n'avait pas été aussi furieuse, Mélisande se serait réjouie de voir la mine déconfite de la femme au chignon, mais elle avait d'autres batailles à mener.

— Je n'appelle pas cela un malentendu, grinça-t-elle entre ses dents, j'appelle cela des vacances fichues.

— De quoi s'agit-il donc, pour que cela justifie une interruption de séance photos ?

Malgré son embarras, la mère de Mélisande se trouva contrainte d'expliquer, en quelques mots mesurés, la situation. Pendant ce temps, sa fille gardait un visage fermé.

— Est-ce là tout le problème ? s'étonna ladite Geneviève.

Puis se tournant vers Mélisande, elle décréta :

— Si je mets mon chalet à votre disposition et à celle de vos amies, laisserez-vous votre mère travailler ? Certes, vous n'assisterez pas au festival, mes pouvoirs ont des limites, mais vous pourrez skier.

Se retenant d'exprimer trop ouvertement sa surprise, Mélisande murmura :

— Oui, je pense que cela pourrait convenir…

— Parfait, trancha Geneviève. Si vous voulez donc bien sortir, cet endroit n'est pas censé être ouvert au public…

Sans un regard en arrière, Mélisande suivit les deux femmes. Comme la porte se refermait dans son dos, elle entendit la voix de sa mère ordonner :

— Cécile, ventilateur !

# 21

# On ne choisit pas sa famille, ni davantage ses amours !

**Samedi 20 novembre, 15 h 05**

Les horaires de sortie des quatre filles étant décalés ce vendredi-là, il avait été décidé que le conseil de guerre se tiendrait chez Lily le lendemain après-midi.

Cela faisait longtemps que le quatuor ne s'était pas réuni entre les murs colorés de cette chambre où régnait un joyeux désordre. Pourtant, tout naturellement, chacune avait retrouvé sa place préférée. Mélisande, allongée à plat ventre sur le lit, se mordillait un ongle ; Maëlle, les paupières encore légèrement gonflées, était assise en tailleur sur le tapis. Quant à Chiara et Lily, elles se partageaient l'énorme pouf rouge qui s'affaissait d'année en année sans que sa propriétaire puisse se résoudre à s'en défaire.

— Bien. Résumons.

Maëlle, le dos droit et les yeux secs, paraissait sereine. Nul n'aurait deviné, à la voir aussi calme, qu'elle avait passé des heures à pleurer les jours précédents. Seules ses trois amies, et peut-être sa mère qui avait l'ouïe fine, savaient combien sa rupture avec Maxime l'avait affectée. Cependant, en arrivant chez Lily, elle avait annoncé sans détour qu'elle avait décidé de tourner la page et que l'heure n'était plus aux larmes. Et elle avait aussitôt endossé le rôle de stratège qui, en temps de crise, lui allait si bien.

— Nous disposons donc d'un chalet magnifique et immense dans une superbe station de ski pendant les vacances de Noël. Il n'y a qu'un tout petit problème : nous n'avons personne pour nous y accompagner.

— Cela dit, Geneviève est d'accord pour que nous y allions seules.

— Geneviève peut-être, mais mes parents sûrement pas, gémit Lily.

— Et les miens pas davantage, renchérit Maëlle.

— Quant à mon père, inutile que je lui en parle !

Une mimique éloquente accompagnait les paroles de la grande fille brune qui se tenait le menton posé sur ses genoux repliés.

— Moi, ma mère m'a déclaré qu'à mon âge ou presque, elle était partie à l'aventure autour du monde, simplement armée de son appareil photo. Autant vous dire qu'elle ne comprend guère le problème que crée son désistement.

Les trois autres filles soupirèrent. Elles avaient beau savoir que le milieu familial de Mélisande était aux antipodes du leur, elles avaient du mal à comprendre que la mère de leur copine puisse les abandonner sans remords après leur avoir promis monts et merveilles. Mélisande, sentant leur déception, tenta de s'excuser une fois de plus :

— Je n'aurais jamais cru que cela tournerait ainsi… Je suis vraiment désolée.

— Ne le sois pas. Tu n'y es pour rien, déclara fermement Maëlle. On ne choisit pas ses parents !

Son amie lui renvoya un sourire reconnaissant, mais ne sembla pas totalement rassérénée.

— Le point positif, observa alors Chiara, c'est que si je ne trouve pas un moyen de financer ce fichu voyage, je le regretterai moins puisque de toute façon, pour le festival, c'est râpé !

— Ah ! non ! la reprit Lily en lui donnant un coup de coude. Souviens-toi de ce qu'on a dit : on y va toutes ou on n'y va pas.

— Ben, pour l'instant, c'est plutôt « on n'y va pas », répliqua Chiara fataliste.

— Eh ! on ne vous a jamais dit que tant qu'il y a de la vie, il y a de l'espoir ? rappela Maëlle. L'urgence pour l'instant est de trouver un accompagnateur !

À ce moment-là, une envolée de saxophone résonna dans toute la maison. D'une chambre du rez-de-chaussée, la voix du père de Lily s'éleva :

— Silence ! C'est l'heure du concert sur Radio Classique !

Lily se mit à rire.

— Papa dit que la musique adoucit les mœurs, mais il ne cesse de râler quand il en écoute ! Il prétend qu'il est impossible d'obtenir une minute de silence dans cette maison… Mais aussi, n'est-ce pas de sa faute ? Après tout, c'est lui qui nous a tous poussés à faire de la musique !

Comme elle parlait, le visage de Maëlle s'était brusquement illuminé.

— J'ai trouvé ! s'écria-t-elle. Thomas !

— Thomas quoi ?

— Notre accompagnateur : ça sera Thomas ! C'est l'homme de la situation : il a son permis et nos parents le connaissent suffisamment pour lui faire confiance…

— Génial ! s'exclama Mélisande soudain rayonnante.

Tirant affectueusement sur la queue-de-cheval de sa blonde amie, elle répéta :

— Maëlle, tu es simplement géniale !

Alors que celle-ci protestait pour la forme, Chiara renchérit :

— C'est vrai, ça. En plus, il est super cool ! On pourra faire la fête toute la nuit !

Seule Lily semblait faire preuve de moins d'enthousiasme. D'une petite voix, elle finit par intervenir :

— Heu, dites, vous ne croyez pas qu'il faudrait quand même lui en parler avant de bâtir des châteaux en Espagne ? Il pourrait avoir d'autres projets…

Elle préféra éviter de leur rapporter les propos pas toujours très flatteurs de son frère à leur égard.

— Tu as raison, bien sûr, trancha Maëlle. Il faut tout de suite lui demander.

— Tout de suite ?

— Bien sûr ! Tout de suite ! Tu veux qu'on t'accompagne ?

— Non, non, refusa Lily en bondissant aussitôt du pouf, il vaut mieux que je sois seule !

Elle revint quelques minutes plus tard, sa mine défaite annonçant déjà la réponse.

— Il a dit non ?

L'interrogation avait jailli des lèvres de Mélisande. Mais il s'agissait plus d'une affirmation que d'une question.

— Il a dit non, confirma Lily, il a d'autres projets.

Elle leur épargna le « Quoi ? Une semaine tout seul avec quatre gamines hystériques ? Tu veux ma mort ! » Quand elle avait protesté qu'à presque dix-sept ans elles n'étaient plus des gamines, il s'était contenté de rire bêtement et de l'achever par un « Te fatigue pas ! De toute façon, mon groupe joue au Blue Note la nuit du jour de l'an. Je ne manquerais cela pour rien au monde ! »

— Flûte et reflûte ! s'exclama Chiara, c'était pourtant la solution idéale !

Puis prenant un air tragique, elle se leva pour déclamer :

— Maudites ! On est…

Un joli petit coussin rose adroitement lancé l'atteignit en pleine tête et l'empêcha de conclure. La seconde suivante il s'envolait de nouveau en direction de Maëlle qui répétait :

— Il n'y a pas de problème, il n'y a que des solu…

L'adolescente s'interrompit pour esquiver le projectile qui du coup frappa Mélisande à sa place.

La minute d'après, la bataille faisait rage.

Juste avant de saisir à son tour un coussin, Lily pria pour que Thomas n'entre pas à cet instant dans sa chambre : sûr que sinon elle en entendrait parler jusqu'à la fin de sa vie…

## Mercredi 24 novembre, 21 h 05

Mercredi 24 novembre,

Ce matin, nous devions tous nous retrouver à 8 h 30 devant l'institut Lumière pour assister à une conférence sur les grands dialoguistes du cinéma français. L'idée du prof était plutôt sympa, sauf que pour s'y rendre, c'était vraiment la galère : deux bus et un métro. Autant dire plus d'une heure de trajet en comptant les correspondances ! Moi qui ai horreur de me lever tôt, cela me faisait plutôt râler. Bref, tout ceci pour expliquer pourquoi, lorsque Adrien m'a proposé de m'y emmener en scooter, je n'ai pas eu le courage de refuser. Une demi-heure de plus sous la couette, ça n'a pas de prix. Et puis le scooter, j'adore ! Les rares fois où Thomas a bien voulu m'emmener faire un tour, j'ai trouvé la balade géniale !

STOP ! Il faut que je cesse de me perdre en explications vaseuses. Avec toi, au moins, mon cher journal, je me suis jurée d'être honnête.

Eh bien oui, je l'avoue, j'avais aussi envie d'être avec lui ! Avec... Adrien.

Voilà. C'est dit.

Le ciel ne m'est pas tombé sur la tête, alors je continue.

À vrai dire, je ne comprends vraiment pas ce qui se passe. Ni autour de moi... ni à l'intérieur de moi. Tout d'abord, je ne le reconnais plus. Où est passé l'Adrien arrogant, feignant et dragueur que je connaissais sur le bout des doigts ? Bon, pour ce qui est d'être paresseux, il n'est pas encore guéri quand même : l'exposé de Bûcherolle, c'est moi qui en ai fait les neuf dixièmes ! Mais le reste... est vraiment perturbant : depuis la rentrée, il ne s'occupe que de moi. Non, je ne plaisante pas !

C'est vrai de vrai.

Au début, j'étais sûre qu'il avait encore des vues sur Mélisande. Mais il ne m'a pas parlé d'elle une seule fois depuis des mois... Je pensais aussi qu'il se lasserait vite d'être aussi gentil avec moi. Mais non, au contraire !

Qu'est-ce que cela veut dire ? Je ne sais plus où j'en suis. Pendant la conférence à l'institut Lumière, il s'est, comme d'habitude, assis à côté de moi. Il a commenté avec son humour pas drôle les propos de l'intervenant.

Sauf que cette fois, j'ai vraiment dû lutter pour m'empêcher de rire. Et quand à la fin de la matinée il m'a proposé d'aller au café du coin pour déjeuner ensemble, j'ai été terriblement désolée de refuser. Parce que j'étais bien obligée de refuser, non ? De quoi j'aurais eu l'air si les autres filles l'avaient appris ?

Mais le plus affreux dans tout ça, c'est que je pense de moins en moins à Lui. C'est terrible. Je le croise parfois encore et... et je ne sais plus !

Si seulement, cher journal, tu pouvais venir à mon secours...

# 22

# Étincelles

## Samedi 27 novembre, 10 h 45

À la troisième sonnerie, la voix de Mme Tadier se fit entendre depuis la buanderie :

— Maëlle, tu peux aller répondre, s'il te plaît ? Je suis en train de préparer une lessive !

Avec un soupir de contrariété, l'adolescente appuya sur la touche « pause » de sa Wii et se dirigea vers le combiné.

— Allô ?

— Maëlle, c'est toi ? Coucou, c'est Julie !

— Julie ? Eh salut ma vieille ! Comment se porte ma cousine de Bretagne ?

— Elle allait très bien jusqu'à ce que tu la traites de « vieille » !

Maëlle pouffa :

— Ben, tu t'approches du quart de siècle quand même…

— Comme tu y vas ! J'ai à peine vingt-trois ans… Tu ferais mieux de revoir tes cours de maths avant de te moquer de tes aînées !

— Et susceptible avec ça, répliqua l'impertinente. Heureusement que ces quelques petits défauts se perdent vite au milieu de la foule nombreuse et remarquable de tes inestimables qualités.

— Ah ! enfin un compliment, se réjouit la jeune fille. Te connaissant, cependant, je préfère ne pas te demander à quelles qualités tu fais allusion… Je crains trop d'être déçue !

Maëlle se mit à rire. Elle aimait beaucoup la personnalité piquante et vive de Julie, qui s'accordait si bien à la sienne. De leurs pères qui étaient frères, elles avaient hérité le même esprit frondeur et aventureux, et malgré leur différence d'âge, les deux filles uniques s'étaient toujours senties très proches. La liste de leurs points communs cependant s'arrêtait là. Julie affichait avec sérénité des rondeurs là où sa cousine n'était que muscle et minceur. Très féminine et parfois même légèrement excentrique, Julie poussait régulièrement sa cadette, qui s'était longtemps comportée en garçon manqué, à user davantage de coquetterie. Quant à leurs ambitions professionnelles, elles ne pouvaient être plus éloignées. Tandis que la plus jeune ne parlait que de devenir spationaute, l'aînée finissait avec bonheur une école de décoratrice d'intérieur.

— Tu as raison, on n'est jamais trop prudente, répondit Maëlle, taquine. Dis-moi plutôt ce qui me vaut le plaisir de ton appel…

Une pensée lui venant alors, elle ajouta précipitamment :

— Pas de mauvaises nouvelles, j'espère ! Vous venez toujours nous voir à Noël ?

À l'autre bout du fil, sa cousine la rassura aussitôt :

— T'inquiète, tout va bien ! On sera là pour le réveillon. Mais j'ai réfléchi à un truc…

— Alors là, je crains le pire, commenta Maëlle avec malice.

— Merci bien, mademoiselle ! répliqua Julie d'un ton faussement outré. Et puisque vous avez une si haute opinion de mon honorable personne, je crois que je vais garder mes réflexions pour moi !

— NOOOON ! s'exclama Maëlle. Pardon, pardon, pardon… Je veux tout savoir !

— Ah ! j'aime mieux ça ! Je me disais donc que tant qu'à faire 900 kilomètres, je pourrais prolonger mon séjour et demander à une jeune personne de ma connaissance de me servir de guide pour visiter la région lyonnaise ! Après tout, ce sont mes dernières vacances d'étudiante, j'ai intérêt à en profiter !

— …

Surprise par l'absence de réaction de son interlocutrice, Julie reprit :

— Maëlle ? Écoute, si tu ne peux pas, ce n'est pas grave. Je suis assez grande pour me débrouiller toute seule.

— Excuse-moi, je réfléchissais…

— Alors là, je crains le pire, l'imita aussitôt Julie d'une voix moqueuse.

Mais sa cousine était tellement à son idée qu'elle ne releva même pas.

— Et si en lieu et place de la région lyonnaise que tu connais déjà un peu je te proposais un séjour d'une semaine dans un magnifique chalet situé au centre d'une superbe station de sports d'hiver ?

## Mercredi 1er décembre, 15 h 45

En descendant à l'arrêt de bus, Chiara trouva Mélisande qui l'attendait, vêtue d'une veste chaude et élégante dont la blancheur faisait ressortir ses beaux cheveux roux. C'était la première fois qu'elle faisait cet effort et son amie en fut touchée. Elles se firent la bise et se dirigèrent ensemble vers le cours Saint-Émilien. Tout naturellement, la conversation s'orienta vers la nouvelle qui leur avait redonné de l'espoir le week-end précédent.

— C'est trop cool que Julie ait accepté de venir, s'enthousiasmait Mélisande, on peut dire qu'elle est vraiment tombée à pic !

Bien que plus modérée, Chiara acquiesça :

— Oui, surtout que les parents de Maëlle se sont portés garants de son sérieux. Même mon père, qui hésitait à me laisser partir avec une inconnue, a donné son feu vert !

Saisissant le bras de son amie, Mélisande lança :

— Je sens que cela va être les meilleures vacances de notre vie ! Tu imagines, une semaine rien que pour nous ! Je suis certaine qu'il doit y avoir plein de petits restaurants sympas là-bas… sans compter que ce n'est pas parce que le festival n'aura pas commencé que nous resterons cloîtrées au chalet ! Dans une station comme l'Alpe-d'Huez, on n'aura que l'embarras du choix pour sortir le soir… Tiens, cela me fait penser que je dois prévoir un après-midi shopping ! J'ai besoin de renouveler mes tenues de…

Mélisande s'interrompit soudain. Son amie venait de retirer son bras du sien et elle se rendit compte qu'une fois de plus elle s'était laissée aller à trop parler.

— Tu ne pourrais pas changer de disque ? la tança vertement la grande fille brune en rejetant d'un mouvement de tête nerveux ses longs cheveux en arrière. À croire que le shopping, c'est toute ta vie !

— Écoute, je ne…

— Et une écharpe par ci, et un pompon par là, ce que tu peux être superficielle ! Tu ne penses pas que d'autres n'ont même pas *une* tenue de ski à se mettre ? Ceci dit, tu as raison de ne pas t'en inquiéter. Il y a une très forte probabilité que ces mêmes personnes n'aient finalement pas la possibilité de skier du tout, vu les prix des forfaits et des locations !

Au fur et à mesure que Chiara parlait, le teint diaphane de sa compagne avait progressivement viré au rouge vermillon. S'arrêtant brusquement de marcher, Mélisande explosa soudain :

— Tu veux que je te dise, mademoiselle la donneuse de leçons ? Je commence à en avoir plus qu'assez de toi et de tes reproches. Tu veux une tenue de sports d'hiver ? Mais tiens ! je te donne la mienne !

— Mais tu ne comprends donc rien ? Voilà maintenant que tu veux me faire l'aumône !

Mélisande, dont les yeux lançaient des éclairs, s'écria :

— OK ! J'ai encore dit une bêtise ! Mais si je te propose de t'en offrir une neuve, ce sera encore pire ! De toute façon, avec toi, quoi que je dise, cela ne te convient pas !

Chiara, dont la fureur ne masquait que partiellement les blessures, s'emporta :

— Mais tu sais quoi ? Tu n'as que faire des sentiments des autres ! As-tu déjà essayé d'imaginer ce que je pouvais ressentir à te voir ainsi étaler ta richesse et tes fringues de marque ?

Piquée au vif, Mélisande pinça les lèvres et rétorqua d'un ton coupant :

— Et toi, as-tu déjà essayé d'imaginer ce que je pouvais ressentir toutes les fois où tu me donnes l'impression qu'être riche est une tare honteuse ? Mince, cet argent je ne l'ai pas volé et mes parents non plus !

— Oh ! tu… tu…

Chiara secoua la tête et s'interrompit. Ce n'était pas la peine de continuer cette conversation. Elles ne se comprendraient jamais ! Leurs univers étaient tellement éloignés que toute communication devenait impossible. Toute à sa rancœur, Chiara se fermait aux arguments de Mélisande. Quant à cette dernière, peu habituée à ce qu'on lui fasse ce genre de reproches, elle estimait avoir fait assez d'efforts.

Furieuse et perturbée à la fois, Chiara eut un geste de découragement et s'éloigna d'un pas vif.

Mélisande, interloquée, cria dans son dos :

— Et le cours de théâtre ?

Sans se retourner, Chiara renouvela son geste.

Une minute plus tard, elle s'engouffrait dans le premier bus qui passait.

## 23

## Disputes et bisbilles

Jeudi 2 décembre, 19 h 00

— Bon, alors qu'est-ce qu'on fait ?

— Pff ! Je ne sais pas trop... Les problèmes relationnels, c'est plutôt ton rayon, non ?

— J'ai essayé, mais là, il n'y avait rien à faire... Je crois qu'il faudrait quelque chose de plus radical !

— Un remake de *Petits meurtres entre amis* ?

Bien que la situation ne s'y prêtât pas vraiment, Lily ne put s'empêcher de sourire. Depuis que Maëlle avait rompu avec Maxime, elle avait une fâcheuse tendance à pratiquer l'humour noir !

Refusant cependant de se laisser glisser sur cette pente, Lily insista :

— Allez, c'est toujours toi qui as des idées pour sauver le bateau quand il coule... Si on ne trouve pas rapidement quelque chose, notre semaine de rêve va se transformer en...

— ... *Règlement de comptes à OK Corral*, l'interrompit son amie d'un ton cynique.

— Stop ! supplia Lily, arrête de dire des bêtises !

— Tu as raison, approuva Maëlle, je dis n'importe quoi. En fait ce serait plutôt « Règlement de comptes à l'Alpe-d'Huez »...

— MAËLLE !

— OK, OK... Ne dis plus rien. Il faut que je réfléchisse... mais cela ne va pas être facile. Quand Chiara m'a appelée, elle était remontée comme un ressort de boîte à musique !

— Et si tu avais entendu Mélisande, ce n'était guère mieux ! Elle dit qu'elle en a plus qu'assez de faire des efforts et que Chiara commence à lui taper sur le système !

— Chuuuut !

— Oh ! pardon ! Je croyais...

— Chuuuut ! ou alors on va commencer à se disputer aussi !

À l'autre bout du fil, Lily l'entendit marmonner :

— Quoique, un remake de *Titanic*, ce serait bien aussi !

La jeune fille se mordit la lèvre pour ne pas répliquer... Et ne pas éclater de rire !

Finalement, le silence s'installa. Au bout de quelques minutes d'intense réflexion, Maëlle trancha d'un ton péremptoire :

— Bon, c'est facile, on leur propose un marché : on définit un budget maximal applicable à chacune d'entre nous pendant la semaine, avec interdiction absolue d'acheter des trucs inutiles. Comme ça, on sera toutes logées à la même enseigne et il n'y aura plus de problèmes !

— Super ! Sans compter que cela m'arrange aussi… J'ai une fâcheuse tendance à toujours dépenser plus que ce que je gagne… Maëlle, tu es géniale !

— Merci, je sais, fit l'adolescente avec une fausse suffisance.

Puis, d'un ton désabusé elle ajouta :

— Dommage que tout le monde ne pense pas comme toi…

Lily, qui savait parfaitement à quoi elle faisait allusion, soupira :

— Tu verras, je suis sûre que cela va s'arranger… Et puis rappelle-toi ce que tu as déclaré : la page est tournée, alors plus d'idées noires !

— C'est fou le nombre de bêtises que je peux dire parfois… Bon, en attendant, je te laisse passer le message aux deux terribles. Moi, les conflits, j'en ai ma dose !

Maëlle venait à peine de raccrocher le téléphone que son père poussa la porte d'entrée. Une bourrasque d'air froid la fit frissonner.

— Brrr ! fit M. Tadier, le vent a tourné. Je parie qu'il va neiger ce week-end.

Le temps, en effet, relativement clément jusque-là, était en train de changer. Cependant, la météo l'annonçait depuis quelques jours déjà. Sans pitié, Maëlle le fit remarquer à son père d'un ton sec.

— Eh bien, nota celui-ci, c'est pourtant le genre de nouvelles qui suffisent d'habitude à te mettre de bonne humeur…

— *Eh bien*, ce soir, ce n'est pas le cas, répliqua-t-elle, acerbe.

Le colonel, bien que peu psychologue, remarqua enfin que sa fille semblait perturbée. Il fronça les sourcils et attendit un peu avant de reprendre la parole. La dispute monumentale qui l'avait opposé à sa fille l'an dernier lui restait encore présente à l'esprit. Bien qu'il n'en ait rien laissé paraître à l'époque, son intransigeance lui en avait coûté. Et que Maëlle le croie ou pas, il n'avait eu alors qu'un seul objectif en tête : le bien de cette dernière. Il hésita à lui reprocher le ton, à la limite de l'insolence, qu'elle venait d'employer. Se rappelant les conseils de sa femme, il tenta une nouvelle approche.

— Et si on se programmait une randonnée en raquettes ce week-end ? Cela fait longtemps qu'on ne s'est pas fait une sortie en montagne, non ? Et puis les raquettes, c'est excellent pour le souffle. Cela te ferait en plus un entraînement !

Maëlle qui avait déjà gravi les premiers degrés de l'escalier se retourna brusquement et s'écria d'une voix aiguë :

— Ne me parle plus de montagne et encore moins d'entraînement ! J'en ai plus que ma claque !

Choqué, le colonel s'apprêtait cette fois à la reprendre vertement lorsque, à sa grande horreur, il vit sa fille unique s'effondrer soudainement en pleurs sur les marches.

Au bord de la panique, il tourna la tête de droite à gauche, espérant voir surgir sa femme de la cuisine, avant de se souvenir qu'elle avait justement un rendez-vous chez le dentiste ce soir-là.

Comprenant brusquement que nul ne viendrait à son secours, il carra les épaules et se prépara à affronter une situation que son instinct de stratège lui annonçait par avance hautement périlleuse… et totalement imprévisible.

Avec autant de précautions que s'il avançait en terrain miné, il s'approcha de sa fille qui sanglotait. Maladroitement, il s'assit à côté d'elle et marmonna :

— Allons, allons…

Il fut tenté d'ajouter « petit soldat », comme lorsque Maëlle, petite fille, venait de tomber et luttait contre les larmes. Mais une pudeur nouvelle le retint. Maëlle n'était plus une enfant.

Très embarrassé, il tambourinait des doigts sur la marche, quand soudain la jeune fille reprit la parole :

— Je ne veux plus aller à l'entraînement. Je n'ai plus envie de courir… Maxime a sûrement raison ! Je n'ai aucune chance de gagner le titre. Et puis, sans lui, ce n'est plus pareil de toute façon.

M. Tadier se souvint alors vaguement que son épouse lui avait annoncé que leur fille venait de rompre avec son petit copain. « Bon débarras ! » avait été sa première réaction. Il ne voyait pas du tout ce type de relation d'un bon œil et il regrettait souvent d'avoir laissé sa femme le convaincre qu'il fallait laisser plus de liberté à Maëlle. Il l'avait senti dès le départ. Ce genre de relation ne pouvait être qu'une source de problèmes ! Une fois de plus, il avait eu raison ! Ah, les femmes…

Se réjouissant soudain d'être en position de lui dire sa façon de penser, il dit à haute voix :

— Tu as quitté ce garçon ? Bon débarras ! À ton âge, tu as autre chose à faire qu'à perdre du temps en de ridicules amourettes.

— Mais Papa…, gémit-elle.

— Quoi, « Mais Papa » ? N'est-ce pas toi qui as décidé un jour de devenir spationaute ? N'est-ce pas toi qui m'as dit que tu ne te sentais jamais aussi vivante que lorsque tu courais ? Raconte-moi donc ce qui a changé pour que tout ceci ne soit plus vrai !

D'une voix brisée par le chagrin, Maëlle lui expliqua ce qui s'était passé.

— Alors, c'est ça ? Un parfait idiot doublé d'un grand jaloux se moque de toi et tout s'arrête ? Mais tu ne comprends donc pas que si tu agis ainsi, tu entres dans son jeu ? Je ne peux pas y croire ! Non, pas de la part de ma battante de fille ! Je n'ai jamais vu en toi une perdante. Je te l'ai souvent dit, quand la vie ne fait pas ce que l'on veut, c'est à nous de nous faire la vie que l'on veut !… Arrête de pleurer et bats-toi !

Maëlle sécha ses larmes. Chacun des mots prononcés par son père était autant de flèches qui l'atteignaient. Certaines la vexaient, d'autres la blessaient… d'autres lui redonnaient courage. Et toutes lui insufflaient une nouvelle envie.

Elle redressa le menton et planta son regard dans celui du colonel.

— Tu as raison, Papa. Je vaux mieux que ça et rien ne m'arrêtera !

## Jeudi 2 décembre, 19 h 45

— Mélisande ! Est-ce que tu pourrais m'écouter pour une fois ?

Très affairée à passer commande sur Internet de perles et autres accessoires pour la fabrication de ses bijoux, cette dernière répondit distraitement :

— Mais je t'écoute ! De toute façon, vu ta discrétion, je ne vois pas comment je pourrais faire autrement !

— Ce n'est pas vrai, tu m'entends, mais tu ne m'écoutes pas ! Cela fait d'ailleurs des jours et des jours que tu ne m'écoutes pas… Depuis que maman t'a parlé de ce chalet, tu n'as que cela en tête ! Les vacances avec tes copines, c'est tout ce qui t'intéresse ! Qu'on soit des enfants trouvées ou peut-être même kidnappées t'est complètement égal, du moment que tu peux passer une semaine de vacances au ski ! Franchement, j'espère que je ne deviendrai pas aussi superficielle en grandissant.

Le mot « superficielle » fit réagir sa sœur. Non pas de façon colérique, mais plutôt coupable. Chiara avait tellement utilisé ce mot à son égard qu'elle s'était parfois demandé, fugitivement bien sûr, si l'accusation ne contenait pas une part de vérité. Mal à l'aise, elle se força à détacher ses yeux de l'écran et, fixant sa cadette, elle articula exagérément :

— OK ! Je t'écoute maintenant.

Sans se vexer, Pauline se contenta d'exprimer sa satisfaction :

— Enfin !

Profitant de l'attention de son aînée, elle respira à fond avant de poursuivre d'un ton mystérieux.

— Je suis allée fouiller la chambre de papa et maman.

— QUOI ?

— Pas la peine de prendre cet air outragé ! Tu ne l'étais pas tant quand maman a refusé que j'aille au chalet et que tu as, comme par enchantement, « oublié » de lui redemander quand on verrait ces photos « invisibles » ! Si tu ne m'avais pas lâchée à ce moment-là, je n'aurais pas eu besoin de jouer les espionnes !

Se sentant fautive une fois de plus, Mélisande ne sut que dire. Sa sœur en profita pour continuer :

— Et là, tu ne devineras jamais ce que j'ai découvert !

Levant les yeux au ciel, son aînée suggéra d'un ton railleur :

— Le trésor de la Grande Pyramide ? L'Arche perdue ? Ou les deux bras de la Vénus de Milo ?

— Mieux, mais si tu n'arrêtes pas de te moquer de moi, je ne te le dirai peut-être pas…

— Oh ! non ! Pourquoi tant de cruauté ? se mit à déclamer sa sœur.

Elle s'arrêta soudain en se rendant compte que cette réaction ressemblait étrangement à celle que Chiara aurait pu avoir dans les mêmes circonstances. Sa déclamation eut cependant l'air de plaire à Pauline qui se mit à rire :

— OK, OK, je vais te le dire…

Elle ouvrait la bouche quand des trilles d'oiseaux s'élevèrent dans la chambre. Aussitôt, Mélisande fit pivoter son fauteuil pour se saisir du portable qui était posé près de l'ordinateur. Tout en décrochant, elle se dit qu'elle préférait définitivement la sonnerie précédente. Mais depuis sa rupture avec Lisandro, elle ne pouvait plus entendre des miaulements de chats sans repenser à lui. Il avait donc bien fallu en changer…

— Allô ?

Un léger sourire étira ses lèvres en entendant le nom de son interlocuteur.

— Bien sûr que non, tu ne me déranges pas du tout…

En entendant ces paroles, Pauline, outrée, lui fit comprendre par des mimes très expressifs qu'elle prévoyait son assassinat prochain.

— Oui, bien sûr. Heu, attends, tu veux, juste un petit détail à régler…

Cachant de sa main le bas du téléphone, elle lança :

— Bon, alors, c'était quoi ton secret, qu'on en finisse une bonne fois pour toutes ?

Rouge d'indignation et de colère mêlées, Pauline agita l'index sous le nez de sa sœur et rétorqua :

— Alors là, tu peux toujours courir pour le savoir ! Même si tu rampais devant moi en me suppliant de tout ton cœur, ou même si tu baisais chacun de mes doigts de pieds, jamais je ne te le dirais !

Tournant les talons, elle partit en criant :

— Le petit détail vous salue bien !

La bordée d'injures qu'elle lâcha en sortant se perdit dans le claquement de la porte qui dut, malgré l'isolation remarquable du bâtiment, s'entendre du rez-de-chaussée au dernier étage.

Avec une grimace, Mélisande enleva sa main du téléphone et reprit :

— Ça y est…

— …

La jeune fille se mit à rire :

— Non, ce n'était pas un avion qui franchissait le mur du son. Je t'expliquerai… En tout cas, je suis très heureuse de t'entendre… Surprise, certes, mais heureuse !

# 24

# Quand les garçons s'en mêlent (s'emmêlent ?)

## Vendredi 3 décembre, 18 h 20

Était-il possible d'être plus « surbookée » ? Les sourcils froncés, Lily feuilletait les pages de son agenda en se demandant si elle n'aurait pas intérêt à échanger ce dernier contre celui du Premier ministre. Quand lui pouvait profiter d'une armée d'assistants pour le soulager, elle, pauvre adolescente qu'elle était, devait tout assumer seule : lycée, musique, baby-sitting, crises relationnelles des copines, sans oublier les toniques et indispensables sorties avec Saxo, le labrador familial, essentielles au maintien de sa ligne qui présentait toujours (à son goût !) un peu trop de « pleins » et pas assez de « déliés ». Oui, vraiment, elle aurait joyeusement échangé tout cela contre quelques conseils des ministres et deux ou trois visites de salons. Oh, bien sûr, elle voulait bien admettre qu'elle ne maîtrisait pas toutes les subtilités de la politique intérieure ou internationale, mais en entendant les informations le matin, elle se demandait parfois si le monde irait plus mal avec elle aux commandes… Un sourire aux lèvres, elle laissa son esprit poursuivre tranquillement ses élucubrations… Comme cela serait chouette de pouvoir parfois déléguer une répétition d'orchestre par-ci ou une soirée de baby-sitting par-là !

Elle finit quand même par se ressaisir. Le temps passait et elle n'en avait pas assez pour le gaspiller. Ouvrant son carnet à la page du samedi 4 décembre, elle frémit en voyant ce qui l'attendait pour la journée du lendemain. Heureusement qu'elle s'était mise à utiliser des codes de couleur pour s'y retrouver plus rapidement… En rouge, coincé entre deux séances de baby-sitting (l'une en début d'après-midi chez la voisine, l'autre en soirée chez des amis de ses parents qui habitaient à l'autre bout de la ville), elle avait noté pour 17 h 00 : faire fumer le calumet de la paix à Chiara et Mélisande.

Elle espérait bien que la proposition de Maëlle suffirait à calmer les esprits un peu trop échauffés…

Elle était en train de se dire qu'avec la répétition du concerto prévue le samedi matin, elle allait encore devoir passer tout son dimanche à faire ses devoirs, quand la voix de Hugo hurla depuis le rez-de-chaussée :

— Lilyyyyyyyyyyyy ! Téléphone ! C'est un mec !

Lily sursauta, autant de surprise que de fureur. Son correspondant n'avait pas pu ne pas entendre les beuglements de son frère ! Pour qui allait-elle donc passer ?

Quand quelques secondes plus tard elle se saisit du combiné, elle murmura d'une voix embarrassée :

— Allô ?

— Lily ? C'est Florian.

— Florian ?

— Oui, je sais, ça fait un bail… mais on n'est plus dans la même classe…

Lily, perplexe, se demanda depuis quand il était arrivé à cette constatation. Sans avoir conscience des interrogations de son interlocutrice, le garçon poursuivit :

— Heu, je me demandais… Ça va, toi ?

Lily haussa les sourcils. De mieux en mieux ! Voilà que trois mois après la rentrée il s'inquiétait pour elle ! Elle aurait pu mourir de la grippe H1N1, se faire kidnapper par des extraterrestres ou plonger en dépression mille fois pendant ce laps de temps sans même qu'il s'en rende compte. Pourquoi s'en souciait-il justement maintenant ? Bien qu'un brin soupçonneuse, elle ravala un soupir et refusa finalement de chercher à comprendre… Après tout, n'avait-elle pas rempli des pages de journal en rêvant d'un appel de sa part ? Échaudée cependant par l'expérience de l'an passé, elle décida de ne pas s'emballer.

— Super ! répondit-elle enfin en forçant l'enthousiasme… Et toi ?

— Ça va aussi… Heu, je me disais, ce serait bien de se voir.

« Je me demandais… », « Je me disais… », ce garçon semblait surtout parler à lui-même !

Surprise du ton des pensées qui lui traversaient la tête, Lily les repoussa et répondit :

— Oui, ce serait sympa…

— Cool, alors demain après-midi, au café du Parc ?

Ce fut au tour de Lily de se demander si elle n'était pas en train de faire un cauchemar : tout ceci avait un petit goût rance de déjà-vu ! Mais cette fois, elle ne ferait pas la même erreur. Il n'était pas question de sacrifier ses amies… Ni le baby-sitting !

— Demain ? Ah non ! Impossible !

Surpris par le ton sans appel de la jeune fille, Florian bredouilla :

— Ah… Heu… Bon ben c'est dommage… Une autre fois peut-être.

Et il raccrocha. Interloquée, Lily fixa le combiné jusqu'à ce que les bips impersonnels de la ligne téléphonique entament leur inlassable refrain.

**Lundi 6 décembre, 10 h 05**

Il y avait pensé tout le week-end. Et s'il ne voulait pas continuer à y penser le reste de la semaine, il fallait qu'il surmonte sa timidité et questionne son autoritaire partenaire de TP.

Discrètement, il lui jeta un regard de biais. Pour la première fois depuis le début de l'année, il réalisa qu'elle était particulièrement impressionnante dans sa blouse blanche de chimiste. Le geste précis, elle comptait méticuleusement le nombre de gouttes de produit réactif nécessaires à la réussite de l'expérience. C'était confortable de travailler avec elle. Intelligente et vive d'esprit, elle comprenait toujours ses déductions sans qu'il ait besoin de les expliquer trois fois. Bien sûr, la réciproque était vraie et cette parfaite entente faisait d'eux le binôme le plus efficace de la classe.

Tant qu'ils étaient plongés dans le travail, il s'adressait à elle sans aucun complexe. Les maths, les sciences, l'informatique, c'était son domaine de prédilection. Il savait toujours comment aborder un problème ou explorer une théorie. Dans la vie quotidienne en revanche, il était tout autre. Chaque fois qu'il fallait prendre une décision, une foule de questions se présentait à lui et, de peur de ne pas savoir y répondre, il préférait généralement l'esquive à l'action.

Le pire, évidemment, c'était les filles. Leurs réactions complexes et imprévisibles le déroutaient et l'effrayaient en même temps.

Il lança un nouveau coup d'œil à sa partenaire de TP, qui notait maintenant sur leur copie la couleur du précipité qu'elle venait de provoquer. Il la connaissait depuis plusieurs années et se disait parfois qu'il aurait bien aimé lui ressembler. Toujours sûre d'elle, sans jamais douter, elle fonçait dans la vie comme une météorite à travers l'espace. Pas étonnant qu'elle rêvât de devenir spationaute !

— Maëlle ?

Elle leva les yeux et remarqua immédiatement qu'il ne regardait plus le thermomètre plongé dans un tube à essai entouré de glace qu'il était censé surveiller.

— Tu fais gaffe à la température, hein ? Dès que ça cristallise, il faut la noter…

— Oui, oui, t'inquiète, assura Florian.

Puis, sans se laisser le temps d'hésiter davantage, il se jeta à l'eau :

— Lily, elle va bien ?

Étonnée, sa camarade le fixa bizarrement :

— Ben oui, fit-elle.

— Ah ! Cool…

Sous la pression du regard soudain inquisiteur de sa voisine, Florian se sentit obligé d'ajouter :

— C'est juste qu'Adrien m'a dit… heu… enfin, qu'ils avaient… heu… qu'ils étaient sortis ensemble… je veux dire, avec leur classe bien sûr… l'autre jour… à l'institut Lumière, termina-t-il lamentablement, rougissant comme un tison ravivé.

Maëlle eut un petit sourire en coin, prenant un malin plaisir à le voir s'égarer dans ses explications.

Florian ne savait que dire sans trahir son copain. Pas question de laisser échapper que ces derniers jours il avait senti Adrien plus certain que jamais de la réussite de sa machination. Quand son ami lui avait raconté l'épisode de la sortie en scooter, il arborait le sourire du séducteur qui sentait son trophée prêt à lui tomber dans les bras. Au point que Florian avait senti ses propres convictions vaciller. Et si Lily n'était pas aussi forte qu'il l'avait supposé ? Si finalement elle ne se révélait pas de taille à lutter contre cet expert qui maîtrisait à la perfection toutes les subtilités de son art ? Et si à cause de lui, elle en avait le cœur brisé ? En proie au doute, Florian avait alors senti la culpabilité l'envahir et s'était décidé à intervenir… tout en se refusant bien sûr à trahir son meilleur ami ! Bien que conscient de sa nullité dans ce genre d'exercices périlleux, il s'était quand même forcé à appeler Lily vendredi soir. Sa réaction abrupte (encore un parfait exemple d'étrangeté féminine) l'avait complètement dérouté. Elle qui acceptait d'habitude toujours tout et qu'il pensait être la seule fille douée d'une psychologie compréhensible et stable lui avait dit « non ». La dose d'audace que Florian avait eu tant de mal à rassembler pour décrocher le téléphone étant à ce stade complètement épuisée, il n'avait pas osé faire une nouvelle tentative et avait mis fin à la conversation précipitamment.

Et voilà maintenant que Maëlle le regardait d'un air sibyllin qu'il ne savait comment interpréter, mais qui le mettait terriblement mal à l'aise.

Comme si elle avait finalement pitié de lui, elle reprit la parole pour lui confier :

— En fait, elle va même parfaitement bien. Après Noël, nous partons une semaine au ski à l'Alpe-d'Huez.

Avec Chiara et Mélisande bien sûr. Ma cousine va nous accompagner… Ça va être génial !

— Ah oui ? C'est super !

Cette fois-ci, Florian n'avait pas eu besoin de se forcer. Il était content pour elles… Et puis, il comptait bien sur l'adage « loin des yeux, loin du cœur ! » Même si une semaine passait rapidement, c'était toujours ça de pris !

« Et puis il peut se passer des tonnes de choses pendant une semaine ! » pensa-t-il satisfait.

Ce en quoi il avait entièrement raison.

Et même plus qu'il ne le pensait…

# 25

# Cachotteries

**Samedi 11 décembre, 13 h 55**

Debout devant la fenêtre du salon, Chiara, quelques feuilles polycopiées à la main, s'efforçait de mémoriser les répliques de la scène qu'elle devrait présenter le mercredi suivant. Hélas, les flocons qui virevoltaient à l'extérieur n'étaient qu'un pâle reflet de la tourmente de pensées qui tourbillonnaient dans sa tête...

Samedi dernier, lors de la rencontre organisée par Lily, les choses s'étaient mieux passées que prévu. Mélisande, peut-être briefée par cette dernière, était arrivée pleine de bonne volonté, et même si elle avait fait une drôle de grimace en entendant la proposition de Maëlle, elle n'avait pas émis la moindre objection.

Son accord obtenu, Lily s'était tournée vers Chiara, l'air interrogateur.

— Cela me paraît correct, avait-elle répondu du bout des lèvres. Mais, de toute façon, cela ne me concernera que si un oncle d'Amérique que je ne connais pas a soudain la bonne idée de m'envoyer quelques centaines d'euros.

Bien qu'elle ne se fasse aucune illusion au sujet de ces vacances (l'argent n'ayant pas coutume d'apparaître par magie), elle avait été touchée par l'effort consenti par ses amies. Cela démontrait encore, si elle avait eu un doute, combien leur amitié était solide. Mais cet entêtement de Maëlle, de Lily et peut-être même de Mélisande à ne vouloir aller au ski que si elle venait aussi la chagrinait. Une fois au pied du mur, elles se rendraient compte que c'était un engagement stupide qui n'avait pas lieu d'être respecté. Et si vraiment elles persistaient, Chiara se ferait fort, par une pirouette habile, de les pousser à changer d'avis.

— Chiara ? Ah, tu es là !

Toute à ses réflexions, la jeune fille n'avait pas entendu son père sortir du bureau. Elle tourna la tête pour le regarder et sentit immédiatement qu'elle n'était pas au bout de ses ennuis : il avait la tête frustrée et mécontente qu'il affichait presque toujours lorsqu'il voulait lui parler d'école. La suite lui prouva qu'elle avait bien deviné.

— J'étais en train de regarder le calendrier quand j'ai soudain réalisé qu'on était presque à la fin du premier trimestre…

Chiara tenta une diversion :

— Oui, c'est chouette, non ? Bientôt les vacances !

— … et je me disais que je n'avais guère vu passer de notes.

Sa fille déglutit, mal à l'aise.

— Mais si, rappelle-toi ma dissertation de français…

— Je me rappelle très bien justement. Je trouve cependant étrange que tu n'aies eu qu'une note par mois en première.

— Une note par mois ? Tu es sûr que tu n'en as pas vu plus ?

— Absolument sûr.

— Oh…

Chiara arbora un air intrigué.

— Peut-être ai-je oublié de t'en montrer certaines alors…

— Peut-être, oui.

— C'est vrai que tu rentres tard. Et le soir, je n'y pense plus. Il faudra que je regarde dans mes classeurs.

— Oui, ce serait une bonne idée.

Faisant mine de ne pas remarquer la menace voilée contenue dans ces quelques mots, Chiara tenta de biaiser encore :

— Écoute, je finis ça, dit-elle en agitant le paquet de feuilles qu'elle tenait à la main, et je regarde ensuite.

— Tout de suite.

— Attends, on n'est quand même pas à la seconde !

— Tout de suite, j'ai dit.

Alors, Chiara explosa :

— C'est dingue quand même ! Tout va bien pendant des semaines et soudain, parce que tu te souviens que la fin du trimestre arrive, je dois tout plaquer pour aller chercher des interros qui datent de je ne sais quand. Ah, on voit bien que Valérie est en déplacement ! Parce que quand elle est là, tu me fiches la paix, et mes contrôles, c'est bien le cadet de tes soucis !

Son père tiqua, conscient de la part de vérité contenue dans l'attaque de sa fille. Cependant, il ne se laissa pas désarçonner :

— N'essaie pas de me culpabiliser pour t'en sortir, répliqua-t-il froidement. Apporte-moi tes contrôles, et vite ! Parce que sinon tu n'auras bientôt plus à t'inquiéter du fait que je t'interrompe pendant tes répétitions : n'oublie pas que je dois régler d'ici à quelques jours les cours de théâtre du deuxième trimestre !

Ulcérée par cette menace qui n'avait cette fois plus rien de voilée, Chiara se rua dans sa chambre. Ah ! son père voulait des notes ? Eh bien, elle allait lui en donner ! Mais qu'il se prépare bien, parce que cela n'allait pas forcément lui plaire !

Ouvrant tiroirs et classeurs, l'adolescente se mit à en extirper des copies souvent froissées qu'elle avait enterrées aussi profond que possible pour pouvoir plus facilement les oublier. Sa rage se calma en voyant les chiffres inscrits en rouge à côté de son nom. Quant aux appréciations, elle préféra ne pas s'y attarder.

Après avoir opéré un tri sélectif, elle se décida enfin à retourner au salon quelques minutes plus tard. Tête haute pour ne pas laisser transparaître ses craintes, elle tendit quelques feuillets à son père. Celui-ci les saisit et y jeta un coup d'œil.

— Neuf en maths, dix et demi en histoire, dix en espagnol et douze en arts plastiques…

— Et il y a eu le quinze en français, rappela-t-elle.

Sans relever, M. Palermo poursuivit :

— Ce n'est pas croyable ! Ta meilleure note est en dessin, une option !

Chiara jugea inutile de corriger son père sur ce point en lui rappelant à nouveau sa note de dissertation. Il ne paraissait pas très réceptif.

— Et l'anglais ? demanda-t-il, tu ne sais pas combien c'est important l'anglais de nos jours ?

Bien sûr qu'elle savait ! Sauf qu'elle trouvait cette langue ennuyeuse au possible ! Peut-être que si elle avait eu l'irrésistible M. Wolf, les choses seraient différentes, mais les cours de Mme Marin, qui ne semblait là qu'en attente de sa retraite, n'avaient rien pour soulever l'enthousiasme des foules !

— Je dois avoir laissé des notes au lycée, finit-elle par mentir, je ne pouvais pas savoir que tu allais me demander tout ça !

Son père poussa un profond soupir.

— C'est insuffisant. Si tu ne te décides pas à travailler un peu, il faudra oublier ta semaine de ski avec tes copines.

Chiara eut un petit rire amer :

— Ma semaine ? Quelle semaine ? Je n'ai toujours pas les moyens de me la payer !

— Et moi non plus ! Cela devrait justement te faire réfléchir ! Si moi qui ai un diplôme, je ne roule pas sur l'or, imagine ce que tu vas devenir si tu ne décroches même pas le bac !

Chiara haussa les épaules : elle avait la conviction profonde que son avenir se conjuguerait sur le mode du théâtre.

C'était ainsi et elle n'y pouvait rien : aucune autre option n'existait à ses yeux.

**Samedi 11 décembre, 15 h 30**

Cette fois-ci, elle reconnut sa voix dès qu'elle décrocha.

— Chiara ?

— Alexandre !

— Eh oui, c'est encore moi ! Il paraît que je suis d'un naturel persévérant…

La jeune fille se mit à rire. Cela faisait du bien de penser à autre chose après la dispute qu'elle avait eue en début d'après-midi avec son père.

— Je pense que c'est plutôt une bonne chose quand on fait du théâtre…

— Là, je suis d'accord avec toi ! D'ailleurs, si ce n'était pas le cas, j'aurais certainement laissé tomber les cours après ce qui s'est passé mercredi dernier.

Chiara se souvint alors vaguement que William avait fait des remarques à Alexandre à plusieurs reprises. Pendant un exercice d'abord, il lui avait reproché de ne pas jouer le jeu. Puis, lors d'une scène qu'il avait interprétée avec Mélisande et dans laquelle il incarnait un vieil homme, William lui avait lancé quelques piques. Selon lui, l'adolescent cherchait plus à se servir lui-même qu'à servir le rôle. Rien de bien méchant en somme. Après tout, n'était-ce pas sa responsabilité de corriger leurs défauts ? Chiara elle-même était étonnée que le jeune homme ne soit pas plus sévère avec elle, car elle trouvait ses propres performances plates et inconsistantes. Mais sans pour autant l'épargner de toute critique, il était à son encontre plus encourageant qu'autre chose. Quant à Mélisande, comme à son habitude, elle éblouissait tout le monde de son éclat… et lui faisait de l'ombre. D'ailleurs, Chiara perdait totalement ses moyens quand elle devait passer après son amie. Elle cherchait tant à se démarquer d'elle qu'elle jouait faux, ne sachant plus retrouver son aisance naturelle. Ainsi préoccupée par ses propres défaillances, elle n'avait guère le temps de s'attarder sur des commentaires qui ne la concernaient pas. Ce qu'elle fit savoir à son interlocuteur.

— Tant mieux, fit-il ravi, car je t'appelle pour renouveler ma proposition de la dernière fois. Et aujourd'hui, il est interdit de refuser !

Chiara réfléchit un instant. Le garçon en profita pour revenir à la charge :

— Franchement, on a tout à y gagner ! Plus on répète, meilleurs on sera !

Elle songea qu'il avait raison. Peut-être après tout était-ce ce dont elle avait besoin ? Loin de Mélisande et avec un vrai partenaire pour lui donner la réplique, elle allait enfin pouvoir donner le meilleur d'elle-même. Et une fois les sensations retrouvées, elle arriverait certainement à les reproduire pendant les cours ! Sans compter qu'elle brûlait d'envie de s'aérer un peu, d'oublier quelque temps ses résultats scolaires abominables et cette quête impossible de financement. Restait cependant un petit problème : son père, plus que jamais, refuserait de la laisser sortir !

— D'accord, finit-elle par dire, mais ce week-end, c'est impossible.

— Ah ! lundi soir, alors ? vingt heures ?

— Heu… non. Lundi soir à dix-sept heures. C'est ma seule possibilité. Je finis les cours à seize heures trente et je dois absolument rentrer pour dix-neuf heures.

— Eh bien, disons dix-sept heures trente alors, car moi, je finis à dix-sept heures. On n'aura pas beaucoup de temps pour répéter, mais ce sera toujours mieux que rien. J'ai bien l'intention d'en mettre plein la vue à William !

Il lui donna son adresse et conclut :

— À lundi, alors. J'ai hâte.

## 26

## La fin justifie les moyens

Lundi 13 décembre, 12 h 11

Lorsque Maëlle déboucha dans la grande salle du restaurant scolaire, son plateau à la main, elle repéra vite Mélisande. Grâce à sa magnifique chevelure, cette dernière ne passait jamais inaperçue. La jeune fille sourit. Comme elle l'avait espéré, son amie était en compagnie de Farouk. L'ambiance, comme souvent quand le garçon était dans les parages, semblait au rendez-vous car Mélisande se cachait derrière sa serviette, cherchant visiblement à étouffer un fou rire. Fugitivement, Maëlle se dit qu'elle avait rarement vu la jeune fille aussi à l'aise avec quelqu'un. Du moins avec quelqu'un d'étranger à leur bande ! Mais elle ne s'attarda pas sur la question. D'autres priorités étaient à l'ordre du jour.

— Salut !

— Eh ! championne ! Alors, en forme ?

— Bonjour Maëlle. Chouette de te voir. Cela fait une éternité qu'on n'a pas mangé ensemble.

L'adolescente leur sourit et choisit de répondre à son amie.

— C'est ce que je me suis dit. Il est vrai qu'avec tous ces emplois du temps qui se chevauchent, c'est souvent compliqué…

Elle eut un léger soupir.

— C'est rien de le dire, renchérit Mélisande en rangeant son plateau. Je ne vais d'ailleurs pas pouvoir rester longtemps. Mon option arts plastiques commence à treize heures et je dois régler une ou deux choses avant avec le prof.

Elle prit tout de même quelques minutes pour bavarder et échanger des nouvelles sans importance, car Farouk ne perdait pas une miette de leur conversation et la commentait abondamment.

Peu après, Mélisande les quitta, s'éloignant de sa démarche élégante.

— Y a pas à dire, cette fille est sympa !

Maëlle observa son ami :

— Elle t'impressionne ?

Farouk se mit à rire.

— M'impressionner ? Eh ! tu sais à qui tu parles ?

— En tout cas, elle est ravie de son poste de déléguée.

— Oui, elle est géniale. Le conseil de classe s'est tenu hier et je peux t'assurer que ce sont les profs qu'elle a impressionnés. Je me suis même demandé une ou deux fois si on n'était pas aux Emmy Awards plutôt qu'à un conseil d'école. Je suis sûr qu'elle aurait été incroyable dans la scène de remise de trophée aux deux espèces d'*aliens* qui ont décroché les félicitations ce trimestre.

Maëlle ne put retenir un sourire. Connaissant cependant ses grandes capacités de parleur, elle décida de l'interrompre pour se jeter à l'eau.

— Dis, tu as eu des nouvelles de Maxime récemment ?

Nullement vexé de cette interruption et sans paraître surpris, Farouk répondit comme s'il s'agissait de la suite logique de leur conversation :

— Oui, figure-toi qu'il s'est mis à la natation. Semblerait même qu'il soit bon. Ce qui n'est pas très étonnant, vu la taille de ses pieds ! Le veinard, il ne doit même pas avoir besoin de palmes…

— La natation ? Maxime ?

Maëlle ouvrit de grands yeux. Elle qui avait horreur de l'eau n'imaginait pas pire supplice. En même temps, c'était logique. Il ne pouvait rien faire d'autre. À moins que… Du fond de sa mémoire lui revint un souvenir. Un jour, Maxime lui avait parlé d'une fille de sa classe qui était, soi-disant, vraiment douée en natation. « Une future championne », avait-il commenté, une note d'admiration dans la voix. À l'époque, elle n'y avait guère prêté attention.

Aujourd'hui, elle se demandait si cet engouement pour la nage ne cachait pas autre chose que le besoin d'oublier l'athlétisme dans un autre sport.

Perturbée, elle n'écouta que d'une oreille le bavardage léger de Farouk qui se poursuivait. Dès qu'elle le put, elle s'excusa, se leva et s'en alla.

Le garçon, un sourire énigmatique aux lèvres, la regarda sortir.

**Lundi 13 décembre, 17 h 30**

L'adresse se situait dans un quartier calme où les voisins étaient suffisamment éloignés pour que l'on ait rarement à s'en plaindre. À travers les arbres dénudés, Chiara aperçut une maison en pierres, ancienne mais bien entretenue, au charme indéniable. Juste avant de sonner, elle se dit qu'elle aimerait bien en habiter une qui ressemblât à celle-ci un jour.

Il fallut moins d'une minute à Alexandre pour répondre à l'interphone. Il déclencha aussitôt l'ouverture du portillon en fer forgé et la jeune fille pénétra à l'intérieur de la propriété. Le jardin était petit mais harmonieusement dessiné et devait apporter couleurs et sérénité à la belle saison. Oui, il devait faire bon vivre là.

Le garçon vint à sa rencontre en sortant par le garage. Il lui fit la bise, et bien qu'il n'y ait là rien d'original, Chiara s'en sentit gênée. Elle comprit pourquoi lorsque la porte se referma derrière eux avec un claquement sec : c'était la première fois qu'elle se retrouvait seule dans une maison avec un garçon.

Regardant autour d'elle, elle essaya de chasser les recommandations que son père lui avait faites à maintes reprises depuis des années. « Ne sois pas ridicule ! se sermonna-t-elle, on est juste là pour une répétition ! »

La pièce était grande et confortablement aménagée. Il y avait un canapé convertible, quelques sièges aux formes excentriques, une télévision et un ordinateur dans un angle. Des placards et un grand bureau occupaient tout un pan de mur et à l'autre extrémité, un escalier devait rejoindre le premier étage.

— Dis donc, elle est cool ta pièce, fit Chiara, admirative.

Alexandre fit la moue. La jeune fille n'aurait pas su dire si elle exprimait le contentement ou l'insatisfaction.

— Oui, ce n'est pas mal, finit par admettre le garçon, mais cela aurait été encore mieux si j'avais pu mettre un bar et des enceintes. Je pourrais organiser des fêtes pas trop nulles !

Chiara se garda de tout commentaire et préféra garder le silence. Après tout, elle n'était pas là pour discuter de cela.

— Bon, on s'y met ?

— OK, c'est parti.

Alexandre lui fit un sourire et se dirigea vers le canapé. De la main, il l'invita à venir s'asseoir, mais Chiara se dirigea vers un des fauteuils dont les formes rondes et étranges rappelaient vaguement la coquille d'un escargot.

— Il vaut mieux que je m'assoie là, décréta Chiara. Dans la scène, Roxane travaille à sa tapisserie et elle est assise sur une chaise.

Alexandre haussa les épaules.

— Comme tu veux.

Saisissant à son tour un siège, il le posa tout près de celui sur lequel elle s'était assise. Chiara se redressa pour que leurs genoux ne se frôlent pas et pensa que dans un couvent, Cyrano ne se serait certainement pas tant approché, mais, encore une fois, elle s'abstint de toute remarque.

— Bien, je commence.

L'adolescente fit mine de tendre une lettre à Alexandre qui déclama :

*« Roxane, adieu, je vais mourir !*

— *Tout haut ?* fit Chiara, simulant l'étonnement.

— *C'est pour ce soir, je crois, ma bien-aimée !*
*J'ai l'âme lourde encore d'amour inexprimé.*
*Et je meurs ! jamais plus, jamais mes yeux grisés,*
*Mes regards dont c'était...*

— *Comme vous la lisez, sa lettre !*

— *... dont c'était les frémissantes fêtes, ne baiseront au vol les gestes que vous faites.*
*J'en revois un petit qui vous est familier*
*Pour toucher votre front, et je voudrais crier... »*

Se penchant soudain vers sa partenaire, Alexandre, sortant de son rôle, s'exclama :

— Dis donc, tu crois vraiment que c'est possible, ça ? Tu imagines que ce pauvre Cyrano, bien qu'étant fou amoureux de Roxane, a accepté pendant des années de prêter sa plume à un autre pour que celui-ci puisse la séduire ? Et elle qui ne se rend compte de rien et qui tombe amoureuse de ce benêt juste parce qu'il lui envoie de merveilleuses lettres d'amour dont il n'est même pas l'auteur ?

Chiara leva les yeux au ciel, frustrée :

— Écoute, je n'en sais rien, moi ! On n'est pas là pour faire la critique de la pièce…

— Mais toi, tu pourrais tomber amoureuse d'un mec juste parce qu'il t'écrit de belles lettres ? Tu n'aurais pas plutôt envie d'apprendre à le connaître de manière un peu plus… concrète ?

Tout en disant cela, il lui saisit la main.

Troublée, Chiara la retira aussitôt et plaisanta :

— Bon, heu, je crois qu'on s'éloigne du sujet.

— Je ne crois pas, insista Alexandre en se levant pour se planter juste devant elle. Je crois au contraire qu'on touche là à un point essentiel si on veut bien interpréter la scène.

Profitant de la stupéfaction de sa partenaire, il plongea vers le visage de la jeune fille pour tenter de l'embrasser… sans succès ! Chiara, vive comme l'éclair, bondit du fauteuil et échappa à son étreinte. Déséquilibré, Alexandre tomba à genoux sur le siège.

Chiara se redressa et, debout à quelques centimètres de lui, le considéra d'un air mi-narquois, mi-offusqué.

— Es-tu vraiment sûr qu'on touche là à un point essentiel ?

— Allons, fit Alexandre qui s'était relevé, ne me dis pas que tu n'en avais pas envie non plus !

Ébranlée par son regard charmeur, et flattée d'être la cible de ses attentions, elle ne sut tout d'abord que répondre. Elle ne pouvait nier qu'elle ressentait pour ce garçon une certaine attirance. Il était grand, mince, très mignon. Elle le voyait tout à fait dans quelques années décrocher un rôle de jeune premier. Et puis il était amateur de théâtre… bien que son intérêt fût un peu trop facilement distrait. Mais elle ne se sentait absolument pas prête pour une relation.

Maladroitement, elle essaya de le lui dire, mais il ne parut guère convaincu.

— Tu comprends, conclut-elle, pour l'instant le théâtre, c'est toute ma passion…

— Attends, réfléchis un peu ! On serait mille fois plus crédibles lorsqu'on jouerait ensemble ! Cela pourrait être fantastique !

Peut-être qu'il avait raison après tout. Peut-être qu'avec une autre cela aurait marché. Mais Chiara était trop entière et passionnée pour s'engager dans une histoire d'amour sur de telles bases. Et puis, il y avait toujours ce sentiment de malaise dont elle ne parvenait pas à se défaire.

— Non, désolée. Je ne suis pas prête.

Alexandre parut contrarié. Ce qui somme toute était assez normal. Mais il finit par lui adresser un sourire contraint.

— OK, comme tu veux. Je te demande juste une chose…

Détournant les yeux, il acheva :

— J'aimerais autant que tu gardes cet épisode pour toi. Inutile que je t'explique pourquoi…

Inutile en effet. Nul n'aimait se prendre un râteau. Et encore moins que cela se sache. Avec un pincement au cœur, Chiara repensa fugitivement aux dégâts que les non-dits avaient provoqués dans sa vie, mais dans ce cas, c'était bien différent. Personne ne risquait d'être blessé parce qu'elle garderait le silence sur cet épisode malheureux.

— T'inquiète, assura-t-elle finalement, dans ma famille pour les secrets, on est champion.

# 27

# Une surprise peut en cacher une autre

## Mardi 14 décembre, 12 h 55

En pénétrant dans la salle informatique, Florian fut surpris d'apercevoir Adrien en train de taper sur un clavier d'ordinateur. Bien que ce dernier se soit inscrit en même temps que lui au club, il ne participait habituellement guère aux activités.

Spontanément, Florian s'avança vers lui. En dépit de ses défauts, Adrien restait son meilleur ami. C'était grâce à lui que les années de collège de Florian s'étaient déroulées dans une ambiance plutôt sereine et tranquille. Et si jamais il avait eu la tentation d'oublier cela, l'expérience malheureuse de son cousin était là pour le lui rappeler. En effet, il y avait parfois des risques à être un excellent élève, surtout lorsque, en plus, on portait des lunettes et qu'on mesurait une tête de moins que tout le monde, filles comprises ! Scolarisé dans un autre collège, son cousin avait été victime à maintes reprises de brimades et de racket. Autant de désagréments qui avaient été épargnés à Florian grâce à la présence d'Adrien à ses côtés. Dès le jour de la rentrée en sixième, le garçon, déjà grand et costaud pour son âge, était venu le défendre face à deux ou trois autres élèves qui essayaient de lui arracher son cartable. Pourquoi ? Florian ne l'avait jamais su ni même jamais demandé. Cela s'était fait ainsi et voilà tout. En lui rendant ses affaires, Adrien lui avait juste dit :

— Le cartable, ce n'est pas une bonne idée. Achète-toi un sac à dos.

Florian l'avait remercié et quand leur professeur avait fait rentrer la classe, ils s'étaient naturellement assis à côté l'un de l'autre.

Ils ne s'étaient plus quittés.

Florian n'avait pas changé de cartable. Il n'en avait pas eu besoin.

Un jour, Adrien oublia de réviser ses leçons et tout naturellement, la copie de Florian s'égara au milieu de la table. Après tout, le garçon devait bien cela à son copain.

Avec le divorce des parents d'Adrien en cinquième, cela devint bientôt une habitude. Oh ! ils étaient discrets, mais il suffisait que Florian reçoive un léger coup de pied pour savoir ce qu'il devait faire. Bien sûr, il n'en était pas fier, mais il avait vu les ravages qu'avait créés la séparation de ses parents chez son ami. Les choses s'étaient très mal passées. Cris, insultes, menaces, rien n'avait été épargné à Adrien. Comme un trophée qu'on se dispute, le garçon était passé de l'un à l'autre jusqu'à ce que sa mère, assez fortunée et certainement plus tenace, soit parvenue à en obtenir la garde exclusive. Son père, furieux, s'était expatrié à l'étranger, déménageant souvent et ne voyant presque plus son fils. Son ex-femme s'était peu à peu désintéressée d'Adrien. Il n'y avait plus d'enjeu, il fallait passer à autre chose. Se consacrant tout entière à sa carrière et à son nouvel épanouissement, elle avait alors laissé son fils grandir seul. Allant même parfois jusqu'à l'oublier totalement. Le souvenir du retour d'Angleterre, en troisième, avait marqué Florian de manière indélébile. C'est Adrien lui-même qui lui avait, avec le cynisme qui le caractérisait désormais, raconté l'incident. Sous prétexte de se moquer de leur professeur d'anglais de l'époque, il lui avait expliqué qu'une heure après que le dernier élève avait été récupéré par ses parents sur le parking du collège, ils attendaient encore sa mère. Furieux, l'enseignant tempêtait, laissant message sur message sur leur répondeur et la messagerie du portable sans que personne rappelle jamais. En désespoir de cause, il avait fini par le reconduire chez lui, pestant tout le long du chemin qu'après avoir joué au baby-sitter et à l'infirmier pendant une semaine, il fallait encore qu'il joue les taxis.

La mère d'Adrien n'était rentrée chez elle que le lendemain matin.

Après ce douloureux épisode, Florian n'avait plus envié son ami, même s'il était bien plus séduisant que lui et que toutes les filles se pâmaient devant lui.

— Salut ! fit-il lorsqu'il fut près de lui.

— Eh ! salut Flo !

Ils se tapèrent dans la main. Jetant un coup d'œil à l'écran, Florian vit qu'il était en train de rentrer une base de données. C'était un travail fastidieux, bien que nécessaire, que personne n'aimait faire. L'adolescent s'étonna qu'Adrien s'y soit mis, mais il décida de garder pour lui ses réflexions. Il préférait orienter la conversation sur un autre sujet.

— Alors, où en es-tu avec Lily ? chuchota-t-il.

Un petit sourire accroché au coin des lèvres, son ami lui répondit sur le même ton :

— Ça avance, ça avance.

Florian tiqua. Il n'aimait pas le voir si sûr de lui. Un peu par bravade, il déclara :

— En tout cas, tes manœuvres de séduction vont devoir être mises en suspens : on sera en vacances à la fin de la semaine…

— Ce qui n'empêche rien du tout. Je compte bien la voir après Noël. Et pourquoi pas même l'inviter à passer le réveillon avec moi ?

Florian émit un rire bref :

— Désolé de te contredire sur ce point-là, mais il va falloir revoir tes plans.

En réponse à la question muette d'Adrien, il poursuivit avec une satisfaction visible.

— Je sais par Maëlle que les quatre filles partent ensemble cette semaine-là à l'Alpe-d'Huez.

En entendant ça, son ami se redressa, visiblement intéressé.

— À l'Alpe-d'Huez, tu es sûr ?

— Totalement sûr !

Adrien se laissa aller en arrière sur sa chaise et se mit à se balancer. Au bout d'un court instant, il sourit largement à Florian. Sans tenir compte du soupçon de méfiance qu'il lut dans les yeux de ce dernier, il lui demanda alors :

— Dis-moi, tu aimes le ski ?

À cette minute précise, Florian comprit qu'il eût été plus avisé de se taire.

## Jeudi 16 décembre, 18 h 50

Après être descendue du bus qui l'avait déposée près de son immeuble, Chiara se mit à marcher lentement dans la nuit. Elle n'avait aucune raison de se presser : personne ne se trouverait dans l'appartement à l'attendre et demain, ce serait les vacances. Il n'y aurait plus de cours. Ni de théâtre, ni de français, de mathématiques ou d'anglais. Pendant deux longues semaines, la vie s'écoulerait de nouveau au ralenti. Cette année pourtant, il y avait un changement notable : son père prenait plusieurs jours de vacances à Noël, car Valérie arrivait lundi prochain pour passer la semaine avec eux. Son fils les rejoindrait le vendredi suivant et ils partiraient tous ensemble chez ses grands-parents. Ces derniers, avec leur générosité habituelle, avaient invité tout le monde pour les fêtes. Ensuite, ils rentreraient mais Chiara, elle, resterait encore une semaine au « Mas Tranquillou ». Car bien sûr, nulle fée ne s'était manifestée pour faire apparaître d'un coup de baguette magique la somme nécessaire au financement d'une semaine au ski.

La jeune fille annoncerait demain à ses amies qu'elle ne partirait pas avec elles. Elle trouverait bien une raison pour les convaincre d'y aller sans elle. Elle pourrait toujours invoquer la santé de sa grand-mère qui ces derniers temps était fatiguée. Ou expliquer qu'elle devait passer du temps avec Valérie pour apprendre à mieux la connaître. Quoique cette excuse ait peu de chance d'être crédible. Ses amies la connaissaient trop bien !

De toute façon, il faudrait bien qu'elles s'y fassent : elle n'irait pas à l'Alpe-d'Huez. Lily avait bien émis l'idée que Chiara vienne mais se passe de skier ; à tour de rôle chacune d'elles resterait pour lui tenir compagnie. Mais il n'en était pas question. Cela aurait été pire que tout. Ne comprenaient-elles pas qu'à trop vouloir la soutenir elles finissaient par la faire souffrir ? Avant que Mélisande ne leur propose cette semaine de rêve, Chiara n'avait jamais songé une seconde au ski. Ces choses-là étaient pour les autres, pas pour elle, et cela ne la dérangeait pas outre mesure. C'était comme le caviar. Tant qu'on n'en avait pas sous le nez, on n'était pas tenté d'en goûter. Et même si on entendait parfois des gourmets en parler, on savait pertinemment que ce n'était de toute façon pas pour ses papilles !

Chiara soupira en poussant la porte de l'immeuble. Après tout, ce n'était pas si terrible, essaya-t-elle de se convaincre. Passer une semaine à se faire dorloter par ses grands-parents en dégustant des spécialités provençales, il y avait pire comme torture !

Comme chaque soir, elle releva le courrier dans la boîte aux lettres et y jeta un regard distrait. C'était plus par habitude que par curiosité. Elle ne recevait jamais rien. Sauf son bulletin trimestriel. Et encore ce dernier, bien que la concernant directement, était adressé à son père. Elle fit la moue en songeant qu'il n'allait d'ailleurs pas tarder à arriver… Mais ce soir, rien ne venait de Balzac.

Rien de Balzac, mais une enveloppe à son nom tout de même !

Étonnée, elle reconnut l'écriture de sa grand-mère. Surprenant ! Grande bavarde, Marnée n'écrivait jamais, préférant de loin le téléphone à la plume.

En attendant l'ascenseur, la jeune fille décacheta l'enveloppe et en sortit un feuillet bleu ciel. À cet instant, les portes automatiques s'ouvrirent et, après avoir pénétré à l'intérieur de la cabine, elle appuya machinalement sur le bouton du troisième étage tout en commençant à lire.

« Ma petite Chiara chérie,

Tu sais que j'ai horreur d'écrire, alors je ne serai pas longue, surtout que nous nous voyons très bientôt. Ces quelques lignes pour te dire que notre comptable nous a appelés hier. Généralement je n'aime pas trop ses coups de fil, car ils sont plutôt oiseaux de mauvais augure. Lui-même est toujours à nous tenir des discours auxquels je ne comprends rien mais qui finissent régulièrement par des trous à combler dans notre compte en banque. Eh bien, figure-toi que cette fois-ci, c'était tout le contraire ! Avec le coup de gel tardif qui a privé de récolte toute la Drôme, nos abricots à nous se sont vendus au prix fort et nous avons gagné beaucoup d'argent ! Alors, avec le Papé, nous avons tout de suite pensé à toi. Tu as travaillé dur pour nous aider l'été dernier, et nous sommes très heureux de pouvoir pour une fois te donner un petit quelque chose. Je voulais te faire un beau cadeau, mais ton grand-père pense qu'à ton âge, c'est d'argent dont tu as besoin et que tu sauras mieux que nous ce qu'il te faut. Tu sais comme il est lorsqu'il a une idée en tête, alors on a fait comme il voulait ! De toute façon, on te fait confiance.

À très vite, ma petite chérie, tu nous raconteras ce que tu projettes d'en faire !

Nous te faisons tous les deux de grosses bises et nous réjouissons de te revoir bientôt !

Mamée

En dessous, on pouvait lire d'une écriture plus serrée : « et Papé ».

Les portes de l'ascenseur s'ouvrirent sans que Chiara réagisse. Maintenant qu'elle avait lu la lettre, elle sentait bien qu'il y avait un autre papier dans l'enveloppe. Mais elle n'osait pas regarder.

Que pouvait vouloir dire « un petit quelque chose » ? Réfléchissant à toute allure, elle essayait d'estimer : cinquante euros ? Cent ? Qui sait, peut-être même deux cents ?

Les portes se refermèrent. Une secousse la ramena sur terre et, comme l'ascenseur redescendait, elle n'y tint plus et jeta un coup d'œil au chèque.

Sous l'éclairage tamisé de la cabine, elle vit bien des zéros, mais elle dut lire la somme en lettres pour vraiment y croire. Ce n'était ni cent, ni deux cents, ni même cinq cents euros que ses grands-parents lui avaient donnés. C'était mille euros !

Mille euros ! Quelle somme fabuleuse ! Mille euros, elle était une Cendrillon des temps modernes ! Mille euros, elle était RICHE !

Chiara se mit à hurler de joie, terrorisant littéralement la vieille dame du deuxième étage qui attendait au rez-de-chaussée. Mais quand les portes s'ouvrirent à nouveau, la jeune fille rassura bien vite sa voisine en lui sautant au cou. Elle lui fit ensuite une bise sur chaque joue avant de déclarer :

— Vous savez quoi, Mme Martin ? J'adore les coups de gel tardifs !

# 28

# Mystère et boule de gomme

**Vendredi 17 décembre, 15 h 18**

C'est à 15 h 18 exactement que Lily sentit la panique l'envahir. Jusqu'ici, au prix de gros efforts, elle avait réussi à en contenir ses assauts répétés. Mais quand son sac à dos fut complètement vidé et ses poches consciencieusement fouillées, elle se trouva confrontée à l'implacable réalité : son journal avait bel et bien disparu !

Alors les digues se rompirent brutalement.

Affolée, elle tourna la tête dans tous les sens. Elle se trouvait dans un coin retiré du CDI, assise à une petite table abritée des regards. C'était exactement ce qu'elle avait voulu en arrivant ici. Du calme et de la discrétion, voilà ce qu'elle recherchait. Voilà ce qu'il lui fallait pour pouvoir tranquillement griffonner quelques lignes libératrices dans les pages de son fidèle compagnon. Elle en avait terriblement besoin après ce qui s'était passé pendant le TP de chimie. Son équilibre émotionnel en dépendait. Pour pouvoir mettre un peu d'ordre dans ses sentiments, elle avait même refusé plutôt sèchement qu'Adrien s'assoie à sa table. Ce qui lui avait quand même coûté, elle devait bien l'admettre.

Alors qu'un maelström de pensées les plus folles tournoyait dans sa tête, l'une d'elles, porteuse d'une infime dose d'espoir, la frappa soudain. Tel un naufragé du *Titanic* s'agrippant à une planche vagabonde, elle s'y accrocha de toutes ses forces.

Bondissant de sa chaise, elle se rua vers la sortie.

— Mademoiselle, on ne court pas dans un CDI !

Voyant que l'adolescente s'apprêtait de plus à sortir, la responsable s'indigna :

— Et où allez-vous ainsi ? Vous n'avez pas le droit de partir comme ça !

— Désolée, lâcha Lily au moment où elle refermait la porte derrière elle, j'ai oublié un truc super important. Je reviens !

Et avant que la documentaliste puisse lui dire quoi que ce soit, elle se précipita dans le couloir.

Elle s'engouffra comme une furie dans la salle de TP de chimie, faisant sursauter le professeur qui y faisait du rangement.

— Lily ? Mais qu'est-ce que c'est que ces manières ? Et puis que viens-tu faire ici ?

— Désolée, monsieur, dit-elle encore tout essoufflée, j'ai dû faire tomber un livre de mon sac en rangeant ma blouse, il me le faut absolument, c'est mon… j… heu… mon livre de maths et j'ai un DS à la rentrée…

Elle rougit en proférant son mensonge. Heureusement, comme ses joues étaient déjà écarlates à cause de son sprint, l'enseignant n'y prit pas garde.

— Bon, c'est bien parce que c'est toi. Dépêche-toi quand même de jeter un coup d'œil. Tu sais très bien qu'il est interdit de se promener dans les couloirs pendant les heures de cours…

— Oui, m'sieur, dit-elle d'une voix distraite, l'œil déjà à la recherche du carnet perdu.

Il ne lui fallut guère de temps pour s'apercevoir que ses espoirs avaient autant de consistance qu'un mirage au milieu du désert. Hormis un mouchoir en papier qui traînait, il n'y avait rien, ni sous les paillasses ni sous les chaises.

Les larmes aux yeux, Lily reprit le chemin du CDI.

Il faisait froid dans les couloirs mal isolés, mais la jeune fille, bien que sans manteau, ne le remarqua pas. Pendant un instant, elle essaya de se convaincre qu'elle avait peut-être laissé son journal à la maison ce matin-là, mais elle se souvint aussitôt qu'elle l'avait justement utilisé pour enfoncer un peu plus profondément sa blouse de chimiste qui, malgré ses efforts, se coinçait systématiquement dans la fermeture éclair de son sac plein à craquer.

Oui, c'était maintenant certain, quelqu'un devait être en ce moment même en train de se délecter de toutes les confidences qu'elle avait, sans pudeur aucune, livrées au fil des pages.

Évidemment, elle ne révélait pas le prénom de Florian, mais pour n'importe quel élève la connaissant un peu, les déductions seraient d'une simplicité enfantine. Quant à celui d'Adrien, elle l'avait écrit… en toutes lettres ! Ah ! comme il devait rire celui (ou celle) qui était en train de découvrir les plus intimes de ses secrets ! À cette pensée, son cœur tomba comme une pierre au fond de son estomac et ses yeux s'embuèrent à nouveau.

Qui, mais qui pouvait bien avoir trouvé son carnet ? Elle n'imaginait rien de pire que de voir un élève, le regard narquois et lourd de sous-entendus, se diriger vers elle pour le lui rendre. Elle traversait le hall du lycée quand soudain ses yeux vinrent se poser sur une affiche placardée un peu partout.

Son cœur descendit encore d'un étage. Il y avait encore bien pire qu'un élève se moquant d'elle !

Comme une publication de ses confidences en feuilleton dans le *Balzac News*, le journal du lycée. Sur les affiches, sa sortie était annoncée pour la semaine de la rentrée et on demandait expressément aux élèves d'apporter leurs derniers scoops avant la clôture.

Si son voleur avait ne serait-ce qu'un peu l'âme moqueuse (ce qui, elle en était pleinement consciente, présentait un risque de 99,99 % lorsqu'on avait à faire à une population lycéenne), nul doute qu'il se précipiterait dès l'ouverture des bureaux avec son journal à la main.

Les gros titres défilaient déjà dans la tête de Lily, au bord de la nausée : « Après la Belle et la Bête, le Beau et le Boudin ! », « Les grandes illusions de Lily Berry », « Quand le ridicule atteint des sommets ! »

Des années de moqueries de Wendy et de ses semblables, que le temps n'avait jamais complètement effacées, resurgissaient du passé tels des fantômes revenant la hanter, et dans ses oreilles résonnait à nouveau le rire moqueur de cette odieuse peste. Elle l'entendait presque s'écrier de sa voix aigrelette : « Toi ? Toi et le plus beau garçon du lycée ? C'est trop drôle ! »

Oui, tout le monde comprendrait vite, comme elle-même pendant cet inoubliable TP de chimie, qu'elle était désormais amoureuse d'Adrien.

Elle lutta contre les larmes qui lui piquaient les yeux. Ce n'était pas le moment de se laisser aller. Un peu de dignité. Voilà tout ce qui lui resterait face au déferlement de moqueries et de quolibets qui ne manqueraient pas de s'abattre sur elle.

Dire qu'une heure plus tôt à peine elle croyait vivre le plus beau jour de sa vie !

Une fois de plus, Adrien s'était imposé à elle lors de la formation des binômes. Mais cela ne l'avait ni chagrinée ni exaspérée.

Bien au contraire.

Son cœur avait fait un bond ; cependant, elle n'avait rien laissé voir de son trouble, évidemment. Depuis quelques jours, elle ne pouvait plus se mentir à elle-même. Il était si charmant ! Bon, parfois aussi un peu cynique et moqueur. Mais qui à seize ans ne l'était pas ? Et puis quand il lui arrivait de « déraper », il était toujours prompt à s'excuser ou à expliquer que ses plaisanteries n'étaient pas si méchantes.

Mais cet après-midi, il n'avait rien eu à se faire pardonner du tout. Il avait été absolument parfait. Avec un sourire un peu ambigu il lui avait même dit… quoi déjà ? Elle ne savait plus tant elle en avait été bouleversée. Oui, elle était folle. Oui, elle savait bien qu'elle interprétait les paroles d'Adrien sans aucune objectivité. C'est pour cette raison d'ailleurs qu'elle avait tenu à se retrouver seule au CDI pendant cette heure de permanence. Seule avec son journal. Pour faire le point. Essayer de se calmer et de redescendre sur terre.

Et voilà maintenant que…

Comme une somnambule, elle poussa la porte du CDI et rejoignit sa place. La responsable n'était pas à son bureau. Tant mieux. Autant de questions stupides auxquelles elle n'aurait pas à répondre.

Bien à l'abri derrière les étagères de livres, elle se dit que si ses prévisions les plus sombres se réalisaient, elle mourrait de honte et qu'elle serait incapable de pouvoir remettre le plus petit orteil à Balzac.

Un flot de larmes menaçant de se déverser, elle chercha à l'aveuglette un paquet de mouchoirs dans son sac.

Soudain, elle se figea.

À travers le coton de sa blouse, sa main venait de sentir un objet dur et plat. Avec fièvre, elle le palpa. La dimension semblait correspondre.

Sauf que c'était tout à fait impossible.

Malgré tout, elle replongea la main plus profondément dans le sac… et en sortit un magnifique carnet grand format, à la couverture vieillie et à la fermeture magnétique.

Son journal.

Refusant de chercher à comprendre, elle le serra contre elle et poussa un profond soupir de soulagement.

La vie pouvait recommencer.

# 29

# Besoin d'aide

**Lundi 20 décembre, 16 h 35**

Le coude gauche posé sur la tablette en bois d'ébène, le menton en appui sur sa paume, Pauline pianotait impatiemment de sa main droite sur la coiffeuse stylisée qui se trouvait dans la chambre de ses parents. Assise sur le tabouret matelassé assorti, elle se demandait comment elle allait pouvoir trouver une solution à son problème. Le regard plongé dans le miroir depuis de longues minutes, elle ne s'admirait pourtant en aucune façon. Son attention tout entière se concentrait en fait sur le reflet d'une lithographie de Norman Rockwell accrochée au mur se trouvant derrière elle : *University club*. Elle représentait, adossé à un immense mur de pierres grises de la célèbre

Cinquième Avenue de New York, un marin flirtant avec une jeune fille. Derrière eux, d'une fenêtre qui donnait sur la rue, quelques vieux messieurs élégants les espionnaient. Son père ressemblerait sûrement un jour à l'un d'eux, lui qui fréquentait déjà assidûment le Rotary club. Quand ses filles seraient parties et qu'il serait à la retraite, il n'aurait plus que cela à faire dans la vie : épier les amoureux !

Pauline fit une grimace. Elle finirait par connaître cette peinture par cœur à force de l'observer. C'est d'ailleurs sans surprise qu'elle l'avait considérée à son entrée dans la pièce. Sa mère avait toujours eu un faible poùr les États-Unis en général et pour New York en particulier. Ce qui l'avait étonnée cependant, c'était de découvrir que derrière le cadre se dissimulait un secret.

Un secret, hélas, qu'elle n'était toujours pas arrivée à percer. Et plus le temps passait, plus elle se demandait comment s'y prendre. Elle avait pourtant fouillé la chambre dans ses moindres recoins dans l'espoir d'y découvrir un indice. Et si l'appréhension qui l'avait saisie au début de ses incursions avait désormais totalement disparu, elle n'en avait pas pour autant avancé dans son enquête.

Elle soupira. Si Mélisande… mais non, pas la peine de rêver ! Cette dernière était bien trop préoccupée à préparer ses vacances de *rêêêêêêve* avec ses copines pour lui être d'un quelconque secours. Et puis elle l'avait juré : jamais plus elle ne confierait à sa sœur quoi que ce soit. D'une manière ou d'une autre, elle se débrouillerait toute seule.

Lundi 20 décembre, 19 h 15

— Est-ce qu'il y a eu du courrier aujourd'hui ?

Chiara sentit son cœur s'emballer. Elle avait redouté cette question depuis qu'elle avait ouvert la boîte aux lettres à onze heures. Et, alors même qu'elle faisait la fête avec ses amies au café des Anges l'après-midi, cette longue enveloppe blanche que le facteur avait déposée le matin était restée dans un coin de sa tête… lui gâchant en partie le plaisir.

— Heu, il y a ça.

D'un geste, elle désigna le paquet de journaux et de publicités qui attendaient sur le buffet de la cuisine. Son père s'en saisit, le feuilleta rapidement et tomba vite sur la lettre fatidique.

— Tiens, lycée Balzac. Ça sent le bulletin !

Du doigt, il décacheta l'enveloppe.

La minute qui suivit parut durer des heures à Chiara. Le silence surtout lui semblait assourdissant.

Quand son père releva enfin les yeux, il avait la mâchoire crispée.

— C'est une blague, j'imagine ? Une plaisanterie de mauvais goût ? Tu vas me donner le vrai maintenant ?

Chiara ne répondit pas.

D'une voix tremblante où perçaient la colère et la déception, il commenta :

— Je passe sur le six de moyenne en anglais et le neuf en français, bien que tu aies toi-même choisi, je te le rappelle, une filière littéraire. Je me contenterai de te lire l'appréciation globale qui reflète d'ailleurs assez fidèlement le reste :

« Chiara semble confondre le lycée Balzac avec un club de vacances. Son attention en cours est inexistante et la quantité de travail fournie est très insuffisante. À moins d'envisager des changements de comportement drastiques, un redoublement est à prévoir. »

Il replia le bulletin et articula d'un ton froid.

— Bon, je ne peux pas te forcer à écouter en cours. En revanche, des changements drastiques, il va y en avoir. Tu ne travailles pas pendant les horaires scolaires ? Eh bien tu travailleras pendant les vacances. Plus de sorties. Je t'ai acheté les annales de français : tu feras un sujet par jour. Et je te déconseille fortement de bâcler tes devoirs, je vérifierai. Idem pour l'anglais. Tu vas reprendre ton livre et tu travailleras un chapitre par jour. Là aussi je vérifierai. Écrit, oral, tu devras tout savoir sur le bout des doigts.

Chiara ne se rebella pas. Elle s'était attendue à ce type de réaction et était même soulagée que la bulle ait enfin éclaté… et que son père n'ait pas parlé de supprimer les cours de théâtre. Tête baissée, elle marmonna :

— OK, je vais travailler, c'est promis. Même au ski j'emmènerai les annales et mon…

— Au quoi ?

Surprise, l'adolescente releva la tête. Les yeux de son père lançaient des éclairs.

— Tu n'imagines quand même pas qu'avec des notes pareilles, je vais te laisser aller *au ski* ?

Sous le choc, sa fille s'indigna :

— Tu ne peux pas me faire ça ! Tu avais dit que je pourrais y…

— Et toi ? Ne m'avais-tu pas dit que tu te mettrais au travail ? Et vois ce que tu me montres : un bulletin catastrophique !

— Tu n'as pas le droit, se mit à hurler Chiara, tu n'as pas…

Elle s'interrompit aussitôt en voyant soudain apparaître Valérie sur le seuil de la cuisine. Tout à leur dispute, ni son père ni elle ne l'avaient entendue arriver.

Qu'elle assiste à cette scène parut à la jeune fille le comble de l'humiliation. Sous quelle mauvaise étoile était-elle donc née pour mériter que tout tourne aussi mal dans sa vie ?

Ravalant les sanglots qui lui montaient dans la gorge, elle se précipita vers la porte pour courir se réfugier dans sa chambre.

Valérie, qui s'était effacée par réflexe, la regarda s'enfuir.

Chiara pleurait à chaudes larmes sur son lit depuis de longues minutes quand, soudain, on frappa à sa porte.

Refusant de parler à son père dont elle ne connaissait que trop l'inflexibilité dès que ses études étaient en question, la jeune fille ne répondit pas. Elle n'avait nulle envie de l'entendre lui faire la morale ! Et de toute façon il ne comprenait rien à rien !

— Chiara, c'est moi.

La voix, douce et calme, n'était pas celle de son père.

Étonnée, la jeune fille cessa de pleurer.

— Chiara, tu peux m'ouvrir s'il te plaît ? J'ai une bonne nouvelle.

Cette fois, Chiara se redressa. Malgré sa réticence à l'idée de laisser Valérie la voir dans cet état lamentable, la curiosité fut la plus forte et elle ouvrit sa porte à l'amie de son père avant de se jeter à nouveau sur son lit.

— Merci, dit la jeune femme avec un sourire timide.

Valérie s'assit près de Chiara, sembla rassembler ses pensées quelques secondes et sans hésiter plus longtemps, lui annonça :

— Ton père t'autorise à partir avec tes amies à condition que tu t'engages effectivement à travailler une heure de français et d'anglais chaque jour.

Chiara la dévisagea.

— C'est vraiment vrai ?

Valérie lui sourit :

— Vraiment vrai en vérité !

— C'est toi qui l'as fait changer d'avis ?

— Nous avons discuté. Il a changé d'avis tout seul.

— Ce n'est pas vrai.

— Presque tout seul alors.

Chiara eut une ébauche de sourire.

— Oui… *presque*. Ça, j'y crois plus.

Valérie lui tendit un paquet de mouchoirs en papier. Chiara la remercia avant de se moucher.

— Il faudra quand même faire des efforts pour redresser la barre au deuxième trimestre. Je ne crois pas que les cours de théâtre résisteraient à un nouveau tsunami.

— Oui, je vais faire des efforts.

Valérie lui serra affectueusement l'épaule et se leva. Elle s'apprêtait à sortir quand Chiara la rappela :

— Valérie ?

— Oui ?

— Merci… et… cela ne m'étonne plus que tu travailles dans l'aide humanitaire.

L'infirmière eut un petit rire et, sur un clin d'œil, referma la porte derrière elle.

# VACANCES DE NOËL

# 30

# En voiture !

**Dimanche 26 décembre, 9 h 00**

Le coffre de la Citroën Xsara de la famille Berry était plein à craquer. Et dans celui du toit, Mélisande et Maëlle y avaient stocké leur matériel de ski. En voyant la place que prenaient chaussures, bâtons et skis, Chiara murmura à l'oreille de Lily :

— Encore une chance que nous n'ayons rien ! Je me demande bien comment on aurait tout fait rentrer !

Son amie hocha la tête et renchérit avec un clin d'œil :

— Et heureusement que l'on a limité les bagages à une valise et un petit sac par personne !

Chiara se mit à pouffer. À quelques pas d'elles, Mélisande, un vanity-case à la main et un sac de voyage dans l'autre, argumentait avec acharnement devant une Maëlle impassible qui la fixait les bras croisés. On avait d'office nommé cette dernière « organisatrice et intendante du voyage » et de toute évidence, elle prenait son rôle très à cœur.

— Attends, ils sont tout petits, je les garderai sur mes genoux. Promis je ne dérangerai personne. Tout ce que j'ai là est absolument indispensable ! Tu ne te rends pas compte…

— Non ! fit Maëlle pour la troisième fois. Le règlement, c'est le règlement ! Je ne vois pas pourquoi on ferait une exception pour toi. Tu choisis : le vanity, ou le sac.

Mélisande la regarda d'un air mi-outragé, mi-choqué. Ouvrant de grands yeux, elle insista encore :

— Mais tu n'imagines pas les efforts, que dis-je, les *sacrifices* que j'ai faits !

— Eh bien, fais-en encore un peu ! répliqua Maëlle sans s'émouvoir.

Chiara, qui se sentait d'humeur très gaie depuis ce matin, éclata de rire en voyant le visage de Mélisande se décomposer.

— Allez, Maëlle, j'ai une idée ! Moi, je n'ai que ma valise… Laisse-moi lui céder mon espace bagage !

Mélisande regarda la jeune fille brune comme si celle-ci venait de séparer en deux les eaux de la mer Rouge pour elle.

— C'est vrai ? Tu ferais ça ?

Pendant que Maëlle réfléchissait à la possibilité d'une telle transaction, Chiara assura d'un air taquin :

— Avec grand plaisir, ma chère ! Ce n'est pas tous les jours que je peux te donner quelque chose que tu es incapable de t'offrir toi-même !

Sans attendre le verdict final qui tardait à tomber, son amie lui passa les bras autour du cou en s'exclamant :

— Oh, merci, merci, tu es un amour !

— Eh, doucement quand même, s'écria Chiara que Mélisande, dans son élan, avait manqué d'assommer, ils pèsent une tonne chacun, tes « petits » sacs ! Que contiennent-ils donc de si important ?

— Oh ! rien que le strict nécessaire : un peu de maquillage, crème hydratante, crème à bronzer, indice 50 pour le premier jour, 45 pour le deuxième, 30 pour le…

Ses amies levèrent les yeux au ciel.

— C'est bon, permission accordée ! l'interrompit soudain Maëlle pour mettre fin à ce flot de paroles.

— Merci chef, vous êtes trop bon, se moqua Mélisande qui avait retrouvé toute son assurance. D'un geste habile, elle parvint à caser ses sacs derrière le siège conducteur.

À ce moment, les parents de Lily, accompagnés de Hugo et Thomas, sortirent du pavillon avec Julie. Vêtue d'une doudoune rose et d'un pantalon noir, ses cheveux bruns frisés retenus en arrière par un bandeau de couleur, elle semblait fin prête à partir à l'assaut des routes de montagne.

— Eh bien, vous avez tout maintenant, fit M. Berry qui lui avait remis les papiers du véhicule. Il ne vous reste plus qu'à conduire toutes ces demoiselles à bon port…

— Merci encore de nous prêter votre voiture, lança Julie en prenant place derrière le volant, cela sera plus pratique que prendre le bus.

— Avec plaisir. De toute manière, en semaine, j'utilise surtout ma camionnette. Et puis si on sort, on prendra la voiture de ma femme.

Pendant que les filles s'installaient dans la Xsara, Thomas s'approcha de la portière dont Julie venait de baisser la vitre.

— Tu es sûre que tu t'en sortiras ? demanda-t-il avec une pointe de condescendance dans la voix. C'est un gros véhicule tout de même, si tu as l'habitude de conduire une mini, ça va te changer !

Assise à l'arrière, Lily soupira bruyamment. Voilà que son frère retombait dans ses travers et retrouvait ses accents paternalistes ! Ce qu'il pouvait être casse-pieds quand il faisait cela !

Mais Julie ne parut pas particulièrement affectée par cette remarque un brin machiste. Avec un sourire étincelant, elle répondit :

— J'ai appris à conduire sur un MH 600 à l'âge de seize ans. Je devrais m'en sortir…

Thomas ouvrit des yeux ronds en s'exclamant :

— Un quoi ?

— Un MH 600. Un vieux Marmon.

Voyant que cette précision ne suffisait pas, elle ajouta avec obligeance :

— C'est un camion utilisé dans l'armée pendant les années 1960. 3,6 tonnes à vide, un peu plus de 5 mètres de long et 2 mètres de hauteur. Quand on sait conduire un engin pareil, on sait tout conduire…

Abasourdi, Thomas la fixait sans rien dire. Maëlle, assise à côté de sa cousine, se sentit obligée de préciser :

— C'était à Kourou, quand son père était chef de garnison.

Il y eut un petit flottement, mais Thomas finit par répéter :

— Kourou ? Ah oui, bien sûr… les fusées…

Julie confirma d'un sourire avant d'appuyer sur le bouton déclenchant la fermeture de la vitre. Elle tourna la clef de contact et pendant que les autres agitaient la main en signe d'au revoir, elle s'engagea sur la route.

Elles étaient à peine sorties que Julie, imitant la grosse voix de Thomas, répéta :

— Kourou ? Ah oui, bien sûr… les fusées…

Ce qui suffit à déclencher une tempête de rires. Lorsqu'elle se calma enfin, le silence se fit une minute dans la voiture.

Chiara se pinça discrètement pour être sûre qu'elle ne rêvait pas.

Lily se dit malicieusement que son frère avait trouvé à qui parler.

Maëlle se réjouit de partir loin de Lyon, des garçons… et surtout de Maxime.

Quant à Mélisande, elle songea fugitivement à Pauline avant de se concentrer sur la semaine qui s'annonçait.

Jusqu'à ce que, enfin, à leur insu, leurs pensées se rejoignent en une seule : ces vacances qui promettaient d'être inoubliables…

**Dimanche 26 décembre, 13 h 20**

Le chalet de Geneviève Deschamps fut facile à trouver. À quelques centaines de mètres du bas des pistes, accroché au coteau, il dominait la station tant par sa position que par sa splendeur. Un soubassement en pierres, un balcon à balustre en bois travaillé qui courait sur toute sa périphérie, de coquettes fenêtres à croisillons et une vue exceptionnelle sur le massif des Alpes, rien ne manquait à l'appel. Bien que préparées à ce spectacle, les filles, époustouflées, le contemplèrent un instant en silence après être descendues de voiture.

— Bon, on ne va pas prendre racine quand même, intervint Mélisande beaucoup moins impressionnée que ses amies.

Faisant tinter les clefs du chalet, elle ajouta :

— En route pour la visite guidée !

Repoussant à plus tard le déchargement de la voiture, les filles se précipitèrent à la suite de Mélisande qui avait déjà ouvert la porte du bas. Après avoir gravi une volée de marches, elles débouchèrent sur une pièce immense au milieu de laquelle trônait une longue table en pin. De part et d'autre, une dizaine de chaises au dossier percé d'un cœur attendaient les convives. Plus loin, dans la seconde moitié de la pièce, une immense cheminée entourée d'élégants fauteuils en cuir et d'un rocking-chair ancien semblait prête à accueillir les skieurs et autres randonneurs après une journée au grand air.

Des photos suspendues aux murs de lambris aux tapis disposés ici et là sur le parquet patiné, tout était parfait. Avec enthousiasme, les filles s'égaillèrent dans le chalet. Et chaque fois que l'une d'entre elles poussait une porte, des cris d'émerveillement et de joie résonnaient sous les poutres.

Il y avait cinq chambres, dont trois avec une salle de bains. Julie et Maëlle décidèrent de partager l'une de celles-ci, harmonieusement décorée et dans les tons vert sapin, car elle était équipée de lits superposés. Elles avaient bien l'intention de profiter de cette semaine pour se raconter toutes les choses qu'elles n'avaient pu se dire au cours des six derniers mois.

Pour ne pas faire de jalouses, Lily, sollicitée par Mélisande et Chiara, décida de prendre une chambre seule.

— Comprenez, dit-elle en guise d'explication à ses amies qui râlaient, j'ai toujours rêvé d'avoir une chambre exactement comme celle-ci : admirez ce couvre-lit en patchwork, c'est une merveille... et la taille du lit ! Jamais je n'en aurai un aussi grand. Quant à la vue sur la montagne, cela me donne envie de pleurer tellement c'est beau.

— OK, j'ai compris, répliqua Mélisande avec hauteur, *madame* préfère pleurer toute seule dans son grand lit en regardant les montagnes plutôt que de bavarder avec les copines...

— C'est que *madame* est une grande romantique, renchérit Chiara sur le même ton.

— Moi, je dirais plutôt que *madame* nous snobe..., fit Mélisande en penchant la tête sur le côté.

— Tu as peut-être bien raison.

— Mais nous, on s'en fiche, hein ?

— Oh oui ! Parce que nous, on va prendre une chambre ensemble...

— ... et on s'amusera tellement que *madame* en verdira de jalousie...

— ... mais ce sera trop tard, on ne la laissera pas entrer !

— Même si elle nous supplie !

Et dans un bel ensemble, les deux filles lui tirèrent la langue. Comme elles s'en allaient bras dessus, bras dessous, Lily, hilare, leur cria :

— Moi aussi, je vous aime !

Puis, toujours riant, elle se laissa tomber avec bonheur sur ce lit moelleux qui semblait n'attendre qu'elle.

# 31

# Sports divers

Lundi 27 décembre, 11 h 10

— Oh la la ! J'en ai marre ! gémit Chiara d'une voix maussade.

Le nez dans la neige, un ski à droite et l'autre resté un peu plus en travers de la piste, la jeune fille goûtait les joies d'une première journée de ski.

— Allons, ma grande, pas de défaitisme, la reprit Mélisande d'une voix guillerette, crois-moi, ça va venir ! Tout le monde en passe par là !

Les bâtons plantés dans la neige, debout près de son amie, elle réfléchit une seconde avant de se corriger :

— À la réflexion, peut-être pas tout le monde. Je me souviens que dès ma première descente, je me suis sentie très à l'aise.

Avec un sourire d'excuse, elle précisa :

— Il faut dire que j'avais quatre ans.

Avec un grognement mécontent, Chiara tenta de se redresser.

— C'est vrai aussi que tu n'es guère aidée par ta taille. Plus on est petit, plus le centre de gravité est bas.

Bien que peu convaincue, Lily, qui se tenait à proximité, intervint avec un enthousiasme un peu forcé :

— Chouette ! Pour une fois que je suis avantagée !

Mélisande se mit à rire, puis, constatant que Chiara ne s'en sortirait jamais seule, elle la saisit par le bras pour l'aider à se remettre debout. Reconnaissante, celle-ci songea que Mélisande était vraiment irréprochable en ce début de vacances. D'office, elle s'était improvisée monitrice de ski et avec une patience d'ange, accompagnait les deux novices ou presque. Car Lily, bien qu'ayant déjà skié quand elle était plus jeune, était loin d'être à l'aise ! N'économisant ni les conseils ni les encouragements, Mélisande les accompagnait depuis le début de la matinée, alors que Maëlle et Julie étaient parties à la découverte des pistes.

Chiara avait presque réussi à se remettre debout, quand soudain le portable de sa sauveuse se mit à sonner. Immédiatement, le visage de cette dernière changea d'expression.

— Tu t'en sors, n'est-ce pas ? demanda-t-elle à Chiara.

Mais ce n'était pas vraiment une question, car sans attendre sa réponse elle lui lâcha aussitôt le bras pour partir à la recherche de son téléphone.

— Eh… Eh… Ehhhh !

Chiara, un pied toujours enfoncé dans la neige et un ski de travers, se sentit à nouveau perdre l'équilibre. Malgré de vigoureux moulinets des bras, elle commença lentement à repiquer du nez. Derrière elle, Lily se jeta en avant pour la rattraper. Mais, emportée par son élan, elle la tira tant et si bien que Chiara bascula contre elle et les deux filles retombèrent en arrière dans la neige.

Pendant qu'à quelques mètres de là Mélisande répondait tranquillement au téléphone, les deux amies, inextricablement enchevêtrées, la regardaient faire d'un œil courroucé.

— Eh bien, ce coup de fil avait l'air d'être drôlement important.

— Plus que moi, en tout cas.

— Tu as vu son sourire ?

— Ouais, ce qui est certain, c'est qu'elle ne parle pas à sa mère.

— Ni à son père.

— Ni même à sa sœur…

— Ni à aucune de nous, puisqu'on est là ! À qui, alors ?

Chiara tenta de hausser les épaules en signe d'ignorance, mais Lily se plaignit aussitôt qu'elle lui cognait le menton. La première s'excusa poliment et reprit très vite :

— Tu sais quoi ? Hier soir aussi elle a reçu un coup de fil. Et là encore, je suis prête à parier que ce n'était…

— Ni son père, ni sa mère, ni sa sœur…, pouffa Lily.

Ce fut au tour de Chiara de lui faire remarquer que son bâton lui rentrait dans les côtes quand elle riait.

— Oh, pardon, fit son amie.

N'osant plus bouger, Lily commençait à trouver le temps long, quand Mélisande vint enfin les secourir.

— Merci bien, fit Chiara, mais je ne sais pas si je dois vraiment te remercier, quand je pense à la façon dont tu m'as laissée tomber…

— Désolée, lâcha Mélisande qui semblait ne pas l'être du tout, mais tu comprends, avec les gants ce n'est pas facile, et si je ne me dépêche pas de répondre, la messagerie se déclenche et je rate l'appel.

— Ce qui aurait été visiblement une terrible catastrophe, nota Lily.

Mélisande lui décocha un sourire, mais elle ne répondit rien.

— Allez, c'était qui ? Dis-nous ! craqua Chiara.

— Eh ! cela ne vous regarde pas !

— Mélisande, s'il te plaît, dis-nous tout ! Pas de secrets entre nous !

Sans cesser de sourire, la jeune fille prit son air le plus innocent pour lancer :

— Et vous, vous n'en avez jamais, de petits secrets ?

Lily pensa à Adrien, puis à Florian, et baissa les yeux.

Chiara, se souvenant brusquement d'Alexandre, se mit soudain à fixer avec attention le bleu du ciel.

— Ha ! Ha ! s'exclama Mélisande victorieuse en agitant le doigt, il semblerait que vous n'ayez pas la conscience très nette…

Puis, comme si toute cette conversation n'avait jamais existé, elle reprit :

— Bien, je vais aller chercher le ski de Chiara et on continue.

Et s'élançant sur la piste, elle leur cria encore :

— Et surtout, ne retombez plus !

**Lundi 27 décembre, 15 h 10**

En haut d'une piste verte, debout près de l'arrivée du télésiège, Lily attendait Chiara.

Après avoir pique-niqué ensemble à midi, les cinq filles avaient décidé de se retrouver vers seize heures à l'Ours blanc, l'un des charmants cafés de la station. En attendant ce moment, que Chiara avait par avance qualifié d'idyllique, Maëlle avait insisté pour que Mélisande vienne skier avec elle et Julie. Lily avait bien compris qu'avec son esprit de compétitrice, la sportive du groupe tenait à se mesurer à Mélisande, mais celle-ci, bien que tentée, hésitait à abandonner ses deux « élèves ».

Avec une feinte assurance, Chiara avait alors soutenu la proposition de Maëlle, certifiant qu'elle avait parfaitement retenu les leçons de la matinée et qu'elle se sentait tout à fait capable de les appliquer. Mélisande l'avait remerciée d'un sourire, et un peu plus tard, Lily et Chiara s'étaient donc retrouvées seules au pied d'une piste facile.

Comme le matin, la première difficulté avait été pour Chiara d'attraper cette perche rétive, de glisser le disque de caoutchouc noir entre ses jambes et de se laisser tirer jusqu'au sommet de la pente sans qu'il arrive malheur. En revanche, pour Lily, prendre le remonte-pente était relativement aisé. C'était même ce qu'elle préférait dans cette discipline. Du moins pour l'instant ! Quoi de plus agréable en effet que de se laisser glisser sans risque et sans effort en profitant du trajet pour admirer le paysage fabuleux qui l'entourait.

— Youhou ! J'y suis arrivée !

Penchée en avant, les deux bras écartés, Chiara luttait encore pour retrouver son équilibre, après avoir lâché la perche.

— Bravo ! l'encouragea Lily, bientôt les Jeux olympiques !

— Pourquoi donc ai-je l'impression de détecter une pointe d'ironie dans tes propos ?

— Certainement parce que tu vois le mal partout ! pouffa Lily.

— T'es vraiment pas sympa ! Je ne suis tombée qu'une fois depuis le début de l'après-midi, c'est génial, non ?

— Tout à fait ! Et c'est drôlement mieux que certains !

De la pointe de son bâton, elle désigna un skieur qui tentait désespérément de se relever après être tombé à mi-pente.

— Il n'arrête pas de chuter. Un de ses copains essaie bien de l'aider, mais il n'a pas l'air beaucoup plus doué que lui, alors ce n'est guère efficace !

— En tout cas, il a l'air frileux : t'as vu comme il est habillé ?

Lily sourit. Le skieur avait enfoncé jusqu'à ses lunettes de soleil un bonnet péruvien aux couleurs éclatantes et portait une écharpe tout aussi colorée remontée haut sur le nez.

— Peut-être que c'est l'homme invisible après tout…

— Ou une star du festival venue incognito un peu en avance pour parfaire son style avant l'ouverture !

— Eh bien dans ce cas-là, il a du pain sur la planche, s'exclama Lily en le voyant à nouveau perdre l'équilibre.

Chiara se mit à rire.

— Tu sais, je crois que je commence à comprendre pourquoi certaines personnes aiment tant le ski…

Devant l'air d'incompréhension de son amie, elle ajouta en simulant une expression sadique :

— C'est génial de voir tomber les autres !

Lundi 27 décembre, 15 h 30

« Tourne les épaules, tourne les épôôôôles ! »

Grâce à un vigoureux moulinet des bras, Chiara parvint à rejoindre Lily qui l'attendait à mi-pente.

— Je les retiens, Mélisande et ses conseils ! « Tourne les épaules et les skis suivront. » Cela marche pour elle, pas pour moi : quand j'essaie, j'ai surtout l'impression que mon corps se coupe en deux !

— C'est comme lorsqu'elle dit qu'il faut mettre tout son poids sur le ski en amont : si je fais cela, avec tous mes kilos en trop, je m'enfonce dans la neige et je ne bouge plus !

— Pfff ! arrête de dire n'importe quoi !

Lily n'insista pas, mais songea qu'elle aurait bien aimé avoir la silhouette tout en longueur de son amie. Dans sa combinaison bleue et blanche toute neuve, elle était superbe. Ses cheveux bruns nattés sur le côté pour l'occasion, son bonnet bleu ciel faisant paraître ses yeux plus sombres encore, elle aurait pu être la star qu'elle évoquait un peu plus tôt et qu'elle serait certainement un jour. En l'observant dans cette tenue inhabituelle, Lily remarqua que son amie avait ce qu'on appelle un « physique ». Certes, elle ne possédait pas la beauté flamboyante de Mélisande, mais une fois que l'on avait découvert les traits expressifs de son visage, on ne pouvait les oublier.

Elle soupira en jetant un regard sur la combinaison qu'elle-même portait. C'était celle que ses parents lui avaient achetée quelques années plus tôt et qui avait maintenant une fâcheuse tendance à la serrer aux hanches et aux fesses. Rouge et beige, elle était d'une banalité affligeante et ne cachait rien de ce qu'elle essayait habituellement de dissimuler. Son seul réconfort était que… que… qu'une certaine personne ne la verrait pas ainsi accoutrée.

— Bon, on y retourne ?

— Vas-y, je te suis !

Avec application, Chiara se mit à pousser sur ses bâtons. Lily la laissa prendre de l'avance. Elle la vit réussir à tourner une première fois, puis une deuxième, avant de se décider à descendre à son tour. Concentrée, elle se répétait les conseils de Mélisande :

« Penche-toi en avant, le poids sur le ski… »

À ce moment-là, elle tourna la tête et sentit son sang se figer. Venant de sa droite, droit sur elle, un skieur fonçait tête baissée.

— Attention ! Attent…

Et puis, ce fut le choc.

— Lily ?

La jeune fille rouvrit les yeux qu'elle avait fermés lors de la collision et, découvrant le visage qui se trouvait à quelques centimètres du sien, elle s'exclama :

— Florian !

Ébahie, elle ouvrit la bouche, mais elle ne trouva rien à dire.

Un sourire ravi aux lèvres, le garçon se réjouit :

— Ça alors ! Quel coup de chance !

— « Quel coup », tout court ! grommela l'adolescente tout en se frottant l'épaule.

— Oh, je suis vraiment désolé, heu, attends, je vais me relever et je t'aiderai.

Ils se remettaient debout avec peine quand deux skis sans skieur s'arrêtèrent devant eux. Ils eurent tout juste le temps de se retourner, que « l'homme invisible » les dépassa en roulé-boulé et vint finir sa course aux pieds de Chiara qui attendait un peu plus bas.

— Heu, je crois que Farouk a besoin de moi, marmonna Florian.

Et sans attendre, il s'élança sur la piste.

— Farouk ? murmura Lily encore plus stupéfaite.

Mais combien étaient-ils donc ?

Lorsqu'elle les rejoignit, le grand garçon dépliait sa longue silhouette en ronchonnant. Dès que Lily se fut arrêtée, Chiara, qui ouvrait de grands yeux, l'apostropha :

— Tu y comprends quelque chose, toi ?

— Rien du tout ! Je suis aussi surprise que toi.

Farouk s'étira et, baissant son écharpe, s'exclama :

— Mes hommages, mesdemoiselles ! Content de vous voir. J'espère que vous aurez apprécié le fait que je n'hésite pas à me jeter à vos pieds pour vous saluer...

— Ce qu'on apprécierait surtout, c'est de savoir ce que vous faites là !

Florian jeta un regard à son ami et déclara :

— Ben, on skie...

— À l'Alpe-d'Huez ? Comme par hasard ?

— Heu, je vais vous expliquer…

— Et si on en profitait pour aller boire un chocolat chaud ? suggéra Farouk, ça caille dans ce pays !

Chiara approuva vigoureusement de la tête. De toute façon, il était bientôt l'heure de retrouver les trois autres filles.

**Lundi 27 décembre, 23 h 55**

Lily, la couette remontée au ras du nez, n'arrivait pas à s'endormir. Trop de choses s'étaient passées ce jour-là pour qu'elle puisse s'abandonner paisiblement au sommeil. La rencontre stupéfiante avec les deux garçons n'avait été que le prélude à une symphonie de surprises. Quel choc cela avait été d'apprendre qu'Adrien aussi se trouvait à l'Alpe-d'Huez ! Quel effort avait-elle dû déployer pour masquer son émotion !

Et encore, elle avait eu de la chance… Comment aurait-elle réagi si, sans y être préparée, elle avait soudain vu le garçon pousser la porte de l'Ours blanc ? Mais son cœur, qui battait à cent à l'heure en le regardant franchir le seuil, encore plus craquant que d'habitude dans sa tenue de skieur émérite, s'était soudain arrêté de battre en constatant qu'il tenait la porte pour laisser entrer Maëlle, Julie… et surtout Mélisande. Comme par « hasard », il avait réussi à les retrouver. Ces dernières, pendant qu'elles attendaient leur boisson, avaient passé leur temps à vanter ses mérites de sportif et Mélisande, d'habitude si distante avec lui, n'avait cessé de le couver d'un regard admiratif… qu'il lui avait bien rendu d'ailleurs.

La jalousie avait déchiré le cœur de Lily, avant qu'elle ne se force à reconnaître qu'ils formaient un couple splendide et parfaitement assorti. Car toute cette histoire n'était bien sûr qu'une ultime manœuvre d'Adrien pour séduire celle qui avait osé un jour lui dire « non ». Comment interpréter autrement le fait qu'il ait décidé d'organiser ce séjour en apprenant que les quatre filles seraient présentes cette semaine-là dans la station ? Florian, incapable de garder un secret, avait tout révélé. D'un côté, elle lui était reconnaissante de lui avoir ouvert les yeux…, mais d'un côté, seulement.

Car de l'autre, elle le détestait d'avoir réduit ses illusions en poussière.

Lily pensa aussi qu'elle n'avait pas été la seule à avoir été déçue. Bien que faisant la fière, Maëlle avait accusé le coup lorsque Adrien avait annoncé que Maxime, malgré son invitation, avait refusé de venir.

Heureusement, Julie avait lancé à ce moment-là l'idée d'une soirée crêpes au chalet, qui avait vite remis tout le monde de bonne humeur.

Du moins en apparence…

Le regard de Lily se perdit dans les montagnes. Illuminées par un rayon de lune, elles semblaient irréelles. L'adolescente était contente de pouvoir les contempler depuis son lit. Elle n'avait pas tiré les rideaux, le spectacle était si beau.

Elle sentit une larme couler sur sa joue.

Oui, c'était beau, vraiment beau…

Une deuxième larme suivit la première.

Beau à en pleurer.

# 32

# Drame et comédie

**Mardi 28 décembre, 7 h 05**

Pauline ne faisait jamais de grasse matinée. Tous les jours de l'année, elle se réveillait aux alentours de six heures trente. C'était pratique en période scolaire, barbant pendant les vacances : les matinées n'en finissaient pas, et le temps n'en paraissait que plus long.

Elle venait de finir son bol de céréales, quand soudain, mue par une impulsion subite, elle décida d'aller demander à sa mère de l'inscrire à un camp de ski en février. Au moins s'y ennuierait-elle moins qu'en restant dans cet appartement déserté.

Quand elle frappa à la porte de la chambre, personne ne répondit. Elle insista, bien sûre que sa mère n'était pas encore partie. Comme elle n'obtenait toujours pas de réponse, elle finit par pousser le battant et glissa la tête à l'intérieur.

Ce qu'elle vit faillit lui faire pousser un cri de joie.

La lithographie de Norman Rockwell était décrochée du mur et à la place se trouvait le coffre mural, béant.

Le bruit de la douche qui coulait expliqua l'absence de réponse de sa mère à ses appels.

Le sang de Pauline ne fit qu'un tour : la chance, enfin, lui souriait. Ce coffre qui lui résistait depuis des semaines s'offrait sans réserve à ses investigations.

Sans hésiter une seconde, à pas de loup, elle pénétra dans la chambre. Sur le lit, le coffret d'un pendentif était vide. Sa mère avait dû l'emmener avec elle dans la salle de bains puis négliger de refermer le coffre immédiatement.

Le cœur battant à grands coups, elle s'en approcha.

Le coffre était moins grand qu'elle l'avait cru en le voyant fermé. L'épaisseur de ses parois ne laissait de place qu'à quelques écrins à bijoux, une liasse de billets de banque et, de loin le plus intéressant aux yeux de l'adolescente, une large enveloppe renflée. Sentant l'excitation l'envahir, Pauline tendit la main et s'en empara. Elle semblait contenir des papiers, mais, qui sait ? Peut-être y trouverait-elle quand même quelques photos… De toute façon, son intuition lui disait qu'elle touchait au but.

Toute à sa découverte, l'adolescente ne remarqua pas que la douche s'était arrêtée de couler ni qu'une porte s'était ouverte. Elle venait à peine de sortir quelques feuilles de l'enveloppe quand un cri la fit sursauter. Depuis le seuil de la salle de bains, sa mère, en peignoir, la fixait avec fureur. Pauline eut juste le temps de jeter un coup d'œil à l'en-tête du document officiel qu'elle tenait dans la main. Le choc qu'elle ressentit alors fut tel que lorsque Camille de Saint-Sevrin lui arracha les papiers et lui assena une gifle retentissante, elle ne réagit pas.

— Comment oses-tu ! Dans *ma* chambre ! Dans *mon* coffre ! Fouiner dans *mes* papiers !

Sa fille hoqueta trois fois, comme si elle tentait de dire quelque chose, puis se tut. La douleur irradiée par sa joue meurtrie ne semblait pas être la sienne. Elle ne ressentait rien.

Pendant que la photographe continuait à fulminer, l'adolescente se dirigea vers la sortie, indifférente. Elle se rendit ensuite dans sa propre chambre et, avec des gestes saccadés, s'habilla. La porte d'entrée claqua peu après. Mme de Saint-Sevrin devait être partie au studio.

Alors Pauline, qui s'était assise sur son lit, se leva, attrapa le joli sac à main qu'elle avait reçu comme cadeau de Noël et mit son manteau.

Elle n'avait pas eu besoin de réfléchir. La décision s'était imposée à elle.

Comme une évidence.

Cinq minutes plus tard, elle s'engouffrait dans une bouche de métro.

Mardi 28 décembre, 11 h 45

— Waouh ! Tu as vu ces bosses ?

— Ouais, c'est génial !

Maëlle et Julie échangèrent un regard consterné en entendant Mélisande et Adrien s'extasier sur le mur vertigineux qu'ils surplombaient.

— Heu, ce n'est pas un peu verglacé quand même ? tenta Maëlle.

— Peut-être un brin, minimisa Mélisande avec une mauvaise foi évidente, mais il suffit de descendre en godille et cela passe tout seul !

Elle lança un regard de côté à son amie et lui lâcha avec un petit sourire ironique :

— Attends… ne me dis pas que tu as peur ?

— Peur, moi ? Tu me connais mal !

— Eh bien moi, si ! intervint Julie sans complexe, plutôt mourir que de descendre par là et finir en mille morceaux…

— Ne t'inquiète pas, la rassura Adrien, il y a une piste rouge qui part sur la droite et qui rejoint celle-ci.

— Zut ! pesta Julie d'un air faussement déçu, moi qui espérais qu'il allait falloir appeler l'hélico et qu'une armée de pompiers musclés allait se précipiter pour secourir la pauvre demoiselle en détresse que je suis !

Ils se mirent à rire en l'entendant soupirer.

— Entre nous, conseilla Mélisande malicieusement, je pense que tu as plus de chance de les voir débarquer si tu es en mille morceaux ! Tu devrais peut-être tenter la piste noire finalement…

— Sans façon. Je tiens plus à mon squelette qu'à ces messieurs !

Adrien chaussa ses lunettes et tourna la tête vers Maëlle :

— Alors, tu viens ?

— Heu, je ne peux quand même pas laisser ma cousine descendre toute seule… Mélisande ! Efface ce sourire de ton visage s'il te plaît, tu m'énerves !

Sa réprimande eut bien sûr l'effet inverse, mais avant que l'impétueuse jeune fille ne puisse réagir, un cri retentit dans leur dos :

— Houhou ! Attendez-moi !

— Farouk ? Mais tu es dingue ! Qu'est-ce que tu fais là ?

— Je vous ai vus prendre la télécabine. Cela m'a paru facile, sans les skis aux pieds, et je me suis dit que la vue de là-haut devait être sympa…

Skis croisés sur la poitrine et bâtons pendus aux poignets, il avait enlevé son masque et tournait la tête dans tous les sens :

— … et j'avais drôlement raison ! On n'aperçoit pas tout cela du haut de la piste des Petits Lutins. Visez un peu ce panorama ! Vous avez vu toute cette neige ?

— C'est normal, Farouk, c'est l'hiver et on est à la montagne.

— Tu es trop blasé, toi ! Moi, je te dis que cela vaut le détour !

— OK, OK, mais là, tu as peut-être quand même pris le mauvais détour. Il n'y a que des pistes rouges et des pistes noires qui partent d'ici !

— Ne t'en fais pas, mec ! Tu m'as dit que lorsqu'on savait tourner à ski, on pouvait passer n'importe où.

Le garçon redressa la tête pour se donner un air avantageux avant de poursuivre fièrement :

— Je ne suis pas fou quand même ! Je me suis entraîné à réussir les virages avant de venir !

— Bravo Farouk, tu es un roi !

Mais en même temps qu'il disait cela, Adrien, atterré, appela du regard Mélisande à la rescousse.

— Heu, tu ferais peut-être mieux de redescendre avec la télécabine, osa-t-elle.

— Pas question ! Cela serait l'humiliation totale ! Je redescends à ski !

Et aussitôt, Farouk se mit en devoir de rechausser ses skis. Une fois prêt cependant, un doute l'effleura.

— Heu, tu as dit qu'il n'y avait que des pistes noires et des pistes rouges… Tu voulais dire rouge comment ? Plutôt rouge « Père-Noël » ou plutôt rouge… sang ?

Adrien prit un air sinistre pour répondre :

— Je ne sais pas vraiment, mais en tout cas pour les noires, tu n'as pas le choix ! C'est noir comme la mort ! Viens donc jeter un œil…

Farouk s'approcha de quelques pas pour avoir un aperçu de ce qui l'attendait… et recula très vite après avoir dégluti bruyamment.

— Tu… tu plaisantais, non ?

Adrien ne répondit pas et se contenta d'afficher un petit sourire machiavélique.

— Heu… Quelqu'un fait l'autre ? demanda alors Farouk.

— Nous, répondirent en chœur Maëlle et Julie.

— Ouf ! fit-il, soudain ragaillardi. Dans ce cas, je pars avec vous. Il faut bien quelqu'un pour veiller sur les filles…

Il y eut un éclat de rire général, puis Adrien et Mélisande, qui étaient impatients d'en découdre avec les bosses, s'élancèrent sur la piste. Maëlle se tourna alors vers Farouk et dit gaiement :

— Bon, on l'affronte, cette piste rouge Père Noël ?

Mardi 28 décembre, 11 h 45

Sa paire de skis sur l'épaule, Chiara se dirigeait sans se presser vers le remonte-pente. Conformément à la promesse qu'elle avait faite à son père, elle avait passé deux heures à étudier l'anglais et le français. Désormais, elle était libre d'aller rejoindre Lily et les garçons sur les pistes.

Tout en marchant, elle se dit qu'Adrien avait eu une idée vraiment chouette d'inviter les garçons à venir avec lui. La soirée crêpes s'était très bien passée et puis, ce serait plus drôle de skier avec Florian et Farouk.

Comme elle songeait à ces moments passés ensemble, elle se souvint qu'elle avait trouvé Lily un peu étrange. Plus émotive ; les joues plus colorées que d'habitude. Mais à bien y réfléchir, Florian aussi avait eu un comportement inhabituel. Il s'était précipité plusieurs fois pour apporter une crêpe à la jeune fille et il avait passé beaucoup de temps à ses côtés.

Un léger sourire étirant ses lèvres, Chiara se dit qu'il y avait peut-être anguille sous roche. À bien y repenser, ce n'était pas la première fois qu'elle soupçonnait Lily d'avoir un petit faible pour Florian. Et si ce dernier se manifestait enfin, c'était une bonne chose !

Passant devant un grand hôtel, elle s'arrêta pour regarder une nouvelle fois l'une des nombreuses affiches annonçant le festival. Bien que celui-ci n'ouvrît officiellement que dans une quinzaine de jours, on sentait que la pression montait dans la station. Des banderoles suspendues d'un mur à l'autre annonçaient les noms des acteurs célèbres qui composeraient le jury. Rêveuse, elle laissa aller son imagination…

« Chiara Palermo, présidente du jury du Festival de l'Alpe-d'Huez ! »

Elle entendait déjà les flashs crépiter !

Tout au fond d'elle-même, elle y croyait encore, même si des doutes l'assaillaient régulièrement. Quel dommage qu'Alexandre ait eu ces drôles d'idées derrière la tête en l'invitant à répéter ! Cela aurait vraiment pu l'aider à avancer. Elle repensa avec un pincement au cœur au dernier cours de théâtre du trimestre, pendant lequel Mélisande avait encore

« brillé ». Depuis quelque temps, elle essayait de lutter contre les émotions désagréables qui s'emparaient d'elle chaque fois que William complimentait la jeune fille sur son jeu. Elle trouvait qu'il exagérait. Mais pour l'instant, elle n'avait pas envie d'aller chercher plus loin. Mélisande avait fait de réels efforts pour que les choses se passent mieux entre elles, et Chiara également. Autant en rester là pour le moment. Elle craignait en effet que leur trêve fragile ne résiste pas à l'onde de choc que pourrait provoquer une introspection un peu trop profonde.

— Attention, mademoiselle, vous ne portez pas vos skis correctement, vous risquez de blesser quelqu'un…

Brutalement ramenée à la réalité, Chiara rougit.

— Oh, pardon, fit-elle.

Avec un soupir, elle essaya de coincer les deux patins l'un contre l'autre comme Mélisande le faisait si aisément, puis, après quelques tentatives ratées, décida d'abandonner.

De toute façon, elle était presque arrivée…

# 33

# Secrets

Mardi 28 décembre, 15 h 30

— Oh non ! Pas encore !

Comme une grosse pomme bien mûre prête à tomber, le siège double se mit à osciller dans les airs. Appuyée à la barre de sécurité, Maëlle tapota ses skis en signe de mécontentement.

— Cela arrive tout le temps sur cette ligne et chaque fois cela dure plusieurs minutes ! Ce que c'est casse-pieds !

— Oh, ce n'est pas si grave. Il suffit d'attendre un peu…

Surprise, Maëlle se tourna vers sa voisine qui n'était pourtant pas plus renommée qu'elle pour sa patience. Elle comprit vite la raison de cette absence de contrariété en voyant Mélisande ôter son gant et sortir son portable. Avec dextérité, celle-ci pianota du pouce sur le petit clavier pour consulter sa messagerie.

— J'ai remarqué qu'on était dans une situation idéale pour capter le réseau sur ce télésiège, ce qui n'est pas le cas partout…

Avec un petit sourire goguenard, Maëlle commenta :

— C'est vrai que Lily et Chiara m'ont dit que tu avais de mystérieux appels en ce moment, qui te font tout abandonner pour y répondre. Et que tu n'avais pas hésité à risquer la vie d'une fidèle amie pour ne pas en manquer un.

Sans relever les yeux, Mélisande émit un petit rire et répliqua :

— Risquer la vie ? Je reconnais bien là le sens de l'exagération de notre actrice nationale. Ce qu'elle risquait au pire, c'était un bleu sur les fesses.

Maëlle, qui connaissait suffisamment Chiara pour reconnaître que Mélisande avait raison, sourit à nouveau. Jetant un coup d'œil indiscret sur les numéros qui défilaient sur l'écran de sa compagne, elle demanda :

— Alors, du nouveau ?

— Bof, mis à part un millier de messages de la part de ma sœur…

— Tu ne la rappelles pas ?

— Oh ! pitié, je l'ai fait une fois et à part me répéter sur tous les tons qu'elle s'ennuyait à mourir, ce n'était pas très intéressant…

À ce moment-là, des trilles joyeux résonnèrent.

— Eh ! c'est déjà le printemps ? se moqua Maëlle.

Mélisande cependant ne réagit pas à sa pique. En découvrant le numéro de son correspondant, un sourire illumina son visage.

— Ah oui, c'est bien le printemps ! confirma l'impertinente avec ironie.

Mais déjà sa voisine lui tournait le dos pour répondre à l'appel.

Tout en faisant mine d'être discrète, Maëlle tendit l'oreille autant qu'elle le pouvait pour essayer d'obtenir des indices lui permettant de découvrir l'identité de ce mystérieux interlocuteur. Malheureusement, Mélisande se contentait de répondre par monosyllabes assorties de quelques gloussements. Comprenant vite qu'il n'y aurait rien à en tirer, Maëlle se mit à regarder autour d'elle pour passer le temps. Se souvenant que Farouk et Adrien se trouvaient derrière elles, elle se retourna pour leur faire un petit signe. Seul Adrien lui répondit. Une observation plus poussée lui permit vite de comprendre pourquoi Farouk avait ignoré son geste : il était occupé à parler au téléphone !

Aussitôt, un soupçon s'empara de Maëlle. À l'image de ses copines, elle était tellement convaincue qu'Adrien était *le* prétendant de Mélisande qu'elle n'avait pas cherché plus loin dans leur entourage. Mais désormais, des bribes de confidences que Mélisande avait laissé échapper au cours de leurs conversations lui revenaient brusquement en mémoire. Elle n'avait ni caché qu'elle était reconnaissante à Farouk d'être devenue déléguée de classe…

ni qu'il lui faisait voir les choses différemment… Et puis, enfin, qu'il la faisait rire…

Qui donc avait dit que pour séduire une fille il fallait la faire rire ?

Pourquoi Mélisande aurait-elle été différente des autres ?

Une secousse annonça que le télésiège se remettait en marche.

Se retournant une nouvelle fois, Maëlle aperçut Julie qui, sur le siège suivant celui des garçons lui faisait de grands signes. Sa cousine était friande d'histoires d'amour. Ces nouvelles allaient lui plaire.

Au moment où elle reprenait sa position, la jeune fille vit Farouk raccrocher son téléphone.

À côté d'elle, Mélisande, un sourire aux lèvres, rangeait tranquillement le sien.

Maëlle se dit alors qu'elle aurait bien des choses à raconter ce soir !

**Mardi 28 décembre, 19 h 05**

Lorsqu'elles entendirent tambouriner à la porte du chalet, la première pensée des cinq filles fut que leurs amis, sans gêne comme ils savaient l'être lorsqu'ils avaient l'estomac vide, espéraient certainement se faire inviter à nouveau en venant, comme par hasard, en visite à l'heure du repas.

Julie, qui n'aimait rien tant que les grandes tablées, n'en fut nullement ennuyée.

— J'y vais ! cria-t-elle en s'élançant dans les escaliers.

Mais lorsqu'elle les remonta quelques minutes plus tard, aucun garçon ne l'accompagnait. Seule une frêle silhouette gravissait les marches à sa suite.

— Pauline ! s'écria Mélisande, suffoquée de reconnaître sa sœur dans la visiteuse du soir.

— Pauline, répéta-t-elle en se précipitant vers elle, mais qu'est-ce que tu fais ici ?

Sans se soucier une seconde de la présence de témoins, la jeune fille se jeta en pleurant dans les bras de son aînée.

Stupéfaite, Mélisande la fit s'asseoir sur l'un des fauteuils placés devant la cheminée et s'agenouilla sur le parquet à ses pieds. Pendant longtemps, Pauline fut incapable de parler, submergée par les larmes.

Quand enfin elle parvint à se calmer, elle chuchota à l'oreille de sa sœur en hoquetant :

— Tu aurais dû me croire, c'est moi qui avais raison.

— Qu'est-ce que tu veux dire par là ?

La tête baissée, d'une voix tremblante, Pauline raconta tout.

— … Et juste avant qu'elle ne m'arrache le document des mains, j'ai eu le temps d'en lire l'intitulé…

Dans un murmure, elle poursuivit :

— C'était écrit : « Certificat d'adoption ».

Au début, Mélisande ne comprit pas pleinement les implications de cette découverte.

— Tu veux dire que tu as été adoptée ? avança-t-elle incrédule.

Sa sœur releva la tête et planta ses yeux pers encore plus brillants que d'habitude dans les siens :

— Moi, toi ! Nous deux, quoi !

Sous le choc, Mélisande ne cilla pas. Ce n'était pas possible… Depuis le début, cette histoire était une farce, un détail monté en épingle pour ressentir un peu d'adrénaline. En aucun cas cela ne pouvait être réel !

Pourtant, la sincérité de Pauline était trop criante pour pouvoir être remise en question.

La jeune fille eut alors le sentiment étrange que sa vie basculait, un peu comme si elle avait été la passagère d'un paquebot qui se renversait avant de couler.

— Heu, il faudrait peut-être avertir vos parents que Pauline est ici, intervint discrètement Julie.

À ce mot, Mélisande réagit brutalement :

— Nos parents ? De quels parents veux-tu parler ?

Julie, qui n'avait pas suivi l'échange entre les deux sœurs, resta muette de surprise.

Soudain très lasse, l'adolescente soupira :

— Excuse-moi… Tu peux les appeler si tu veux. Moi, je ne veux en aucun cas leur parler. De toute façon, ils ne seront pas là. Ils ne sont jamais là… Il semblerait que même pour notre naissance, ils n'étaient déjà pas là.

Maëlle, Chiara et Lily qui avaient rejoint Julie échangèrent des regards intrigués : elles n'y comprenaient rien.

— Bon, je vais les appeler, on verra bien.

Quelques secondes plus tard, Julie revint en annonçant qu'elle avait laissé un message sur leur répondeur ainsi que sur celui du portable de leur mère. Mélisande haussa les épaules comme pour signifier : « Vous voyez, je vous l'avais bien dit ! »

Ce n'est qu'en fin de soirée que leur amie put leur expliquer de quoi il s'agissait. Après que sa sœur, épuisée par les émotions, fut allée se coucher, Mélisande leur raconta tout, depuis le cours de SVT jusqu'à l'escapade de Pauline en train, puis en bus, pour venir les rejoindre.

— Quelle folie ! s'exclama Julie, je comprends qu'elle ait voulu partir, mais elle aurait mieux fait de nous appeler plutôt que de s'en aller toute seule à l'aventure.

Mélisande toussota, embarrassée.

— En fait, elle a essayé de me joindre, mais je n'ai pas écouté ses messages. Heureusement, elle avait de l'argent avec elle… Elle a pu s'acheter ses billets sans problème ! Si elle avait dû faire de l'auto-stop et qu'il lui était arrivé quelque chose, je ne me le serais jamais pardonné…

— Au fait, ta mère a rappelé pendant que tu étais avec elle dans la chambre. Elle a dit que ton père était en déplacement à l'étranger et qu'elle était plutôt débordée… Bref, elle a suggéré que Pauline reste avec nous…

— Tu m'étonnes, fit Mélisande acerbe, cela l'arrange bien… Et puis quand tu dis « ma mère », je ne sais même plus de qui il s'agit !

— Mais enfin, s'étonna Lily, pourquoi vos parents vous auraient-ils caché qu'ils vous avaient adoptées ?

— Ma question serait plutôt : pourquoi se sont-ils cassé la tête à nous adopter vu qu'ils se fichent pas mal de nous… Quoique, comme le disait Pauline, ceci explique peut-être cela… En tout cas, pour te répondre, on voit bien que tu ne connais pas ma mère. Tout est tellement compliqué avec elle ! Il y a les sujets dont on ne doit pas parler, ceux dont il faut avoir honte, ceux qui dérangent… La liste est longue !

Des plis amers marquaient le visage de la jeune fille. Comme toujours quand elle était profondément blessée, ses amies la virent lutter pour recomposer ce masque distant et un peu hautain qui lui servait de rempart. Elle prit une profonde inspiration, et à nouveau maîtresse d'elle-même elle lança en guise de conclusion :

— Franchement, j'ignore pour quelle raison en particulier ils se sont tus, et d'ailleurs, je m'en fiche totalement. La seule chose dont je suis sûre, c'est que Pauline, elle, ne mentait pas !

# 34

# Révélations

**Mercredi 29 décembre, 13 h 15**

Lorsque Adrien annonça qu'il devait se rendre à l'atelier de réparation de skis de la station pour faire vérifier ses fixations, Lily songea que c'était l'occasion ou jamais de lui parler en tête à tête. Les autres membres du groupe finissaient leur pique-nique et personne ne réagit quand Lily annonça qu'elle l'accompagnerait. Pour que cela fasse plus naturel, elle prétexta qu'elle devait passer au magasin de location voisin pour leur demander s'ils n'avaient pas des bâtons mieux adaptés à sa taille, les siens lui semblant trop longs. Si elle avait été plus attentive cependant, elle aurait tout de même remarqué le regard inquiet de Florian posé sur elle. Mais ces derniers temps, il fallait bien reconnaître qu'elle avait tendance à le négliger un peu.

Ils n'avaient pas fait dix mètres qu'Adrien, jetant un rapide coup d'œil par-dessus son épaule, remarqua :

— Elle a un petit grain cette Pauline, non ? Un vrai hérisson ! Quand je lui ai dit qu'elle ressemblait comme deux gouttes d'eau à sa sœur, elle m'a rétorqué d'un ton cinglant : « Ah oui, vraiment ? De quelle sœur tu parles ? » Et elle a ajouté d'un air moqueur quelque chose du genre : « Ne sois pas détective plus tard ! »

À son tour, Lily se retourna pour regarder Pauline. Tête baissée, elle mâchonnait un sandwich sans vraiment se mêler au reste du groupe.

Ce matin, Mélisande l'avait accompagnée pour lui acheter une combinaison et lui louer un équipement de ski.

« Pas question que tu restes là à te morfondre », avait-elle décrété, péremptoire, devant les réticences de sa sœur qui aurait préféré passer la journée sous la couette. « Tu vas skier avec nous, un point c'est tout ! »

Dès le petit déjeuner, tout le monde avait pu constater que Mélisande avait décidé de faire comme si de rien n'était, comme si la terrible nouvelle n'était jamais tombée. Sauf que sa sœur semblait loin de maîtriser aussi bien qu'elle l'art du paraître. Contrairement à son aînée, et malgré des remontrances discrètes, elle n'avait pas réussi à présenter ce matin-là un visage dénué de toute contrariété. Elle affichait même si ouvertement son chagrin au vu et au su de tous que Lily la soupçonnait de ne faire guère d'effort pour suivre la ligne de conduite dictée par Mélisande. Cette dernière en était d'ailleurs arrivée à la même conclusion, ce qui visiblement l'agaçait prodigieusement.

Lily, elle, comprenait bien que Pauline n'ait guère envie d'être agréable. Se faire gifler par sa mère au moment même où on apprend que l'on a été adoptée avait de quoi vous perturber pour un bon bout de temps. D'autre part, quand on ignorait tout du drame qui s'était joué la veille, son comportement soulevait effectivement des interrogations. Embarrassée, la jeune fille tenta d'excuser sa conduite sans rien dévoiler de confidentiel.

— Tu sais, elle vit des trucs difficiles en ce moment…

Peu convaincu, Adrien haussa les épaules et dit d'un air énigmatique :

— On vit tous des choses difficiles…

Puis, il ajouta :

— En tout cas, elle n'a pas une bonne influence sur Mélisande ! Elle aussi est… bizarre aujourd'hui.

Lily saisit la balle au vol :

— Heu… Justement, en parlant de Mélisande… je voulais te dire quelque chose.

Sentant sa gêne, il lui glissa un regard ironique.

— Ah oui ?

— Oui, reprit Lily en sentant ses joues s'empourprer sous le coup de l'émotion et de l'indignation conjuguées, je te l'avais déjà dit, mais tu n'as pas voulu m'écouter !

— Ah oui ? fit-il de nouveau.

— Oh, je t'en prie ! Arrête avec tes « Ah oui » !

Cette fois il se tourna pour la regarder dans les yeux et, avec un sourire moqueur, s'exclama :

— Ah bon !

Si Lily n'avait pas été si tendue, elle aurait ri. Mais au lieu de cela, elle évita son regard et articula :

— Je sais bien pourquoi tu as organisé cette semaine de vacances à l'Alpe-d'Huez…

— Ah…

Il s'interrompit quand elle le fusilla du regard, mais son sourire s'élargit.

Exaspérée de voir que la situation semblait l'amuser, la jeune fille le saisit par le bras pour le forcer à la prendre au sérieux. Bien que largement dominée par la carrure athlétique du garçon, elle le chargea de reproches :

— Je t'ai vu à l'œuvre depuis que tu es ici. Tu tournes toujours autour de Mélisande ; tu skies avec elle ; tu lui passes la confiture à table ; tu remarques même quand elle est bizarre ! Pourtant crois-moi, tu vas au-devant de sacrées déconvenues… Je t'avais déjà prévenu qu'elle ne s'intéressait pas à toi ! Oui, je sais, tu n'arrives pas à y croire, mais c'est comme ça. En plus, depuis quelque temps, elle reçoit de mystérieux appels qui ont l'air de beaucoup lui plaire ! Alors, si tu ne veux pas te planter en beauté, tu ferais mieux de laisser tomber !

— Tu t'inquiètes pour moi, maintenant ?

Outrée, Lily croisa les bras. Et s'efforça de se calmer. Elle s'était déjà enflammée bien plus qu'elle ne l'aurait dû. Si elle continuait, elle se trahirait !

— Ab-so-lu-ment pas ! nia-t-elle en détachant chaque syllabe.

Faiblissant sous l'intensité de son regard, bien trop beau pour qu'elle puisse rester sereine, elle avoua en baissant les yeux :

— Je suis juste un peu déçue. Je pensais que tu avais changé, que tu étais passé à autre chose…

Il y eut un silence. Puis Adrien eut un petit soupir triste.

— Tu serais surprise de savoir la vérité… et de voir à quel point tu as vu juste. Mais on prend des décisions à un moment donné en croyant que le destin vous est favorable et on découvre ensuite que ce n'était qu'une illusion.

Lily ne comprenait pas grand-chose à ces propos soudain bien philosophiques, mais elle sentait bien qu'entre eux la tension était devenue palpable. Du coup, elle n'osait plus relever les yeux et s'était plongée dans une contemplation intense de ses chaussures de ski.

Au moment où elle allait se décider à le regarder à nouveau, il ajouta :

— En tout cas, ne t'inquiète pas pour ta copine ! Mélisande est le cadet de mes soucis. Cela fait longtemps qu'une autre occupe mes pensées.

Le cœur de Lily bondit et cette fois-ci, elle se força à croiser le regard d'Adrien. N'était-ce pas celui d'un garçon amoureux ? Mais pourquoi alors arborait-il cet air désabusé ?

À cet instant précis, il se remit en marche et dit calmement :

— Il faut se dépêcher, sinon les autres vont nous attendre.

Comme un automate, Lily lui emboîta le pas. Adrien ne fit plus allusion à la discussion étrange qu'ils avaient eue. Lily, elle, aurait bien aimé la reprendre mais n'osait plus. Tant qu'il s'était agi de Mélisande, elle s'était sentie capable de le confronter, mais maintenant qu'elle pressentait d'être peut-être « l'autre », il n'en était plus question !

Cette fois cependant, elle s'était décidée : ce soir, elle prendrait son courage à deux mains et avouerait tout à ses amies.

Elles, au moins, sauraient la conseiller.

## Mercredi 29 décembre, 21 h 35

Le repas venait de se terminer et les pots de crème glacée à la vanille, à la fraise et à la pistache, à moitié entamés, traînaient encore sur la table. Dans l'assiette de Chiara, un bac de glace au chocolat méticuleusement nettoyé à la petite cuillère – assistée parfois (mais toujours discrètement) de l'index – et qui trahissait une fois de plus la gourmandise de la jeune fille attendait de rejoindre la poubelle.

Pauline n'était plus là. Sa dernière bouchée avalée, elle s'était retirée dans sa chambre et personne n'avait cherché à la retenir. D'une humeur massacrante, elle semblait en vouloir au monde entier. Les filles avaient beau compatir à son sort, sa présence les mettait mal à l'aise. Quand elle était dans les parages, et quel que soit le sujet de conversation, on avait toujours l'impression d'avancer en terrain miné.

Il fallait reconnaître que le comportement de Mélisande, aussi surprenant qu'il soit pour le commun des mortels, était quand même plus facile à gérer en société. Et si la distance dont elle faisait preuve pouvait être un peu désagréable par moments, elle en restait cependant beaucoup moins gênante que les explosions à répétition de sa cadette.

Lily, qui attendait depuis le début de la soirée le moment favorable, se dit que l'heure des confidences était venue. Se levant prestement, elle commença à empiler les pots avant de lancer, par acquit de conscience, un dernier appel :

— Je peux les ranger ? Plus personne n'en veut ?

Chiara fit mine d'être intéressée puis, la main sur l'estomac, se rétracta.

— Non, je crois qu'il serait plus raisonnable que j'arrête si je ne veux pas être malade toute la nuit.

Haussant les épaules comme pour chasser d'éventuels regrets, elle observa d'un air philosophe :

— De toute façon, il n'y a plus de chocolat…

À peine une minute plus tard, Lily était de retour. La voyant prête à débarrasser les assiettes, Maëlle, avachie sur sa chaise, commenta :

— Quelle énergie ! Tu ne veux pas t'asseoir un peu ? Moi, je suis crevée !

Lily finit de débarrasser la table et lui sourit :

— OK, de toute façon il faut que je vous parle, j'ai un besoin urgent de vos conseils éclairés.

Elle s'assit, repoussa un verre vers le milieu de la table et respira à fond.

— D'abord, il faut que vous me promettiez de ne pas vous moquer de moi.

— Mais enfin, Lily, s'exclama Chiara avec un air faussement scandalisé, tu nous connais, on ne se moque jamais de personne !

— Là, tu vois, tu commences déjà, se plaignit son amie. De toute façon, si vous ne promettez pas, je ne vous dirai rien !

— Oh ! oh ! fit Maëlle, il y a du scoop dans l'air…

Lily lui fit une grimace et se demanda si elle aurait jamais le courage de leur ouvrir son cœur.

— Bon alors, vous promettez, les filles ? s'impatienta Julie, sinon on ne saura rien !

— Toi aussi, tu dois promettre, précisa Lily.

— Pas de problème, je promets tout ce que tu veux !

Dans un rire, les trois autres filles s'exécutèrent à leur tour.

Lily, sentant déjà une chaleur désagréable envahir son visage, décida de couper court :

— Je suis amoureuse…

Immédiatement, l'attention des quatre autres filles lui fut acquise. Même Mélisande, qui avait pourtant du mal à se sentir concernée par ce qui se passait autour d'elle depuis le choc qu'elle avait reçu la veille au soir, tendit l'oreille.

— Amoureuse comment ? s'enquit Chiara, un peu ? beaucoup ? passionnément ?

Le teint de Lily, de rose, vira au coquelicot.

— Passionnément, je crois…

— Notre Lily passionnément amoureuse, fit rêveusement Maëlle, j'espère que le garçon en vaut la peine.

— Je pense que oui, à sa manière, intervint Chiara.

— Parce que tu sais de qui il s'agit ? s'étonna Maëlle.

— Mais cela me semble évident !

Devant le regard un peu inquiet de Lily et celui, surpris, des autres filles, Chiara eut une idée.

— Attendez, on va faire un jeu. Je pose des questions et elle me répond par oui ou par non, d'accord ?

Sans attendre de feu vert, Chiara commença avec impatience :

— On le connaît depuis le collège ?

— Heu… oui.

— Il se trouve à l'Alpe-d'Huez ?

— Oui.

Les bras en l'air en signe de victoire, Chiara s'exclama :

— J'ai gagné ! C'est Florian ! C'était trop facile… J'aurais dû parier un ou deux millions d'euros ou encore mieux… une coupe de glace arrosée de sirop au chocolat !

— Florian ? firent en chœur les trois autres.

Il y avait de la surprise dans la voix de Julie et Mélisande, et une pointe de soulagement dans celle de Maëlle. En effet, au fur et à mesure que Chiara posait ses questions, certains souvenirs très désagréables lui étaient tout d'un coup revenus en mémoire.

— Florian, répéta Maëlle, pourquoi pas au fond ? Il est sympa, intelligent et on peut compter sur lui… même si je le trouve un peu trop discret à mon goût.

— Moi, je trouve qu'avec son air timide, il ne manque pas de charme, observa Chiara.

— Il s'est déclaré ? intervint Mélisande.

— Oh, ce que vous allez être mignons tous les deux, s'enthousiasma Julie.

Bouche bée, Lily les regardait les unes après les autres, ne sachant comment les arrêter. Quand enfin les commentaires cessèrent, elle dit faiblement :

— Heu, ce n'est pas Florian… c'est…

Elle baissa les yeux avant de finir dans un murmure :

— … Adrien.

Le silence qui accueillit sa confession lui sembla pire que tout. Pourquoi donc s'était-elle mis en tête de tout leur raconter ? Depuis le début elle savait qu'elle courait à la catastrophe.

Sur le point de manquer d'air, la jeune fille se releva brusquement en s'insurgeant :

— Oh, je sais parfaitement ce que vous pensez ! Vous vous dites qu'il est trop bien et que je suis folle de croire qu'il y ait une chance, même une seule, pour qu'il s'intéresse à une fille aussi banale que moi ! Pourtant si vous aviez été là cet après-midi, je suis sûre que vous auriez une opinion différente…

Elle s'apprêtait à quitter la table quand Mélisande qui était à sa droite lui saisit la main pour la retenir.

— Tu te trompes ! En tout cas, moi, ce n'est pas du tout ce que je pense, bien au contraire ! En fait, s'il est vrai que je trouve que vous êtes mal assortis, c'est que, à mon avis, c'est lui qui ne t'arrive pas à la cheville.

— Je trouve que tu es un peu dure avec ce garçon ! intervint Julie. Moi, je le trouve plutôt sympa.

— C'est parce que tu ne le connais pas vraiment, répliqua Chiara. Bon, c'est vrai qu'en tant que copain, on n'a pas grand-chose à lui reprocher, si ce n'est une désagréable tendance à compter sur les autres pour faire son boulot… En revanche, en tant que petit ami, c'est un danger public pour la gent féminine. Il est dragueur, passe de l'une à l'autre sans état d'âme et laisse généralement derrière lui une farandole de cœurs brisés !

— Ce n'est pas vrai, s'offusqua Lily, enfin, ce n'est plus vrai ! Depuis l'année passée, on ne l'a pas vu avec une seule fille… Et il s'est même mis au travail ! Il ne copie plus… ou presque plus !

— Tu oublies cette fille avec qui je l'ai vu cet été, lui rappela Mélisande.

— OK, peut-être, mais comme tu le dis, c'était cet été ! Depuis, de l'eau a coulé sous les ponts… Il a changé, croyez-moi, il a vraiment changé !

Ébranlée par la conviction de son amie, Chiara consentit à admettre :

— Remarque, peut-être que tu as raison après tout… Tout le monde peut changer.

— Tout le monde, mais pas lui, trancha alors Maëlle.

L'assurance qui émanait de ses paroles était si forte que tous les regards convergèrent vers elle.

— Pourquoi dis-tu ça ? demanda Lily dans un souffle.

La jeune fille respira à fond. Ce qu'elle s'apprêtait à faire lui paraissait plus difficile que de gagner une course de qualification pour les championnats. Elle aurait tout donné pour ne pas avoir à prononcer les paroles qu'elle était sur le point d'énoncer. Pourtant les choses étaient allées trop loin pour qu'elle puisse continuer à se taire. Elle n'avait plus le choix.

Baissant les yeux, elle se lança :

— Lily, il faut que je te fasse une confidence…

# 35

# Un temps pour tout

## Jeudi 30 décembre, 11 h 50

Le moral était au plus bas ce matin-là quand les occupantes du magnifique chalet de Geneviève Deschamps se levèrent les unes après les autres et, si cela n'avait tenu qu'à elles, elles seraient volontiers restées calfeutrées à l'intérieur.

Pauline, si on l'avait consultée, aurait vigoureusement soutenu une telle décision.

La mine maussade, l'adolescente passait tout son temps dans sa chambre à ruminer de sombres pensées. Bien que toujours terriblement affectée par ce qu'elle avait appris, elle songeait désormais de plus en plus souvent à la gifle qu'elle avait reçue et qu'elle jugeait scandaleusement injuste. Plus le temps passait, plus sa colère grandissait, et la mauvaise humeur dont les autres se plaignaient parfois n'était en fait que la partie visible de l'iceberg de fureur qui grossissait en elle.

Mélisande, de son côté, n'arrivait pas à admettre qu'elle puisse être une fille adoptée. De toutes ses forces, elle repoussait cette idée. Car chaque fois que cette pensée fondait sur elle, une autre, plus inquiétante encore, l'accompagnait : si elle n'était plus Mélisande de Saint-Sevrin, qui était-elle donc ?

Maëlle, qui avait très mal dormi, se sentait envahie par la culpabilité. Le menton appuyé sur ses mains posées à plat sur la table, elle regrettait amèrement de ne pas avoir tout avoué à son amie dès le début. Elle avait fait le mauvais choix et ne cessait de se répéter que c'était de sa faute si Lily s'était laissé piéger par les paroles mielleuses de ce rustre !

Oui, pauvre Lily, qui avait passé une grande partie de la nuit à pleurer ! Elle s'était levée bien après tout le monde, les yeux et le nez rouges, le cœur en berne, et avec le sentiment d'avoir été jouée, humiliée.

Quant à Chiara, elle n'imaginait pas une seconde pouvoir aller bien quand tout autour d'elle ses meilleures amies avaient le moral qui sombrait. Elle faisait cependant de son mieux, allant de l'une à l'autre, une assiette de muffins à la main, pour tenter de les réconforter.

Seule la dynamique Julie avait refusé de se mettre au diapason de cette atmosphère sinistre et, à onze heures et demie, alors que Chiara débarrassait machinalement la table encore envahie des restes du petit déjeuner, elle éclata :

— Bon, on va toutes devenir neurasthéniques si on ne sort pas immédiatement. C'est vrai, la vie n'est pas rose en ce moment pour certaines d'entre vous, mais ce n'est pas en se noyant dans les larmes que les choses vont s'arranger. Allez ! fit-elle en volant à Lily effondrée sur un fauteuil son dixième paquet de mouchoirs de la matinée, il y a un temps pour pleurer et un temps pour skier... Dring ! C'est l'heure de passer à la seconde phase !

— On voit bien que ce n'est pas toi qui viens de percuter un semi-remorque lancé à pleine vitesse, rétorqua Lily, la voix tremblante... Comment veux-tu que je supporte de le revoir après ce que j'ai appris ?

— Mais nul ne te demande de le revoir ! Nous n'avons aucun compte à rendre à ces garçons. Ils devaient nous retrouver vers les téléskis des pistes vertes ? Eh bien, nous prendrons les télésièges ! Quel bonheur ce sera de savoir qu'ils attendent dans le froid pendant que nous, on s'amuse. Si on coupe nos portables, ils seront dans l'incapacité de nous joindre et ainsi, ils auront tout le temps de se poser des milliers de questions !

— Julie a raison, renchérit soudain Maëlle en se redressant, et même bien plus qu'elle ne le croit !

Elle adressa un clin d'œil complice à sa cousine.

— Oui ! insista Maëlle, il faut vraiment qu'on sorte du chalet, car sinon ils viendront forcément voir ce qu'il se passe… Et si on ne veut pas se retrouver nez à nez avec eux, il faut partir !

L'argument porta. Bon gré, mal gré, les filles se préparèrent à sortir.

Jeudi 30 décembre, 13 h 35

— Wahou ! C'est fantastique !

Julie, les bras écartés face aux sommets enneigés, admirait la vue magnifique qui s'offrait à elle. Un soleil radieux et inattendu avait accueilli les filles à l'arrivée du télésiège, les réchauffant agréablement par la chaleur de ses rayons. Le contraste avec le village, encore noyé dans le brouillard glacial, était saisissant. La neige abondante qui était tombée pendant la nuit avait recouvert d'un manteau poudreux et scintillant les pentes et les sapins en contrebas. Les dameuses, tôt le matin, avaient dû circuler intensément pour rendre les pistes à nouveau praticables.

— Qu'est-ce que je vous avais dit ? Est-ce qu'on ne se sent pas déjà beaucoup mieux devant un tel panorama ?

Lily et Pauline haussèrent les épaules d'un air dubitatif. Mélisande, une moue aux lèvres, ne paraissait pas non plus vraiment convaincue. Seule Maëlle, séduite par les étendues blanches qui s'étiraient devant elles et semblaient promettre une qualité de glisse exceptionnelle, répondit avec enthousiasme :

— C'est vrai, on va faire de fabuleuses descentes ! Dommage que Chiara ne soit pas là, cela l'aurait agréablement changée de la piste des Petits Lutins !

Sa remarque parvint à arracher un semblant de sourire à ses amies.

— La pauvre, soupira Lily, dire qu'elle est en train de faire du français !

— Ne t'en fais pas, on la rejoindra vers quinze heures...

— Quand même, être obligée d'étudier dans un café pour échapper aux garçons !

— Ne la plains pas, s'amusa Mélisande. Tu n'as pas remarqué son regard brillant de convoitise quand elle a lu sur le menu que l'on y servait les meilleures tartes aux myrtilles de la région ? Le plus difficile, pour elle, sera d'expliquer à Mme Docile pourquoi elle a des taches violettes sur son livre de littérature...

Cette fois-ci, le sourire se fit plus net. La gourmandise de Chiara n'était pas un sujet de plaisanterie nouveau, mais il se révélait toujours efficace.

— Allez, fit Julie, faisons ce qu'on a dit : on reste ensemble sur des pistes bleues pour que Lily puisse suivre.

— C'est débile, lança soudainement Pauline, la neige est extra, je veux faire la noire ! On n'a qu'à se séparer !

— Vu les circonstances, rappela calmement Julie, ce serait plus sympa de rester ensemble...

— Je ne vois pas pourquoi, rétorqua Pauline, butée.

— Elle a peut-être raison après tout, glissa Lily pour tenter d'apaiser les tensions. Mélisande, tu peux descendre avec elle si tu veux.

— Ah non ! Elle va encore me parler de ce qui s'est passé l'autre jour et moi, je n'ai qu'une envie : c'est d'oublier !

— Oublier ? s'indigna sa sœur, comment veux-tu oublier une chose pareille ? Ce sont nos vies tout entières qui sont bouleversées !

— Justement ! s'écria Mélisande. Ma vie m'allait très bien comme cela ! Je n'avais aucune envie qu'elle change ! Maintenant, je devrai me réveiller tous les matins en me demandant qui je suis vraiment et si mes vrais parents sont encore en vie quelque part dans l'univers ! Quelle idée stupide tu as eue d'aller remuer tout ça !

Pauline, suffoquée, fusilla sa sœur du regard :

— C'est horrible de dire une chose pareille, horrible et injuste ! De toute façon… de toute façon je m'en fiche pas mal de toi, après tout tu n'es… tu n'es peut-être même pas ma sœur !

Et plantant ses deux bâtons furieusement dans la neige, elle fit pivoter adroitement ses skis pour les mettre face à la piste noire et d'une poussée rageuse, s'élança sur la pente enneigée.

— Pauline !

Les voix des quatre filles se mêlèrent dans un même cri. Elles restèrent une seconde à la regarder avaler la piste à toute allure en prenant des risques inconsidérés, puis elle disparut dans un virage.

— Elle est folle ! s'écria Mélisande.

Pourtant, d'un geste rapide, elle imita le mouvement de sa sœur et avant que nulle ne puisse réagir, ses boucles rousses voltigeaient dans son dos alors qu'elle descendait avec virtuosité la redoutable piste à la suite de Pauline.

— Eh ! c'est du vif-argent ces filles-là, s'exclama Julie estomaquée par la vitesse à laquelle les choses s'étaient enchaînées.

Inquiète et se sentant responsable des deux adolescentes, elle se tourna vers Maëlle et Lily :

— Vu leur état de nerfs, il y a de fortes chances que cette descente finisse mal ! Je crois qu'il vaut mieux essayer de les retrouver avant qu'elles ne règlent leurs comptes à coups de bâtons.

— Je t'accompagne, décréta sa cousine, ce n'est pas prudent que tu y ailles seule.

— OK, on va y aller doucement. Lily, cela ne t'ennuie pas trop de nous attendre ici jusqu'à ce qu'on revienne ?

— Beaucoup moins que si je devais vous suivre, les rassura la jeune fille, je n'imagine même pas dans quel état j'arriverais si je devais descendre par là !

L'instant d'après, Julie et Maëlle se jetaient à leur tour sur la terrible piste noire.

Jeudi 30 décembre, 14 h 05

Cela faisait maintenant plus d'une demi-heure que Lily attendait le retour de ses amies et elle commençait à trouver le temps terriblement long. Assise dans la neige, elle commençait à sentir le froid l'envahir, malgré les généreux rayons du soleil. C'est dans ces moments-là qu'elle aurait aimé disposer d'un portable. Pouvoir apprendre ce qui se passait l'aurait rassurée, car cette attente finissait par être inquiétante. En même temps, elle devait reconnaître qu'il était assez incertain que, depuis le sommet de cette montagne, elle réussisse à capter un réseau.

— Lily ! Enfin, je te trouve ! Où étiez-vous donc passées ? Cela fait des heures qu'on vous cherche !

La jeune fille sursauta et leva la tête. Appuyé sur ses bâtons, Adrien la dominait de toute sa hauteur.

Elle rougit, pâlit, et batailla pour se remettre debout.

— Pourquoi n'étiez-vous pas aux téléskis ? demanda-t-il encore mécontent, on avait pourtant rendez-vous, non ? On est allés jusqu'au chalet et finalement on s'est séparés dans la station pour vous retrouver !

Un flot d'émotions submergeait Lily, la paralysant complètement. Elle tourna la tête à droite, puis à gauche, espérant de tout son cœur voir surgir une de ses amies parmi les skieurs que déversait le télésiège. Mais en vain.

Se rendant soudain compte que la jeune fille n'était pas dans son état normal, le garçon se radoucit.

— Bon, enfin, ce n'est pas très grave, mais quand on dit quelque chose, on le fait…

Ces derniers mots désinhibèrent brusquement Lily. Franchement, quelle morgue il avait de jouer le moralisateur ! À la fois outrée et terriblement blessée, elle s'écria, les larmes aux yeux :

— Comment oses-tu dire des choses pareilles ? Tu es… tu es… Oh ! je te déteste !

Stupéfait, Adrien répliqua :

— Eh ! cool ! Qu'est-ce qui te prend ?

— Il me prend que je ne supporte plus de t'entendre. Tu m'as bien eue avec tes mensonges et tes gentillesses, mais maintenant, c'est fini !

— Mais enfin, qu'est-ce que tu racontes ?

— « Lily, un peu trop grosse, trop discrète ! Bref, pas vraiment mon style », cita la jeune fille d'une voix amère, et aussi : « Parce que tu crois que si je voulais, je ne la ferais pas craquer, Lily ? »

Le visage d'Adrien se figea en entendant ces paroles. Il était évident qu'il les avait reconnues comme siennes. Lily sentit son cœur se briser un peu plus. Tout au fond d'elle-même, elle avait encore espéré que Maëlle se soit trompée…

— Attends, je peux t'expliquer…

Mais cela en était trop pour la jeune fille. Refusant d'en entendre davantage, elle poussa sur ses bâtons de toutes ses forces.

— Lily ! Non ! Pas par là !

Ce n'est qu'en entendant hurler Adrien que la jeune fille réalisa qu'elle s'était engagée sur une piste rouge, bien trop difficile pour elle. Par miracle, elle réussit à tourner une première fois, mais elle avait pris trop de vitesse pour pouvoir négocier un deuxième virage.

À travers un rideau de larmes, elle se vit avec effroi quitter la piste et foncer tout droit dans un champ de poudreuse.

## 36

## Sans compter l'imprévu…

Jeudi 30 décembre, 14 h 09

Ses skis s'enfonçaient dans la neige légère et plus d'une fois elle ne retrouva qu'in extremis l'équilibre. Angoissée, elle se voyait filer vers une chute inéluctable quand soudain, comme un flash, les conseils que Mélisande avait prodigués le premier jour des vacances lui revinrent en mémoire : « Non, Lily, tu es trop en arrière. Tu ne skies pas dans de la poudreuse, voyons ! »

Aussitôt, elle chercha à reprendre la position critiquée par son amie alors qu'elles descendaient la piste verte.

Tout devint ainsi plus facile. Comme par magie, les spatules de ses skis cessèrent de piquer du nez et, grâce à cette nouvelle stabilité, elle put continuer sa folle traversée du champ immaculé.

La tête dans les épaules, elle ne cherchait pas à savoir où cette fuite en avant la menait. Une seule chose importait : Adrien, qui l'avait suivie et qu'elle entendait crier dans son dos, ne devait pas la rattraper. C'était cependant loin d'être gagné : bien qu'elle n'osât pas regarder en arrière de peur de tomber, elle sentait qu'il se rapprochait à toute vitesse.

Tout à coup, elle releva les yeux et réalisa qu'elle fonçait droit vers un petit bois. La panique s'empara d'elle. Tant qu'il s'était agi de se laisser glisser, elle s'en était sortie. Mais elle se savait bien incapable dans de telles conditions d'éviter le moindre obstacle.

— À droite, Lily, à droite !

Adrien, maintenant à quelques mètres à peine derrière elle, hurlait de toutes ses forces.

Instinctivement, elle essaya de faire ce qu'il lui disait. Alors que la lisière du bois s'approchait dangereusement, la jeune fille planta son bâton avec une velléité de changement de direction.

Une vive douleur enflamma aussitôt son poignet. Le bâton, profondément enfoncé, était resté planté dans la neige. Quant à sa dragonne, elle venait de lui arracher le gant et presque la main. Déséquilibrée, Lily perdit tout contrôle. Ses spatules brutalement plantées dans la neige, les fixations se déverrouillèrent et elle partit en roulé-boulé sous les arbres. Il lui sembla encore vaguement entendre un cri…, puis ce fut le silence.

Un peu sonnée, elle se releva au bout de quelques secondes. Son épaule, qui avait heurté un tronc lors de l'atterrissage, la faisait un peu souffrir mais, à l'exception de son poignet que la dragonne avait écorché, elle fut surprise de constater qu'elle n'était pas autrement blessée. Promenant son regard autour d'elle, elle aperçut alors Adrien qui, quelques mètres plus bas, était étendu sur le dos. Elle sentit tout d'un coup l'appréhension fondre sur son cœur et hurla :

— Adrien ! Ça va ?

Elle le vit ouvrir les yeux et répondre en grimaçant :

— J'ai connu mieux…

En quelques pas, elle le rejoignit et s'agenouilla près de lui.

— Mon ski s'est coincé sous une racine quand j'ai voulu t'éviter. Je me suis tordu le genou avant que la fixation ne lâche…

— Oh ! non ! Tu as mal ?

Elle s'en voulut aussitôt de poser une question aussi stupide. Il avait mal, c'était évident. Quelle idiote elle faisait !

Cependant, sans lui tenir rigueur de sa bêtise, Adrien grommela :

— Tant que je laisse la jambe allongée, c'est supportable.

Se sentant horriblement coupable, Lily ouvrait la bouche pour s'excuser quand tout à coup un coup de tonnerre retentissant éclata. Levant les yeux vers le ciel toujours bleu où brillait un soleil radieux, elle ne comprit pas immédiatement. Mais Adrien, lui, savait.

— Une avalanche ! cria-t-il.

Au même moment un grondement sourd résonna tout près d'eux et un frisson d'angoisse leur parcourut l'échine.

Avant même qu'ils n'aient le temps de bouger, une masse de neige apocalyptique déboula dans la combe qu'ils venaient juste de quitter. À l'abri dans le petit bois qui se trouvait à la limite du couloir d'avalanche, ils fixèrent, médusés, les mètres cubes de poudreuse qui se précipitaient à une allure folle, mais dans un silence quasi surnaturel, vers le bas de la vallée.

Longtemps après que le calme fut revenu, Lily, choquée, continua de scruter avec attention le manteau neigeux qui paraissait à nouveau si inoffensif. Une pression sur sa main la fit sortir de la fascination un peu morbide qu'exerçait sur elle la montagne.

— Ça va ? souffla Adrien, on l'a échappé belle…

— C'était horrible… Tu crois que c'est nous qui l'avons déclenchée ?

— Peut-être, difficile à dire… En tout cas, c'est un couloir d'avalanche connu par ici… Et puis avec la neige qui est tombée et le réchauffement des températures, c'était à prévoir.

Lily frissonna :

— J'espère que personne n'a été blessé.

— Ne t'inquiète pas, il y a des panneaux partout pour signaler le danger, il faudrait être aveugle pour ne pas les voir.

— Ou complètement inconsciente, observa la jeune fille en rougissant.

Réalisant alors qu'Adrien avait posé sa main sur la sienne, elle la retira vivement. Ne sachant que dire d'autre, et véritablement inquiète pour lui, elle s'enquit à nouveau :

— Et ton genou ? Ce n'est pas trop douloureux, tu es sûr ?

— Ne t'occupe pas de mon genou, c'est supportable, je te dis… et franchement, ce n'est pas ça qui me fait le plus mal.

Se redressant sur un coude, Adrien fronça les sourcils et, mal à l'aise, poursuivit :

— Écoute, je ne sais pas comment tu as su pour ce défi idiot… Je n'arrive pas à croire que Florian ait pu…

— Florian n'a rien dit, coupa vivement la jeune fille, je l'ai su… autrement, mais je ne peux pas te dire comment.

— Ah !

Visiblement soulagé bien qu'aussi terriblement intrigué, il fit une pause avant de déclarer assez solennellement :

— Je crois que je n'ai jamais été aussi stupide de ma vie que ce jour-là. Et quand je dis stupide, c'est pour rester poli… Mais c'est vrai aussi que j'étais vraiment vexé quand Florian m'a assuré que… que…

heu… que tu ne serais pas sensible à mon charme, finit-il très vite.

Détournant les yeux, il ajouta :

— Petit à petit, au fur et à mesure que j'apprenais à te connaître, je me suis rendu compte qu'il avait raison, que tu n'étais pas comme les autres filles…

Les émotions à vif, Lily s'exclama :

— Mais pourquoi as-tu continué, alors ? Pour me ridiculiser ? Pour te moquer de moi ? C'était… cruel !

— Non ! s'insurgea Adrien en plongeant ses yeux dans les siens, comme pour qu'elle ne puisse pas mettre en doute sa sincérité.

— Non, reprit-il plus posément, ce n'était surtout pas pour me moquer de toi… C'était juste… trop tard.

— Trop tard ?

— Oui, trop tard.

Son visage se ferma. Lily, dont le cœur s'était soudain mis à battre plus vite, puisa en elle le peu d'audace qui lui restait pour insister :

— Qu'est-ce que ça veut dire, « trop tard » ?

Mais au lieu de répondre à sa question, le garçon choisit d'évoquer un autre sujet :

— Puisque l'heure est aux confidences, je dois avouer que j'en ai une autre à te faire.

Baissant la tête pour cacher la légère rougeur qui avait envahi son visage, il confessa :

— Le dernier vendredi avant les vacances, tu as cru que tu avais perdu ton journal… En fait, c'est moi qui te l'avais pris.

Sous le coup de la surprise, les yeux de Lily s'agrandirent.

— Enfin, se justifia Adrien, je ne te l'ai pas vraiment pris… Il était tombé de ton sac quand tu as sorti ta blouse de chimie, je l'ai vu, je n'ai rien dit, et je l'ai ramassé sous la paillasse à la fin du cours. Je voulais juste savoir ce que c'était… Et quand j'ai découvert de quoi il s'agissait, je n'ai pas résisté à la tentation d'y jeter un coup d'œil.

Avec un petit sourire d'autodérision, il ajouta :

— Oh, je n'ai lu que les premières pages, rassure-toi, mais cela m'a suffi pour comprendre pourquoi tu ne me tomberais jamais dans les bras.

Il eut un rire bref :

— Entre nous, ta façon de tenir ton journal n'est pas très prudente. Et ce n'est pas parce que tu ne cites jamais son prénom que l'on ne devine pas immédiatement que tu parles de Florian…

Le garçon secoua la tête alors que Lily laissait échapper une exclamation embarrassée.

— Cela m'a surpris, je l'avoue. Je n'ai pas trop l'habitude qu'il me grille la priorité dans ce domaine… mais je dois reconnaître que tu as fait le bon choix. Florian est un mec bien… pas comme moi, ajouta-t-il à voix si basse que la jeune fille l'entendit à peine.

Puis il reprit plus fort :

— Il méritait bien que je lui donne un petit coup de pouce pendant ces vacances…

— Attends, fit-elle, tu veux dire que tu as organisé cette semaine juste pour lui et… moi ?

— Quand même pas ! Je ne suis pas un saint ! Tout était prévu avant que je lise ton journal. J'ai bien pensé annuler pendant un moment, mais Farouk était tellement content à l'idée de faire du ski… Alors, pour une fois, je me suis dit que j'allais faire ma B.A.

— Et c'est pour cette raison que tu ne skiais jamais avec moi, souffla Lily en comprenant soudain.

— Oui ! Je sais mieux que personne ce qui peut arriver sur une piste de ski, dit-il en se moquant de lui-même. Tu tombes « par hasard » aux pieds d'une fille, qui tombe elle aussi à son tour dans la neige, avant d'atterrir dans tes bras. Il fait froid, on se serre pour se réchauffer, et hop ! avant même qu'elle s'en rende compte, tu l'embrasses.

— Ah ! vraiment ?

— Cela marche à tous les coups ! Enfin, quand on s'en donne la peine… Malheureusement je ne suis pas certain que Florian ait saisi sa chance.

Lily ne savait plus si elle devait se vexer ou être heureuse. Qu'il s'en rende compte ou non, Adrien venait, sans rien dire, de trahir beaucoup de choses. Le cœur battant à tout rompre, elle décida à son tour de se dévoiler un peu plus.

— C'est aussi bien qu'il ne l'ait pas saisie.

— Ah bon ? s'exclama Adrien, surpris.

— Tu aurais dû poursuivre ta lecture jusqu'au bout le jour où tu m'as pris mon journal. Tu aurais appris des choses surprenantes…

— Comme ? fit-il soudain, très intéressé.

— Comme le fait que les sentiments évoluent parfois.

— Tu n'es plus amoureuse de Florian ? demanda-t-il interloqué.

— Non, dit-elle fermement.

— Mais de qui, alors ?

— Et pourquoi faudrait-il qu'il y ait quelqu'un ?

Il se mit à rire, soudain très gai.

— Je suis sûr qu'il y a quelqu'un. Allez, dis-moi son nom.

— Dis plutôt pourquoi c'était « trop tard », répliqua Lily en faisant référence au début de leur conversation.

Adrien redevint sérieux. Se tournant à moitié sur le ventre et se redressant sur les coudes pour pouvoir mieux la regarder, il admit :

— C'est vrai. Je te dois bien cela.

Comme hypnotisée par la flamme qui brûlait dans ses yeux verts, Lily ne pouvait détacher son regard de son visage.

— C'était trop tard, avoua-t-il tout bas, car j'étais déjà tombé sous ton charme.

Lily crut qu'elle allait mourir là, d'un coup, victime d'un arrêt cardiaque. Même si cette réponse était celle qu'elle avait espérée dans ses rêves les plus fous, les plus osés, elle reçut un choc terrible en entendant ces mots prononcés de la bouche même de celui qu'elle aimait. Elle sentit les larmes lui piquer les yeux, mais elle battit très fort des paupières, car des larmes, elle n'en voulait plus.

Doutant cependant encore un peu malgré la clarté de la déclaration, elle balbutia :

— Mon… mon charme ? Tu es sûre que tu ne me confonds pas avec quelqu'un d'autre ?

Adrien retrouva un sourire taquin pour assurer :

— La luminosité est excellente, mes yeux vont très bien et il n'y a guère de monde autour de nous…

Plus grave, il ajouta :

— C'est fou que tu ne te rendes pas compte de cela… Dès qu'on te connaît un peu, on se sent tellement bien avec toi que la seule chose que l'on désire, c'est ne plus te quitter.

C'était tellement incroyable d'entendre ces mots que Lily songea un instant que l'avalanche les avait finalement bien emportés et qu'elle était en fait déjà au paradis…

Mais quand Adrien, après avoir ôté un de ses gants dessina le contour d'une de ses pommettes du bout des doigts, elle constata avec un profond bonheur qu'elle était encore bien un être de chair et de sang, et non pas un pur esprit. Savourant les traces de feu que ses doigts pourtant frais laissaient sur sa joue, elle soupira en fermant les yeux.

— Et… et toi, tu n'as rien à me dire ?

Lily trouva absolument irrésistible la pointe d'inquiétude qui perçait dans sa voix.

Soudain pleine d'audace, elle ouvrit les paupières et se pencha en avant jusqu'à frôler son visage. Ses yeux plongés dans les siens, elle murmura :

— Comment tu disais, déjà ? Tu tombes « comme par hasard » aux pieds d'un garçon, qui tombe lui aussi à son tour dans la neige avant d'atterrir dans tes bras…

Avec un sourire complice, il continua :

— … Il fait froid, on se serre pour se réchauffer, et hop ! avant même qu'elle s'en rende compte…

— … tu l'embrasses.

Lily avait murmuré ces deux derniers mots ses lèvres contre les siennes, si bien qu'Adrien, qui avait passé sa main libre dans les boucles châtaines de Lily, n'eut qu'à resserrer sa prise pour que leurs bouches se rejoignent.

Le tsunami qui emporta Lily n'eut alors rien à envier en intensité à l'avalanche qui avait, quelques minutes auparavant, dévalé la pente.

# 37

# Au secours !

Jeudi 30 décembre, 14 h 20

À l'instar des autres clients du café, Chiara sursauta lorsqu'un homme d'âge moyen ouvrit brusquement la porte en s'écriant :

— Il y a eu une avalanche dans le couloir des Pioches !

Le premier instant de surprise passé, le propriétaire haussa les épaules :

— C'est suffisamment indiqué que c'est dangereux ! J'espère que personne n'a été assez fou pour s'aventurer par là…

— Eh bien si, justement, il paraît qu'on y a aperçu des skieurs peu avant qu'elle se déclenche !

Alors que les habitués du café pestaient contre ces touristes qui chaque année se croyaient plus forts que la montagne, un terrible pressentiment envahit la jeune fille brune. Saisissant son téléphone, elle fit rapidement défiler la liste des numéros jusqu'à trouver celui de Maëlle, mais elle ne réussit qu'à se connecter à sa messagerie. Elle fit une seconde tentative avec le numéro de Mélisande. Cette fois-ci, elle parvint à joindre sa correspondante.

— Chiara ?

— Oui, c'est moi, je voulais savoir si tout allait bien.

— Cela dépend pour qui, répondit son amie d'une voix étrange.

Aussitôt alertée, Chiara l'interrogea :

— Qu'est-ce que tu veux dire par là ? Quelqu'un est blessé ?

— Oui, mais ne t'inquiète pas, cela n'a pas l'air d'être trop grave. Maëlle est au poste de secours avec Julie. Elle est tombée en voulant me suivre sur une piste noire et elle s'est fait mal à la cheville.

— Une piste noire ? Je croyais que vous ne deviez faire que des bleues !

— Je sais, mais il y a eu des contretemps.

— Bon, enfin, si ce n'est pas grave, c'est l'essentiel. Je viens d'apprendre qu'il y a eu une avalanche et, c'est idiot, mais j'ai eu peur que l'une de vous se soit faite embarquer…

— Une avalanche ? répéta Mélisande d'une voix blanche. Où ? Où ça ?

Surprise par sa réaction, Chiara essaya de se rappeler ce qu'elle avait entendu.

— Heu, dans le couloir des Pioches, je crois… mais pourquoi…

La brunette s'interrompit en entendant son amie se mettre à respirer difficilement avant de souffler :

— Oh ! mon Dieu !

— Mais qu'est-ce qui se passe, enfin ? s'emporta Chiara, soudain angoissée.

— Pauline… Pauline a disparu là-bas en début d'après-midi. Depuis, je l'attends en bas des pistes, mais elle reste introuvable…

## Jeudi 30 décembre, 14 h 45

Devant l'urgence de la situation, il avait été convenu que les deux filles se rejoindraient au poste de secours. Chiara tenait à avoir des nouvelles de Maëlle, et Mélisande, terriblement inquiète, avait décidé de signaler la disparition de Pauline.

Quand la jeune fille brune arriva au petit chalet sur lequel une croix rouge était peinte en grand, c'était le branle-bas de combat. Quatre hommes se précipitaient vers les deux moto-neiges garées sur le côté et un cinquième ouvrait des cartons de médicaments. Lorsqu'elle franchit le seuil, l'homme, affairé, l'arrêta :

— Si ce n'est pas pour une urgence, revenez plus tard.

— Mon amie s'est blessée, on m'a dit qu'elle était ici…

— Ah !

D'un geste il lui indiqua une alcôve, fermée par un rideau beige, qui se trouvait sur sa gauche. L'adolescente s'y précipita et découvrit son amie allongée sur un lit sommaire. Julie était à ses côtés.

— Alors, on se fait encore remarquer ? lança-t-elle, soulagée de voir que Maëlle ne semblait pas trop souffrir.

Cette dernière l'accueillit avec un sourire contraint.

— J'étais sûre que c'était toi, j'avais reconnu ta voix.

Puis, avec un haussement d'épaules fataliste, elle expliqua :

— Je n'avais pas assez serré mes chaussures, et les fixations des skis l'étaient trop ! Ils ont appelé une ambulance, je vais devoir aller passer des radios… J'espère que cela sera juste une foulure et que cela ne va pas m'empêcher de reprendre l'entraînement, ajouta-t-elle avec une pointe d'inquiétude.

Elle venait juste de finir de parler quand, soudain, elles entendirent Mélisande s'exclamer :

— Ma sœur a disparu ! La dernière fois que je l'ai vue, elle n'était pas loin du couloir d'avalanche !

Aussitôt le secouriste commença à bombarder de questions la jeune fille. En voyant Chiara et Julie qui étaient venues la rejoindre, l'homme grommela à leur adresse :

— C'est une de vos copines ? Eh bien, on peut dire que vous en avez des problèmes !

Alors qu'il se mettait à parler dans un talkie-walkie pour transmettre les informations à l'un de ses collègues, Julie posa sa main sur le bras de Mélisande pour la rassurer.

— Ne t'inquiète pas, on va bien finir par la retrouver…

Puis, un peu gênée, elle ajouta :

— Il faudrait quand même que tu appelles tes parents.

Mélisande la regarda comme si elle ne comprenait pas ce qu'elle lui disait.

— Mélisande…, insista doucement Julie.

La jeune fille fronça les sourcils et finit par reconnaître :

— Oui… j'imagine que tu as raison.

Un peu comme un automate, elle s'exécuta. Elle espérait presque que personne ne répondrait, mais au bout de la troisième sonnerie, elle entendit qu'on décrochait.

— Allô ?

— C'est moi…

Elle n'avait pas pu dire « Maman ».

— Mélisande ? Que veux-tu ? Je n'ai pas beaucoup de temps… On est en plein casting.

Effectivement, Mélisande entendait des bruits de voix résonner en fond sonore. D'un ton neutre, elle annonça :

— Il y a eu une avalanche. Pauline a disparu.

Il y eut un silence. Puis Camille de Saint-Sevrin répéta lentement :

— Une... une avalanche...

Nouveau silence, juste troublé par le brouhaha qui régnait dans la pièce dans laquelle elle se trouvait. Enfin, une réponse :

— J'arrive.

La jeune fille rangeait son portable, quand soudain Julie s'écria :

— Lily ! On l'a oubliée !

Maëlle, depuis son alcôve, laissa échapper une exclamation. En deux mots, sa cousine mit Chiara et Mélisande au courant de ce qui s'était passé en haut des pistes.

— Heureusement, soupira Maëlle, que Lily n'est pas aussi casse-cou que moi. Pas de risque qu'elle se lance sans nous sur les pistes.

— Mais elle doit être terriblement inquiète ! avança Julie. Maintenant que tes amies sont là, je te laisse. Je vais la prévenir.

Comme elle sortait du chalet, elle manqua de percuter une personne qui courait, tête baissée et aussi vite que le lui permettait ses chaussures de ski, en direction de l'entrée. Dès le premier coup d'œil, Julie reconnut la combinaison beige et rouge de celle qui était censée les attendre en haut des pistes.

— Lily ? Mais qu'est-ce que tu fais là ?

La jeune fille, tout essoufflée, parut aussi stupéfaite qu'elle de la trouver ici.

— Mais, et toi ? Et... où sont les autres ?

Puis sans même lui laisser le temps de répondre, elle la dépassa pour s'engouffrer dans le chalet en s'exclamant :

— Je t'expliquerai... Il y a urgence !

Dès qu'elle aperçut le secouriste qui portait un brassard rouge orné d'une croix blanche au bras, Lily se précipita vers lui.

— Monsieur, s'il vous plaît ! Il y a un blessé ! Il faut aller le secourir !

Comme l'homme se tournait vers elle, il sursauta en entendant trois voix féminines s'exclamer en chœur :

— Lily !

— Ah non ! se récria le secouriste, ne me dites pas que c'est encore une de vos amies !

Lily, interloquée, laissa Julie, qui avait rebroussé chemin, répondre à sa place d'un ton penaud.

— En fait, si...

L'homme leva les yeux au ciel en râlant.

— De vraies calamités ambulantes...

Puis reprenant son air professionnel, il demanda :

— Alors, de quoi s'agit-il, cette fois ?

Timidement, mais sans hésitation, Lily lui expliqua la situation. Délibérément, elle ignora les regards suspicieux des autres filles quand elle révéla qu'elle était avec Adrien quand celui-ci s'était blessé et donna une version expurgée de leurs mésaventures. Elle ne dit rien non plus de la descente héroïque qu'elle venait de faire...

Un peu plus tôt, quand elle s'était rendu compte qu'Adrien commençait à ressentir le froid et que les secours ne venaient toujours pas, elle avait compris qu'ils risquaient de rester longtemps ainsi avant que l'on s'inquiète d'eux. Leurs amis ne savaient pas où ils se trouvaient et, lorsque Adrien avait essayé d'utiliser son portable, il n'avait pu capter de réseau. De plus, l'avalanche avait complètement effacé leurs traces, et nul n'était au courant de leur chute. Lily avait donc compris qu'elle n'avait plus qu'une chose à faire : rechausser ses skis et descendre prévenir les secours. Bien qu'Adrien ait essayé de l'en dissuader, elle avait tenu bon et il avait fini par se rendre à ses arguments. Lui qui connaissait bien le secteur avait expliqué à la jeune fille qu'en traversant le petit bois, qui n'était en fait qu'un bosquet, elle déboucherait sur une nouvelle piste qui la conduirait tout droit à la station. Le cœur battant fort, elle l'avait laissé après un dernier baiser et s'était élancée à travers les arbres. La suite n'était pas très claire dans sa tête. Skiant comme jamais auparavant, la joie lui donnant des ailes malgré la peur qui surgissait à chaque bosse ou virage mal négocié, elle était miraculeusement parvenue sans une seule chute en bas de la piste.

De soulagement et de bonheur, elle soupira.

Réalisant que ses amies s'étonnaient silencieusement de la voir si rayonnante étant donné les circonstances, elle leur adressa un sourire un peu crispé. Elle devina alors qu'une foule de questions trottaient dans leur tête, mais, conscientes que ce n'était ni le lieu, ni l'heure, elles ne firent pas de commentaires.

Indifférent à ces échanges muets, le secouriste contacta à nouveau ses collègues pour leur signaler la présence d'Adrien dans le petit bois. Puis, faisant de visibles efforts pour ne pas s'énerver, il demanda à Lily et à Chiara d'évacuer les lieux pour faire de la place aux éventuels blessés qu'on ne tarderait pas à ramener.

Lily hésita un instant. Elle aurait tellement voulu être là quand Adrien arriverait ! Mais comment expliquer sa requête sans déclencher une tempête de questions auxquelles elle ne se sentait absolument pas le courage de répondre maintenant ? Réprimant un soupir, elle se contenta de demander au secouriste de joindre Florian, pour qu'il puisse être là pour accueillir son ami. L'homme accepta en marmonnant et prit les coordonnées du garçon. Plus gentiment, il s'adressa ensuite à Mélisande en disant :

— Ne vous inquiétez pas trop pour votre sœur. Vous ne l'avez pas vue disparaître dans l'avalanche, n'est-ce pas ?

Comme la jeune fille, livide, secouait la tête, il poursuivit :

— Alors, il y a quand même peu de risque qu'elle se soit trouvée exactement à cet endroit.

Le sauveteur lui demanda si elle avait essayé de l'appeler :

— Oui, bien sûr, des dizaines de fois, fit-elle d'une voix angoissée, mais elle ne répond pas.

— Cela ne veut rien dire, la rassura-t-il, avec le manque de couverture qu'il y a en montagne…

La dévisageant avec attention, il s'enquit soudain :

— Vous ne vous seriez pas disputées par hasard ?

Cette fois, Mélisande fit un signe d'assentiment.

— Voilà ! fit l'homme, satisfait d'avoir vu juste. Eh bien, si j'étais vous, je continuerais à la chercher. Elle est peut-être en train de skier tranquillement sur un autre versant… Puis il prit le numéro de portable de la jeune fille pour la contacter au cas où il aurait des nouvelles.

Docilement, ce qui ne lui ressemblait guère, Mélisande se dirigea vers la sortie.

Une fois dehors, ses deux amies s'évertuèrent à lui remonter le moral pour qu'elle ne cède pas au découragement. Tout était possible avec Pauline ! répétaient-elles, et avec son mauvais caractère, il y avait fort à parier qu'elle était en train de bouder quelque part… À moins qu'elle ne s'amuse à dévaler les pentes en faisant exprès de ne pas répondre aux innombrables messages de sa sœur…

Mélisande opinait, l'air lointain.

Mais dans sa tête, elle imaginait sans cesse des monticules de neige avaler une frêle silhouette à la chevelure flamboyante.

## 38

## Révélations

**Jeudi 30 décembre, 16 h 45**

Lorsque Maëlle, accompagnée de Julie, revint du cabinet de radiologie, Mélisande, Lily et Chiara venaient juste de rentrer au chalet.

— Alors ? demanda Lily.

Assises en demi-cercle devant la cheminée, ses amies s'étaient levées à son arrivée. Se déplaçant maladroitement sur des béquilles jusqu'à un fauteuil pour les rejoindre, la blessée répondit d'une voix sans timbre :

— C'est une entorse légère, mais il paraît que je peux dire adieu à l'entraînement pendant plusieurs semaines.

En temps normal, elle aurait tempêté bruyamment contre le sort qui s'acharnait sur elle. Une nouvelle fois, sa participation (et a fortiori sa victoire !) aux championnats de France était sérieusement compromise. Mais cette déception énorme avait soudain perdu de son importance quand elle avait posé les yeux sur Mélisande. Cette dernière, blême, tripotait son portable, toujours en attente de nouvelles de sa sœur. Après un regard plein d'espoir quand Maëlle et sa cousine avaient ouvert la porte, elle semblait s'être désintéressée de ce qui se passait.

Sans rien dire, les filles se rassirent. N'osant poser des questions à voix haute, Julie regarda Chiara qui, avec une grimace explicite, leva les paumes en l'air pour lui faire comprendre qu'il n'y avait toujours pas de nouvelles.

Quelques minutes passèrent encore dans un silence que nulle n'osait troubler. Le calme qui régnait était tel que lorsqu'elles entendirent une voiture se garer et quelqu'un frapper brutalement à la porte, elles sursautèrent dans un bel ensemble.

Comme un ressort, Mélisande bondit sur ses pieds pour descendre les marches et aller ouvrir.

— Mélisande ! Tu as des nouvelles ?

En entendant la voix à l'accent pointu résonner dans la cage d'escalier, toutes comprirent que Mme de Saint-Sevrin venait d'arriver. Tendues, les filles échangèrent des regards un peu inquiets. Mis à part Lily qui lui avait parlé un jour au téléphone, elles n'avaient jamais eu le moindre contact direct avec la mère de leur amie… Mais ce qu'elles en avaient appris ne leur donnait pas vraiment envie de la rencontrer. Paradoxalement, étant donné les circonstances, la première chose qui frappa Chiara quand Camille de Saint-Sevrin pénétra dans le salon fut sa ressemblance avec Mélisande. Malgré leurs différences physiques notables, elles possédaient une silhouette, une démarche, un port de tête identiques. Jusqu'à ce même petit air supérieur que leur amie arborait instinctivement quand elle rencontrait des gens pour la première fois, et que Chiara trouvait absolument insupportable.

La mère de Mélisande parut surprise de découvrir les quatre jeunes filles assises sur les fauteuils en face de la cheminée. Avait-elle oublié leur présence ? Maëlle le jugea peu probable et préféra mettre son étonnement sur le compte de son émoi. Bien qu'elle n'en laissât rien paraître, elle devait forcément être bouleversée…

Mélisande, qui l'avait précédée dans la pièce, avait retrouvé quelques couleurs. Lily en fut d'abord heureuse, avant de réaliser que c'était la colère qui rosissait ainsi ses joues. Son irritation ne tarda d'ailleurs pas à se manifester. Répondant enfin à la question de sa mère, l'adolescente lâcha d'un ton sec :

— Non, toujours pas de nouvelles.

Puis, explosant soudainement, elle s'écria :

— C'est de ta faute ! Tout est de ta faute !

Sous l'attaque, Camille de Saint-Sevrin tiqua. Ses pommettes s'enflammèrent brusquement. Elle était visiblement très mécontente de se faire ainsi interpeller par sa fille devant témoins.

— Mélisande !

Mais sans tenir compte de l'interruption, sa fille continua :

— Pourquoi vous ne nous avez jamais dit que vous nous aviez adoptées ? Pourquoi, hein ? Pourquoi ? Et comment as-tu osé la gifler, en plus ?

Pendant un court instant, l'élégante photographe dont les vêtements sophistiqués et les talons hauts paraissaient tout à fait incongrus dans ce chalet de montagne, sembla prise au dépourvu.

— Mais… Enfin…

Consciente des regards qui pesaient sur elle, elle luttait à l'évidence pour sauver les apparences.

— Je… je ne sais pas de quoi tu veux parler…

— Non, cette fois-ci, tu ne te défileras pas ! Tu me dois la vérité !

Sous les coups de boutoir, Mme de Saint-Sevrin perdait de sa superbe.

— Pas ici, protesta-t-elle finalement à voix basse afin que sa fille soit la seule à l'entendre.

Tournant la tête de droite à gauche comme à la recherche d'une porte de sortie, elle saisit sa fille par le bras et elle l'entraîna vers les escaliers qui menaient à l'étage. Mélisande se laissa faire sans résister. Quel que soit l'endroit où sa mère la menait, elle était déterminée à ne rien abandonner.

Quand la porte de la première chambre qui s'était présentée se referma sur elles, Mélisande fixa son interlocutrice. Elle fut surprise de constater que, pour la première fois, sa mère n'était pas impeccablement coiffée et qu'un faisceau de rides minuscules était apparu au coin de ses yeux.

— Ne me regarde pas comme ça, la reprit Camille de Saint-Sevrin, et dis-moi plutôt où en sont les recherches.

En quelques mots, Mélisande lui fit un bref compte rendu. Les chiens des secouristes n'avaient rien détecté sous la neige, ce qui était plutôt bon signe. Mais Pauline, précisa-t-elle, malgré la nuit qui allait tomber, n'était toujours pas rentrée. Sa mère parut cependant soulagée.

— Si elle n'est pas là d'ici à une demi-heure, nous préviendrons la police.

— Si on s'est disputées, c'est à cause de toi. À cause de cette histoire d'adoption que tu nous as cachée.

— Qu'est-ce que tu racontes encore ?

Mais malgré ses protestations, son embarras était évident.

— Inutile de nier ! Pauline a vu un certificat d'adoption. Je veux juste entendre la vérité de ta bouche !

— Tu ne sais rien du tout, s'emporta soudainement sa mère, et ta sœur pas davantage… Et si je te dis « ta sœur », c'est qu'elle l'est vraiment !

Faisant les cent pas dans la pièce, elle affirma encore avec force :

— Oui, vous êtes toutes les deux nos filles biologiques à cent pour cent ! Elle ne t'a raconté que des inepties !

Aussi interloquée de voir pour la première fois de sa vie sa mère perdre son sang-froid que d'entendre ses paroles, Mélisande bredouilla :

— Mais… mais… j'en suis sûre… elle… elle était sincère…

Camille de Saint-Sevrin s'arrêta alors brusquement, enfouit son visage entre ses mains et respira profondément. Après une longue minute, elle releva la tête et finit par admettre calmement :

— Elle était sincère. Du moins quand elle t'a dit avoir vu un certificat d'adoption.

— Mais alors…

— Mais il ne vous concernait aucunement, l'interrompit sa mère.

Fixant un point dans le lointain, elle consentit enfin à avouer :

— Il s'agissait du mien.

Sous l'effet de la surprise, les yeux en amande de Mélisande s'arrondirent. Cette nouvelle lui paraissait presque plus inconcevable que l'hypothèse formulée par Pauline.

— Je croyais…

— Tu ne croyais rien du tout, la coupa-t-elle d'un ton acerbe. Je ne parle jamais de mes origines… Tu ne sais pas ce que c'est que d'être ballottée d'une famille d'accueil à l'autre, de ne jamais savoir de quoi demain sera fait… Je n'étais pas une jolie petite fille.

Personne ne voulait de moi jusqu'à ce que par pitié une famille finisse par m'adopter… C'était des gens très modestes, et moi je rêvais de luxe et de beauté. La seule chose qui m'a permis de survivre, c'est mon appareil photo. Il me semblait que le monde était plus beau à travers mon objectif, ou tout au moins que je pouvais le cadrer de façon à ce qu'il apparaisse plus beau… Dès que je l'ai pu, je suis partie… Un jour enfin, le destin m'a souri. J'ai gagné un concours adressé aux jeunes photographes et j'ai pu suivre une formation. Ensuite j'ai décroché un poste de stagiaire chez un photographe de mode et ma vie a basculé. J'ai pu apprendre à m'habiller, à me maquiller, à marcher comme les mannequins qui défilaient devant l'objectif. Je suis devenue une femme que l'on remarquait et j'ai définitivement tourné la page sur mon passé.

Elle se tut et le silence reprit possession de la pièce. Du mieux qu'elle le pouvait, Mélisande essayait de digérer ces révélations ahurissantes. Repensant soudain à ce qui avait provoqué les doutes de Pauline, elle murmura :

— Alors, si on est rousses toutes les deux…

— C'est un mystère de la génétique ! coupa Camille de Saint-Sevrin avec fatalisme. Ou peut-être pas tant que ça… Après tout, je ne sais absolument rien de mon héritage biologique.

Mélisande ne répondit pas. De toute manière, tout ceci ne présentait plus guère d'intérêt à ses yeux. Elle regarda sa mère qui, d'une main habile, tentait de remettre de l'ordre dans ses cheveux. Elle aurait aimé lui parler, lui dire qu'elle comprenait beaucoup de choses désormais, que c'était peut-être l'occasion rêvée de changer leur relation. Mais avant même qu'elle n'ait su par quoi commencer, des voix surexcitées se mirent à crier :

— Pauline ! Enfin !

# 39

# Une fin mystérieuse

### Jeudi 30 décembre, 17 h 20

Le soulagement se peignit fugacement sur le visage de l'élégante photographe avant qu'elle ne se recompose un visage distant. Mélisande réprima un soupir. L'instant venait de passer. Mais la joie l'emportait sur les regrets. Pauline était revenue !

Mélisande, suivie plus posément de sa mère, s'élança hors de la chambre.

Quand elles arrivèrent au salon, Pauline, le sourire aux lèvres, était en train de plaisanter avec Farouk alors que les autres filles, debout en cercle autour d'eux, à l'exception de Maëlle qui observait la scène par-dessus le dossier de son fauteuil, la bombardaient de questions. Pendant quelques instants, la confusion fut totale. Pauline, bouche bée de découvrir la présence de sa mère au chalet, était devenue muette comme une carpe. Si bien que le mystère de sa « disparition » fut finalement expliqué par Farouk.

À Mélisande qui l'interrogeait, le grand garçon dégingandé qui s'étonnait ouvertement de toute cette agitation expliqua simplement :

— On s'est rencontrés en bas des pistes, je lui ai demandé pourquoi vous n'étiez pas au rendez-vous, elle m'a répondu qu'elle n'en savait rien, qu'elle s'en fichait pas mal et qu'elle en avait assez de skier. Alors je lui ai dit que moi aussi, surtout quand je suis tout seul ! Du coup, je lui ai proposé de construire un igloo : j'en rêve depuis que je suis môme ! Alors pour une fois que j'avais de la neige sous la main…

Puis, comme tout le monde, incrédule, le dévisageait, il protesta :

— Ben quoi ? Vous n'avez jamais fait d'igloo ?

— Un i-gloo ? répéta Mélisande en détachant les syllabes comme si ce mot lui paraissait totalement incompréhensible.

Puis soudain, elle commença à hoqueter. Assez nerveusement d'abord, puis de plus en plus librement, jusqu'à ce que tous comprennent qu'elle était en fait en train de pouffer. Le rire… qu'y avait-il de mieux pour évacuer la tension nerveuse qui l'habitait depuis le début de l'après-midi ?

Les autres filles ne tardèrent pas à l'imiter. Le soulagement, d'abord, fut la cause de leur hilarité, mais bientôt le regard abasourdi de Farouk sur le petit groupe provoqua de nouvelles vagues de rire.

Seules Pauline et Mme de Saint-Sevrin, imperméables à la gaieté ambiante, continuaient de se dévisager mutuellement, l'une avec défi, l'autre d'un air impénétrable.

S'en apercevant, Mélisande saisit sa cadette par le bras et, retrouvant un instant son sérieux, lui murmura à l'oreille :

— Il faut absolument que tu lui parles, sœurette !

— Sœurette ?

Pauline lui décocha un regard où l'indignation se mêlait à l'incompréhension.

Mais son aînée se contenta de mettre un doigt sur la bouche et la guida jusqu'à leur mère. Avec un sourire contraint, celle-ci prit à son tour la plus jeune de ses filles par le bras et, malgré les réticences de cette dernière, la conduisit jusqu'à la chambre qu'elle avait quittée quelques instants plus tôt.

Mélisande les regarda monter, se demandant comment l'adolescente hypersensible qu'était Pauline réagirait aux révélations qu'allait lui faire leur mère. Il y avait eu déjà tant de gâchis…

Quand elle rejoignit ses amies, ces dernières venaient juste de mettre Farouk au courant des événements rocambolesques de l'après-midi.

— Wahou ! s'exclama-t-il, trop fort ! Ça, c'est de l'action ! Entorse, accident, disparition, et même une avalanche !

Faisant semblant de soulever un chapeau imaginaire, il s'extasia :

— Respect, les filles ! Vous jouez dans la cour des grands... Moi qui pensais vous épater avec ma petite surprise...

Maëlle imagina alors qu'il faisait allusion à la construction de son igloo, mais s'étonna fugacement qu'il la fixe avec autant d'insistance. Elle allait lui en demander la raison quand Lily, voyant que le garçon n'avait été au courant de rien, s'étonna vivement :

— Florian et Adrien ne t'ont pas prévenu ?

Avec un haussement d'épaules, Farouk expliqua :

— La batterie de mon téléphone est à plat.

— Tu devrais peut-être quand même les appeler pour avoir des nouvelles ? glissa-t-elle, mine de rien.

— Sûr ! Mais je ne m'inquiète pas, Adrien, c'est du solide !

Lily eut une mimique exaspérée. Le ciel aurait pu leur tomber sur la tête que Farouk ne se serait pas inquiété ! Voyant que personne ne semblait réagir et priant pour que sa frustration ne soit pas trop visible, elle demanda à Chiara de lui prêter son portable. Ignorant les sourires pleins de sous-entendus de ses amies, elle attendit impatiemment que Farouk parvienne à contacter l'un ou l'autre de ses amis.

Quelques minutes plus tard, il raccrocha en annonçant d'un ton rieur :

— Les entorses sont très en vogue, semble-t-il... Adrien aussi a voulu avoir la sienne... Sauf qu'au genou, c'est quand même drôlement plus classe...

— Et c'est tout ? Il va bien à part ça ?

— Il semblerait que oui ! Je n'ai parlé qu'à Florian. Il attendait que le médecin des urgences lui pose une attelle.

— Dis donc, Lily..., commença Julie.

Mais elle fut interrompue par des coups frappés à la porte d'entrée.

— Encore ! s'étonna Mélisande, mais qui cela peut-il bien être, cette fois ?

Tous les regards se tournèrent vers Farouk qui s'était mis à siffloter d'un air dégagé. Jetant un coup d'œil à sa montre, il s'exclama :

— Dix-sept heures trente ! Pile à l'heure ! Si ce n'est pas beau ça...

Puis, avec un sourire faussement contrit, il lança aux filles médusées :

— Heu... Cela ne vous dérange pas si je vais ouvrir ?

Sans attendre de réponse, il dévala les escaliers.

L'instant d'après, le cœur de Maëlle faisait un bond. Bien que sa raison lui intimât que c'était impossible, elle était sûre d'avoir reconnu la voix qui venait de saluer Farouk et qui s'exclamait maintenant :

— Hey ! Plutôt classe le chalet de la mère d'Adrien... Je sais pas pourquoi, j'avais cru comprendre que vous logiez dans un studio...

Un silence de cathédrale accueillit ces paroles. Maëlle réalisa soudain qu'elle n'était pas la seule à avoir reconnu la voix.

Les dernières marches de l'escalier en bois craquèrent et Farouk réapparut suivi de… Maxime !

La stupéfaction fut totale des deux côtés.

— Surprise ! claironna alors gaiement Farouk.

Visiblement très satisfait de lui-même, il expliqua :

— Maxime m'avait appelé pour me dire qu'il allait passer quelques jours chez ses cousins près de Grenoble. C'était une occasion en or pour qu'il passe nous voir !

— Mais… je devais vous retrouver chez Adrien…, balbutia son ami. Pourquoi tu m'as donné cette adresse ?

— Eh mec ! Tu l'as dit toi-même : la mère d'Adrien possède un studio minuscule… On y est serrés comme des marmottes dans leur terrier, qui se prendraient pour des sardines…

Puis en affichant un air gourmand, Farouk ajouta :

— … et puis les crêpes sont bien meilleures par ici !

Tandis que Maxime regardait son ami en fronçant les sourcils, Maëlle se rencogna dans son fauteuil. Elle n'arrivait pas à y croire ! Maxime était là, plus beau que jamais, totalement craquant avec sa doudoune noire et elle, totalement misérable dans sa tenue de ski qu'elle n'avait toujours pas ôtée. Sans parler qu'elle ne s'était pas davantage recoiffée et que sa queue-de-cheval devait être complètement de travers !

Malgré son envie de le revoir, elle ferma les yeux, priant pour que le dossier la dissimule et qu'il reparte vite avant de l'apercevoir. Son vœu, hélas, ne fut pas exaucé.

Maintenant qu'il était revenu de sa surprise, Maxime balayait la pièce d'un regard légèrement inquisiteur. Ce qui n'échappa pas à grand monde.

— Tu cherches quelqu'un ? s'enquit Chiara d'un ton innocent.

Le garçon balbutia quelque chose d'incompréhensible avant d'articuler plus clairement :

— Heu, oui…

Les espoirs de Maëlle s'envolèrent…

— Où sont Adrien et Florian ?

… avant de replonger dans des profondeurs abyssales !

Elle était furieuse… et blessée ! Ce n'était pas parce qu'elle ne voulait pas qu'il la voie qu'elle ne désirait pas qu'il s'inquiète pour elle ! Quand même, ils étaient sortis ensemble pendant presque un an ! Il aurait pu au moins avoir la politesse de demander de ses nouvelles !

Alors que ses amies racontaient pour la seconde fois de la soirée les mésaventures d'Adrien, Maëlle ruminait sa déception et son ressentiment. En entendant Maxime plaindre son ami, elle ressentit une pointe de jalousie : très égoïstement, elle songea que son malheur était nettement supérieur à celui d'Adrien et que Maxime aurait bien fait de lui réserver une part de compassion. Encore aurait-il fallu bien sûr qu'il daigne se souvenir de son existence… S'apitoyant sur son sort, elle alimentait sans retenue le flot de son amertume lorsque soudain la voix de Maxime la fit sursauter :

— Tu pourrais quand même venir dire bonjour, Maëlle. Et inutile de te cacher, je vois tes cheveux qui dépassent !

« Ça, c'est la cerise sur le gâteau ! pensa la jeune fille en rougissant. Trahie par une queue-de-cheval de travers ! »

Mais il n'était pas question de laisser voir son embarras.

— Eh bien non, justement, je ne peux pas, objecta-t-elle avec aplomb sans bouger d'un millimètre.

Comme Maxime ouvrait de grands yeux, Farouk jugea bon d'intervenir :

— Ah oui, on a oublié de te dire, il n'y a pas qu'Adrien qui a eu un accident.

Il n'en fallut pas davantage pour que le garçon traverse la pièce à grands pas en direction de la cheminée.

À ce moment-là, comme des regards pleins d'intérêt l'avaient suivi, Lily fit joyeusement :

— N'y a-t-il pas quelqu'un qui a parlé de crêpes ?

Malgré sa curiosité, mais se consolant car elle savait que ce n'était que partie remise, Julie vint à sa rescousse. Tapant dans ses mains elle déclara avec autorité :

— Bien, tout le monde dans la cuisine maintenant ! Et on ne discute pas…

Il y eut quelques faibles protestations, mais tous finirent par obtempérer : le sang des Tadier ne coulait pas pour rien dans les veines de Julie !

Lorsque le brouhaha s'estompa et que les deux jeunes gens se retrouvèrent seuls, l'atmosphère se modifia.

Apercevant la cheville bandée de Maëlle, Maxime s'exclama :

— Oh ! non !

Profondément touchée de voir combien il était affecté par sa blessure, Maëlle commenta avec un petit rire :

— Eh bien, si ! J'ai une entorse... Tu vois, la médaille, c'est fini pour moi aussi ! Finalement, on a été plutôt bêtes, non ?

— Ne dis pas ça ! Les championnats sont loin et une entorse, on s'en remet !

Étonnée de le voir prendre tant à cœur sa participation aux championnats, elle répondit :

— C'est gentil, mais je crois que c'est utopique.

— Certainement pas !

S'asseyant sur l'accoudoir du fauteuil, il se pencha vers elle et menaça :

— Crois-moi, tu as intérêt à te remettre à courir dès que tu le pourras, car sinon tu auras affaire à moi !

Avec un sourire malicieux, elle le défia :

— Et quelles mesures de rétorsion comptes-tu mettre en place si je m'y refuse ?

Il plissa les yeux, s'approcha encore et murmura :

— Des mesures terribles, insoutenables et féroces... des mesures de cet ordre-là...

Puis il fondit sur elle.

Jeudi 30 décembre, 17 h 45

— Ça y est ! Il l'embrasse !

Dans la cuisine, Farouk se mit à esquisser quelques pas de danse, débordant de fierté envers lui-même, alors que Julie, Lily et Chiara soulevaient chacune discrètement un des pans du rideau qui décorait la vitre de la porte.

Mélisande, adossée contre le buffet, les regardait faire avec ironie.

— Quel savoir-vivre ! se moqua-t-elle.

Chiara se retourna pour lui tirer la langue. Elle allait répliquer quand soudain des trilles d'oiseaux retentirent. Prestement, Mélisande répondit.

— Allô ?

— …

En l'entendant émettre un petit rire de gorge, l'attention des trois autres filles se détourna subitement de Maëlle et de Maxime pour se fixer sur leur amie.

À l'évidence, il s'agissait une fois de plus de son mystérieux correspondant.

Julie croisa les bras et observa Farouk qui continuait à se prendre pour Michael Jackson. Maëlle, qui lui avait confié ses doutes, avait visiblement fait fausse route…

Mélisande, consciente des regards braqués sur elle, souriait comme la Joconde tout en écoutant attentivement son interlocuteur. Quand il eut fini de parler, elle répondit alors :

— Oh oui, j'adorerais ! Cependant je crois qu'il vaut mieux que tu rappelles plus tard...

Accentuant encore son sourire à l'intention du trio de curieuses qui n'essayaient même pas de dissimuler leur indiscrétion, elle ajouta avec une touche de sarcasme dans la voix :

— J'ai comme la désagréable impression qu'en ce moment on est sur écoute...

PAPIER À BASE DE FIBRES CERTIFIÉES

Le Livre de Poche s'engage pour l'environnement en réduisant l'empreinte carbone de ses livres. Celle de cet exemplaire est de :
**300 g éq. $CO_2$**
Rendez-vous sur www.livredepoche-durable.fr

« Pour l'éditeur, le principe est d'utiliser des papiers composés de fibres naturelles, renouvelables, recyclables et fabriquées à partir de bois issus de forêts qui adoptent un système d'aménagement durable. En outre, l'éditeur attend de ses fournisseurs de papier qu'ils s'inscrivent dans une démarche de certification environnementale reconnue. »

Édité par la Librairie Générale Française – LPJ
(58, rue Jean-Bleuzen, 92170 Vanves)

Composition PCA
Achevé d'imprimer en Espagne par Liberdúplex
Dépôt légal 1re publication : novembre 2018
49.6981.3 / 01 – ISBN : 978-2-01-703835-1
*Loi n° 49-956 du 16 juillet 1949 sur les publications destinées à la jeunesse*
Dépôt légal : novembre 2018